Irische Jagd

Ein weiterer John Pickett Krimi

Sheri Cobb South

Übersetzt von Susanne Doering

IRISCHE JAGD

1

In dem John Pickett ein Angebot erhält,
das er nicht ablehnen kann

D er Richter wartet auf Euch."
Für John Pickett, der bei seinem Eintreten in das Amt in
der Bow Street an einem Montagmorgen im Juli so begrüßt
wurde, war es erstaunlich, dass dieser kurze Satz noch immer
vermochte, in seinem Magen einen Schwarm Schmetterlinge
loszulassen, selbst nach sechs Dienstjahren in der Truppe der
Bow Street.

„Sagte mir, ich sollte Euch zu ihm schicken, sobald ihr
ankämet", fuhr Dixon fort, der fast doppelt so alt wie Picketts
fünfundzwanzig Jahre war und damit der dienstälteste
Beamte. Er deutete mit einem schwieligen Daumen in die
Richtung von Patrick Colquhouns Amtszimmer.

„Ja – danke – ich gehe sofort zu ihm", stammelte Pickett,
der sich eines halben Dutzends Blicke, die in seine Richtung
gingen, unbehaglich bewusst war, von Mr. Dixons milden

blauen Augen bis zu der unverhüllten Neugier zweier Mitglieder der Fußpatrouille, die von ihrer Lektüre der letzten Ausgabe des *Hue und Cry* aufschauten. Selbst das wissende Grinsen von Harry Carson, einem Mitglied der berittenen Wache und dem Fluch von Picketts Dasein, fehlte bei dieser Gelegenheit.

Es lag nicht daran, dass Pickett sich vor Mr. Colquhoun fürchtete – zumindest nicht mehr, obwohl der dürre Vierzehnjährige, den man einst vor die Richterbank geschleppt hatte, weil er einem Straßenhändler in Covent Garden einen Apfel gestohlen hatte, sehr wohl Angst vor ihm gehabt hatte. Nein, seine einzigen Befürchtungen in diesen Tagen (zumindest die einzigen, soweit es um den Richter ging), waren, diesen zu enttäuschen, sich des Interesses, das Mr. Colquhoun an ihm gezeigt hatte, unwürdig zu erweisen. Soweit er wusste, hatte er nichts getan, was Tadel verdiente, seit der verpfuschten Angelegenheit im Lake District vor einem Monat – und Mr. Colquhoun war fest entschlossen gewesen, ihn von jeder Schuld daran freizusprechen. Ein verstohlener Blick auf die große Uhr, die an der Wand hinter der Bank hing, versicherte ihm, dass er sich nicht verspätet hatte. Was also dann …?

In der kurzen Zeit, die er brauchte, um die Tür des Amtszimmers des Richters zu erreichen, fiel ihm keine Antwort ein. Pickett holte tief Luft, straffte seine Schultern und klopfte an den Türrahmen, um dann, als eine Stimme von drinnen ihn aufforderte, einzutreten, die Tür zu öffnen.

Dort stand Mr. Colquhoun, ein tatkräftiger Schotte von ungefähr vierundsechzig Jahren, mit dickem, weißem Haar und strahlend blauen Augen. Doch er war nicht allein. Ein Mann war bei ihm, ein Mann mittleren Alters, dessen Haar, auch wenn es schon spärlich wurde, modisch geschnitten und gelockt war und der die blau-braunen Farben trug, die die Mitglieder der Whigs im Allgemeinen und der Prinz von Wales im Besonderen bevorzugten. Und Goldtressen. So *viele* Goldtressen. Wer auch immer dieser Mann war, er musste eine sehr wichtige Person sein. *Was bedeutet, was auch immer ich getan habe,* dachte Pickett kläglich, *muss etwas* sehr *Schlimmes gewesen sein.*

Er wandte sich dem Richter zu, eine stumme Frage in den Augen. Mr. Colquhoun, der gewöhnlich aus seinem Herzen keine Mördergrube machte, wirkte bei dieser Gelegenheit einzigartig verschlossen. In der Tat, hätte Pickett es nicht besser gewusst, hätte er schwören mögen, dass der Richter genauso benommen war wie er selbst. „Ich – äh – Mr. Dixon sagte, Ihr wolltet mich sprechen, Sir."

„Ja, kommt herein und macht die Tür zu."

Pickett gehorchte und Mr. Colquhoun deutete auf seinen Besucher. „Dies ist Lord Fortescue, der Kammerherr des Prinzen von Wales."

Pickett hätte sich nie angemaßt, einer solchen Persönlichkeit die Hand hinzustrecken, doch als er sah, dass der Gentleman eine Hand in seine Richtung ausstreckte, ergriff er sie.

„Es ist mir eine Freude, Euch kennenzulernen, Mr. Pickett. Ich muss gestehen, dass ich eigentlich erwartet hatte, jemand älterem zu begegnen."

„Oh?", war alles, was Pickett herausbrachte. Der

unvermeidliche Hinweis auf sein Alter verblasste neben der Folgerung, dass jemand in so hoher Stellung im Haushalt des Prinzen überhaupt eine Erwartung an seine Person gehabt hatte.

„Die Nachricht von Euren kürzlichen Heldentaten hat das Ohr Seiner Königlichen Hoheit erreicht", fuhr der Abgesandte des Prinzen fort.

„Meine – meine kürzlichen ..."

„Im Lake District", erklärte der Mann. „Und obwohl Seine Königliche Hoheit sich bewusst ist, dass viel von dem, was dort geschehen ist, niemals in der Öffentlichkeit bekannt werden wird, möchte er, dass ich Euch Seine Dankbarkeit für Euer Handeln zum Wohle von König und Vaterland ausdrücke."

„Was das angeht, Euer Lordschaft, es war eigentlich nicht ..." Als er den warnenden Blick bemerkte, den der Richter auf ihn richtete, verstummte Pickett.

„Ja, ja, ich bin sicher, dass Eure Bescheidenheit Euch zur Ehre gereicht", sagte der Mann des Prinzen und wehrte Picketts Einwände mit einer ungeduldigen Handbewegung ab. „Aber jetzt zum Grund meines Besuchs. Wie Ihr vielleicht wisst, war die Gesundheit des Königs in den letzten Jahren nicht gut."

Und das, dachte Pickett, war eine Untertreibung, wenn er je eine gehört hatte. Die regelmäßigen Wahnsinnsanfälle Georges III. waren mit Sicherheit das am schlechtesten gehütete Geheimnis im Königreich und waren es schon gewesen, bevor Pickett geboren wurde. Zu den gespenstischeren Geschichten gehörten Berichte, wie der König die

Schriftstellerin Fanny Burney durch die Kew Gardens jagte, im Versuch, sie zu küssen, oder versuchte, einem Baum die Hand zu schütteln, in der festen Überzeugung, dass dies der König von Preußen wäre.

„Die Frage einer Regentschaft ist, wie ich fürchte, keine Frage mehr des ‚ob‘, sondern des ‚wann‘“, fuhr Lord Fortescue fort.

„Oh?“, fragte Pickett, nicht sicher, wie irgendetwas hiervon mit seinen „Heldentaten“ – ihm wäre ein besseres Wort dafür in den Sinn gekommen – im Lake District zu tun haben könnte.

„Doch die politischen Ansichten Seiner Königlichen Hoheit sind Welten von denen seines Vaters entfernt. Es gibt Personen, die nicht möchten, dass der Prinz die Zügel der Regierung einen Tag früher als unbedingt notwendig in die Hände bekommt.“

„Äh, nein, wohl nicht“, sagte Pickett, der den Eindruck hatte, dass eine Reaktion angebracht wäre.

„Genau, Mr. Pickett. Es wäre sogar möglich, dass irgendein Radikaler sich versucht fühlen könnte, sagen wir, diese Bedrohung abzuwenden, im Glauben, dass der zweite Sohn Seiner Majestät, der Herzog von York, leichter zu lenken sein würde.“

„Ach?“, fragte Pickett wieder.

„Unter diesen Umständen ist Seine Königliche Hoheit der Auffassung, dass es weise wäre, sich der Dienste eines persönlichen Leibwächters zu versichern. Nicht nur einer Eskorte, wenn er ausgeht, wie es Mr. Townsend von der Bow Street zu tun pflegte, sondern einen Mann, der rund um die

Uhr auf dem Gelände ist. Und da, Mr. Pickett, kommt Ihr ins Spiel."

„Ich?", wiederholte Pickett intelligent.

„Ich bin befugt, Euch eine Stellung als persönlicher Leibwächter Seiner Königlichen Hoheit, des Prinzen von Wales anzubieten, mit einem Gehalt von fünfhundert Pfund per Annum."

Pickett fiel die Kinnlade herunter, doch als er sich seines offenstehenden Mundes bewusst wurde, schloss er ihn mit Mühe, räusperte sich und öffnete ihn wieder. „Ihr – Ihr wollt, dass *ich* ..." Die bloße Vorstellung war so absurd, dass er kaum Worte finden konnte, um es auszudrücken.

„Vielleicht war das nicht klar", entgegnete seine Lordschaft eilig. „Das Angebot ist nicht von mir, sondern von Seiner Königlichen Hoheit. Zusätzlich zu dem von mir genannten Gehalt werdet Ihr auch Räume in Carlton House für Euch und Eure Frau haben – Mr. Colquhoun erzählte mir vor Eurem Eintreffen, dass Ihr kürzlich geheiratet habt, ist das richtig? – und ich denke, zu einem späteren Zeitpunkt wäre auch ein Ritterschlag nicht außerhalb des Bereichs des Möglichen, obwohl ich natürlich nichts versprechen kann; solche Dinge liegen nicht in der Macht Seiner Königlichen Hoheit, es sei denn, dass er Regent wird."

Pickett konnte ihn nur anstarren. „Ich – ich – ich –"

Der Abgesandte des Prinzen musterte Picketts braunen Sergerock mit Missfallen und hielt eine Warnung für angebracht. „Denkt daran, Seine Königliche Hoheit wird nicht umsonst der Erste Gentleman Europas genannt. Er legte bei sich und allen in seiner Umgebung Wert auf einen gewissen

Standard im Äußeren und Ihr würdet keine Ausnahme machen dürfen. Er hat es selbst übernommen, neue Uniformen für das 10. Husarenregiment zu entwerfen und hat auch schon Pläne für das Kostüm seiner persönlichen Leibwache."

„Zufällig", warf Mr. Colquhoun ein, als er seinen jüngsten Läufer ratlos sah, „wird Mr. Pickett London morgen in aller Frühe verlassen. Vielleicht könntet Ihr die Angelegenheit mit ihm nach seiner Rückkehr im Einzelnen weiter besprechen, wenn er sich dann über die Fragen, die er Euch stellen möchte, klar geworden ist."

„Natürlich", stimmte der Besucher zu, der in Wahrheit einige Schwierigkeiten hatte, die Berichte über Tapferkeit und Heldentum, die an die Ohren des Prinzen gedrungen waren, mit diesem eher linkischen und sprachlosen jungen Mann, der vor ihm stand, in Einklang zu bringen.

„Nun, John", sagte Mr. Colquhoun, nachdem er seinen erhabenen Besucher aus dem Gebäude geleitet und in sein Arbeitszimmer zurückgekehrt war, wo Pickett noch immer wie zu Stein erstarrt stand, „es scheint, dass Ihr uns wohl bald verlassen werdet."

„Ihr – Ihr wusstet davon, Sir?" Pickett wandte sich um und sah den Richter so an, wie ein Ertrinkender einen Rettungsring ansehen mochte, den man ihm von einem vorbeikommenden Schiff aus zuwirft.

Mr. Colquhoun schüttelte den Kopf. „Nicht früher als Ihr."

„Er sagte, es wäre wegen dieser Angelegenheit im Lake District, doch das war gar nicht so, wie er zu denken scheint!

Ich kann keine Stellung unter so falschen Angaben annehmen."

„Ich bin sicher, John, dass Eure Skrupel Euch zur Ehre gereichen, aber mir scheint, dass die Krone – oder in diesem Fall der Mann, der sie bald repräsentieren wird – sich kaum besonders dafür interessieren wird, *wie* eine verräterische Verschwörung verhindert wird, *solange* sie nur verhindert wird."

„Dann – dann meint Ihr, ich sollte das Angebot annehmen."

Die buschigen weißen Augenbrauen des Richters zogen sich über seiner Nasenwurzeln zusammen. „Einige würden sagen, Ihr wäret ein Narr, das abzulehnen! Ihr werdet wahrscheinlich keine solche Gelegenheit wieder bekommen."

„Ich – ich habe nie daran gedacht, die Bow Street zu verlassen, Sir. Ich bin Euch zu tiefer Dankbarkeit verpflichtet …"

„Diese Schuld habt Ihr längst abgetragen." Als er sah, dass sein junger Protegé nicht überzeugt war, fügte er hinzu: „Versteht das nicht falsch, John. Diese Stellung hier ist die Eure, solange Ihr sie wollt. Ich wäre ehrlich traurig, Euch gehen zu sehen, doch ich bin nicht so egoistisch, dass ich Euch gegen Euer besseres Interesse hier halten wollte."

„Habt Ihr gehört, was er gesagt hat? Über den Ritterschlag, meine ich. Dann würde Julia…"

„Lady Pickett", schloss der Richter und nickte. „Aber lasst mich Euch darauf hinweisen, dass sie nicht die Aufgabe hätte, die königliche Person des Prinzen zu schützen. Außerdem scheint sie im Übrigen keine Einwände dagegen zu haben, eine einfache ‚Mrs. Pickett' zu sein. Ich sage nicht, dass ihre Wünsche nicht berücksichtigt werden sollten, denn ihr Leben würde sich ebenfalls sehr ändern, wenn Ihr Euch dem Haushalt des Prinzen anschließen würdet. Doch wenn Ihr daran denkt, dieses Angebot nur aus diesen Gründen anzunehmen, sollte ich Euch warnen. Schließlich sagte der Mann selbst, er könnte nichts versprechen."

Pickett seufzte. „Nein, Sir. Danke aber, dass Ihr mir ein wenig Zeit verschafft habt." Der Hauch eines Lächelns half, seinen benommenen Gesichtsausdruck zu vertreiben. „Sollte ich mich in den nächsten beiden Wochen, in denen ich angeblich nicht in London bin, verstecken?"

„Das dürfte nicht nötig sein", versicherte ihm der Richter und hob ein zerknittertes Blatt Papier auf, das auf seinem Schreibtisch lag, um es Pickett zu geben. „Ich habe nicht weniger als die Wahrheit gesagt, als ich ihm erklärte, Ihr würdet London morgen früh verlassen. Dies kam mit der Morgenpost, es werden zwei Läufer angefordert – Ihr selbst und noch jemand, wobei ich den zweiten selbst auswählen soll – um in einer recht heiklen Angelegenheit nach Dunbury zu reisen."

„‚Eine recht heikle Angelegenheit'", wiederholte Pickett bitter. „Nur einmal möchte ich, dass die Leute sagen, was sie wollen."

„Zumindest hat er mit seinem Namen unterschrieben." Offensichtlich dachte auch der Richter an den anonymen Brief, der Pickett in den Lake District geführt hatte, ebenso zu einem nicht erwähnten Zweck. Sicher, dieser Brief war von einem Edward Gaines Brockton unterschrieben, der als seinen

Aufenthaltsort den *Cock and Boar* in Dunbury angab.

„Wo ist Dunbury?", fragte Pickett und schaute von dem Brief auf. „Und wen beabsichtigt Ihr, mit mir zusammen abzuordnen?"

„Dunbury ist im West Country. Somersetshire, um genau zu sein – nicht weit von Euren Schwiegereltern entfernt. Was Euren Reisebegleiter betrifft, habe ich daran gedacht, Mr. Carson zu schicken."

„*Harry?*" Der Gedanke an Harry Carson als Reisebegleiter reichte aus, um alle Gedanken an den Prinzen von Wales zumindest vorübergehend aus Picketts Gehirn zu vertreiben.

Die buschigen Augenbrauen hoben sich. „Ihr habt Einwände?"

„Ihr müsst natürlich tun, was Ihr für das Beste haltet – aber Harry gehört zur berittenen Wache!"

„Denkt nach, John", tadelte ihn sein Mentor. „Wenn ich tue, worum dieser Mann bittet und einen zweiten Läufer mit Euch schicke, dann sind das zwei von sechs – ein volles Drittel der obersten Beamten in der Bow Street zu jeder Zeit, im Augenblick aber vierzig Prozent, da ich noch keinen Ersatz für Mr. Foote ernannt habe. Uns fehlt bereits ein Mann, bald vielleicht zwei, wenn Ihr Euch entschließt, das Angebot Seiner Königlichen Hoheit anzunehmen."

Woraus Pickett nur entnehmen konnte, dass sein Mentor Harry Carson als Kandidaten für die offene Stelle betrachtete. Dennoch wusste er es besser, als zu fragen; die Beförderung von Männern aus den Wachen zum oberen Beamten lag allein im Ermessen des Richters und Mr. Colquhoun würde – und das zu Recht – jede Andeutung, dass er einem seiner vorhandenen Läufer, am wenigsten von allen dem jüngsten, bei der Beförderung ihrer Kollegen Rechenschaft schuldig wäre, empört zurückweisen.

„Wisst Ihr etwas über Mr. Carson, was ihn für diese Stellung ungeeignet machen würde?", fragte Mr. Colquhoun, der Picketts Gedanken mit erstaunlicher Genauigkeit lesen konnte, als sie über sein offenes Gesicht huschten.

„N–nein", räumte Pickett ein. Er wusste nichts Nachteiliges über Harry, außer der Tatsache, dass er selbst nur zu oft das Ziel der Scherze des Mannes war.

„Wen würdet Ihr vorschlagen, an seiner Stelle zu schicken?", beharrte Mr. Colquhoun.

Da er mehr oder weniger aufgefordert worden war, seine Meinung zu äußern, dachte Pickett jetzt über die Frage nach. Mr. Dixon war fünfzig Jahre alt und länger in der Bow Street, als Pickett überhaupt lebte, da er bereits in den Tagen keines Geringeren als Sir John Fieldings zur Fußpatrouille gestoßen war. Niemand konnte an Dixons Fähigkeiten zweifeln, doch konnte Pickett sich des Gefühls nicht erwehren, dass im Falle Mr. Colquhoun Mr. Dixon mit ihm schicken würde, am Ende John Pickett Mr. Dixon assistieren würde statt umgekehrt. Maxwell schien ein guter Mann zu sein, aber Pickett kannte ihn nicht gut, da er erst kürzlich in die Bow Street gekommen war, nachdem er als Invalide aus der Armee ausgeschieden war. Griffin arbeitete im Moment an einem eigenen Fall und Marshall war mit einem Auftrag in Yorkshire.

„Ich wollte nicht andeuten, dass ich nicht mit Carson arbeiten könnte", sagte Pickett schließlich, nachdem ihm keine bessere Alternative eingefallen war. Er war gezwungen zuzugeben, dass es weit schlimmer hätte sein können; schließlich hatte er es sogar geschafft, mit Mr. Foote zu arbeiten, und er musste so gerecht sein einzuräumen, dass Carson zumindest nicht den Wunsch gehabt hatte, ihn in seiner verdorbenen Jugend wegen des Diebstahls eines Apfels (und anderer Dinge) hängen sehen zu wollen. Andererseits war Harry Carson seine unrühmliche Vergangenheit vielleicht auch nicht bekannt. Oder vielleicht hatte er einfach noch nicht daran gedacht. Auf jeden Fall gab es für Pickett nur eine mögliche Antwort. „Wenn auch immer Ihr mit mir schicken möchtet, Sir, ich werde mir die größte Mühe geben. Auch Euch gegenüber, natürlich."

Mr. Colquhoun nickte zustimmend. „Irgendwie habe ich nicht weniger von Euch erwartet."

„Ähm, ich habe jedoch eine Frage", fügte Pickett zögernd hinzu.

„Doch, ja? Und die wäre, Mr. Pickett?"

„Nun, Sir, angesichts der Tatsache, dass Carson Mitglied der berittenen Wache ist, nehme ich nicht an – das heißt, Ihr erwartet nicht, dass ich – was ich sagen will, Sir …"

Mr. Colquhoun hörte sich diese unzusammenhängende Rede einige Augenblicke lang schadenfreudig an, bevor er Pickett von seinem Elend erlöste. „Keine Angst, Mr. Pickett, Ihr werdet beide mit der Postkutsche reisen. Ich erwarte nicht von Euch, eine zweitägige Reise auf dem Rücken eines Pferdes zurückzulegen."

Pickett atmete erleichtert auf. „Nein, Sir. Vielen Dank, Sir."

„Ich hatte nie etwas für Grausamkeit gegenüber sprachlosen Tieren übrig – und das Pferd würde es vielleicht auch nicht mögen", fuhr der Richter fort, was ihm ein verlegenes Grinsen von Pickett einbrachte. „Wenn Ihr jetzt Mr. Carson holen würdet, könnten wir ihn von seinem neuen Auftrag unterrichten, bevor ich Euch nach Hause schicke, um Eure Taschen zu packen und Eure Frau von Eurem plötzlichen Aufstieg in der Welt zu informieren. Ich spreche natürlich von Seiner Königlichen Hoheit, nicht von einem längeren Besuch in Dunbury in Mr. Carsons Gesellschaft."

Pickett tat, was ihm befohlen wurde und einen Augenblick später stürmte Harry Carson in das Arbeitszimmer des Richters; er war ein gutaussehender Mann, ein paar Jahre älter als Pickett selbst, gekleidet in den blauen Rock und die rote Weste der berittenen Wache der Bow Street. „Ja, Sir?", fragte er Mr. Colquhoun. „Lord John sagte, Ihr wolltet mich sprechen?"

Pickett weigerte sich, den Köder zu schlucken, doch warf trotzdem dem Richter einen vielsagenden Blick zu. Mr. Colquhoun zuckte nicht einmal mit der Wimper zum Zeichen, dass er das mitbekommen hatte, doch wandte sich stattdessen an Carson. „Heute Morgen kam ein Brief per Post an, in dem gewünscht wurde, dass ich Mr. Pickett zusammen mit einem zweiten oberen Beamten schicken möge. Da wir im Moment unterbesetzt sind, dachte ich daran, Euch dazu zu bestimmen. Sagt mir, was haltet Ihr hiervon?"

Er reichte dem Mann, der Pickett gegenüber in allem außer dem Alter unterlegen war, den Brief. Carson studierte ihn eine Weile, bevor er ihn achselzuckend an den Richter zurückgab. „Ich würde sagen, dass jemand namens Edward Gaines Brockton in Dunbury zwei Läufer braucht, obwohl ich mir nicht vorstellen kann, warum einer nicht ausreichen sollte. Daneben gibt es nicht viel, was man daraus erschließen könnte, oder?"

„Mr. Pickett?"

Als er den Brief aus der Hand des Richters erhielt, wurde Pickett klar, dass er Gelegenheit erhielt, seinen Quälgeist in die Schranken zu verweisen und beschloss, sie nicht ungenutzt verstreichen zu lassen. Er holte tief Luft. „Bevor Mr. Carson zu uns stieß, Sir, habe ich Euch gefragt, wo Dunbury ist und Ihr habt mir erklärt, dass es im West Country liegt." Pickett würde nicht vortäuschen, Kenntnisse gehabt zu haben, die er nicht besessen hatte, doch das hieß nicht, dass er nicht auf Harry Carsons Versäumnis, diese Frage zu stellen, hinweisen konnte. „Angesichts dieser Entfernung deutete die Tatsache, dass der Brief heute Morgen zugestellt wurde, darauf hin, dass er vorgestern abgeschickt worden sein dürfte – wenn man voraussetzt, dass er aus Dunbury geschickt wurde und nicht von einem anderen Ort aus."

„Eine richtige Bemerkung, Mr. Pickett, aber vermutlich darf man davon ausgehen", sagte Mr. Colquhoun und nickte bestätigend. „Ist Euch sonst noch etwas aufgefallen?"

„Die Qualität des Papiers lässt vermuten, dass dieser Mr. Brockton kein armer Mann ist", fuhr Pickett fort, „doch jemand ohne Beziehungen zum Adel, angesichts der fehlenden Freimachung. Vielleicht ein Mitglied des Landadels oder ein vermögender Kaufmann. Was den Inhalt betrifft, kann man nicht mehr sagen, bis wir den Mann

16

getroffen haben. ‚Eine relativ heikle Angelegenheit' kann alles bedeuten, von einem Todesfall unter verdächtigen Umständen bis zu einer Tochter, die mit einem Glücksritter durchgebrannt ist."

„Nicht schlecht", bemerkte Carson und hob eine Augenbraue in Richtung des jungen Mannes, der in der Bow Street sein Vorgesetzter war. „Weiter so und Ihr könntet, wenn Ihr erwachsen seid, zu etwas nütze sein, Mr. Pickett."

Pickett dachte an die Stellung, die auf ihn wartete, mit einer Wohnung in Carlton House und der Möglichkeit eines Ritterschlags in der Zukunft und schenkte Carson ein relativ selbstgefälliges Lächeln. „Für Euch immer noch ‚Lord John'."

* * *

Picketts Gedanken nahmen jedoch eine ganz andere Wendung, nachdem er das Amt in der Bow Street verlassen und sich auf dem Weg nach Hause in die Curzon Street zum Bolt in Tun in der Fleet Street begeben hatte, wo er den Fahrpreis für zwei Passagiere nach Wells bezahlte, der Postkutschenstation in der Nähe des Dorfes Dunbury. Trotz der guten Neuigkeiten, die er zu überbringen hatte, wurden seine Schritte langsamer, als er sich dem bescheidenen, aber eleganten Haus in Mayfair näherte. Sicher, ihm gefiel die *Vorstellung* der Position, die ihm angeboten wurde – in weniger als zwölf Jahren vom Taschendieb in Covent Garden zu einer Wohnung in der königlichen Residenz des Prinzen von Wales aufzusteigen war berauschend und Pickett hätte lügen müssen, wenn er gesagt hätte, dass diese Aussicht nicht verlockend gewesen wäre. Dazu würde es auch sehr erfreulich sein, seiner Frau einen Titel bieten zu können – keinen so großartigen, wie sie ihn vor ihrer Hochzeit getragen hatte, das stimmte, aber dennoch einen Titel.

Die Realität einer solchen Veränderung war jedoch etwas völlig anderes. Einerseits war er sich gar nicht sicher, dass er für sein Handeln im Lake District überhaupt eine Belohnung verdiente. In der Tat konnte er nicht lange an jene Ereignisse denken, ohne ein mulmiges Gefühl im Magen zu bekommen. Weiterhin ging es auch um die Arbeit, zu der er dort aufgefordert werden würde. Jeder Tag in der Bow Street brachte etwas Neues und Unerwartetes – und gelegentlich auch Gefährliches. Nicht, dass er es genoss, sein Leben in Gefahr zu bringen, gerade jetzt, wo er eine Frau hatte und ein Kind unterwegs war. Dennoch hielt es ihn auf Trab – nicht viel anders als in seiner kriminellen Jugendzeit, eigentlich, doch mit der Befriedigung, dass er jetzt auf der richtigen Seite des Gesetzes arbeitete.

Doch diese neue Stellung, wenn er sich entschließen würde, sie anzunehmen, bestand aus einer einzigen Aufgabe: die behäbige Person Seiner Königlichen Hoheit, des Prinzen von Wales, zu beschützen. Er war dem Prinzen natürlich noch nie begegnet – selbst Mr. Colquhoun, so reich er war, bewegte sich nicht in so hohen Kreisen. Und obwohl Pickett Seine Königliche Hoheit bei einer Gelegenheit gesehen hatte, von einer Loge im Drury Lane Theater gegenüber, in der Nacht, in der es abgebrannt war, hatte seine Aufmerksamkeit bei jenem Anlass nur Julia, Lady Fieldhurst, und der Ehe, von der beide erwartet hatten, dass sie annulliert werden würde, gegolten.

Trotzdem, man musste nicht mit dem Prinzen bekannt sein oder sich auch nur in den höchsten Kreisen bewegen, um die Gerüchte zu hören, die über ihn umgingen: seine verschwenderischen Gewohnheiten und die größtenteils erfolglosen Versuche des Parlaments, ihn zu zügeln, indem man die Geldbörse fester schloss; seine jugendliche (und eher rechtswidrige) Ehe mit der zweimal verwitweten, römisch-katholischen Maria Fitzherbert, und seine rechtmäßige, aber katastrophale Ehe mit Prinzessin Caroline von Braunschweig, von der er seit mehr als einem Jahrzehnt getrennt lebte; seine Anfälligkeit für Schmeicheleien von Menschen, die hofften, seine Meinung beeinflussen zu können; und schließlich sein Reigen adliger Mätressen, deren Ehemänner sich der illegitimen Beziehungen mit dem Prinzen offensichtlich völlig bewusst waren. In der Tat würde es schwierig werden, seinem möglichen zukünftigen Arbeitgeber gegenüber einen gewissen Grad an Respekt, von Bewunderung ganz zu schweigen, aufzubringen.

Andererseits, argumentierte Pickett in Gedanken, verlangte seine gegenwärtige Stellung oft, dass er Gerechtigkeit für ermordete Männer schaffen sollte, die im Leben alles andere als bewundernswert gewesen waren – wie zum Beispiel der erste Ehemann seiner Frau und ihr früherer Schwager. Wenn ein Toter, unabhängig von den Mängeln seines Charakters, Picketts beste Bemühungen verdiente, dann wäre ein Lebender sich nicht weniger würdig. Natürlich war Pickett nie gezwungen gewesen, unter dem Dach eines dieser toten Männer zu leben, ganz zu schweigen davon, ihnen völlig zur Verfügung stehen zu müssen – oder verpflichtet zu sein, eine von ihnen entworfene Uniform zu tragen, überlegte er, und erinnerte sich mit Missfallen an die gelben Stiefel der 10. Husaren und die Verachtung, mit der diese von anderen Regimentern betrachtet wurden. Dennoch, er würde für den Verlust seiner persönlichen Unabhängigkeit gut – in der Tat, *verschwenderisch* gut – bezahlt werden und die Aussicht, Mrs. John Pickett einen höheren Titel zu Füßen legen zu können, vor allem in Anbetracht all dessen, was sie aufgegeben hatte, um bei ihm zu bleiben, war eine starke Motivation.

Und daher wartete er nach seiner Ankunft in der Curzon Street nur so lange, bis er die Frau, die seit vier Monaten die seine war, mit einem langen Kuss begrüßt hatte, um sie zu fragen: „Es würde dir doch gefallen, mit Sir John Pickett verheiratet zu sein, oder?"

2

In dem John Pickett sich auf eine Reise vorbereitet

Julia hatte früh in ihrer Bekanntschaft festgestellt, dass ihr junger Bow Street Läufer einen ansprechend selbstironischen Sinn für Humor hatte und vier Monate Ehe hatten diese Überzeugung nur verstärkt. Aus diesem Grund schien es für ihn völlig untypisch zu sein, dass er anscheinend auf einen Titel spekulierte. Meinte er gar eine imaginäre Baronie? Sie musterte ihn lange, studierte sein Gesicht, um einen Hinweis auf die Art dieses Scherzes zu finden (denn es musste doch sicher ein Scherz sein), bevor sie sagte: „Ich bin gern mit *dir* verheiratet, ganz gleich, wie du dich selbst zu nennen beliebst.“

„Aber es würde dir doch gefallen, Lady Pickett zu sein, nicht wahr?“, beharrte er. „Natürlich wäre es kein so großartiger Titel wie Lady Fieldhurst, aber es schlüge doch ‚Mrs. Pickett‘ allemal, meinst du nicht?“

„Ich werde nicht zulassen, dass du ‚Mrs. Pickett‘ geringschätzt“, protestierte sie und zupfte besitzergreifend an seinen Rockaufschlägen. „Ich mag es inzwischen sehr gern. Aber John, Liebling, bitte höre auf zu spaßen und erzähle mir, wovon du sprichst!"

„Ich mache keine Witze", beharrte er. Dann erzählte er ihr alles über den unerwarteten Besucher in der Bow Street und seinen unglaublichen Auftrag, und schloss mit: „Es hört sich an, als ob jemand anders sich einen Scherz erlaubte, nicht wahr?"

Die Nachricht war genug gewesen, dass sie sich aus seinen Armen löste, um sich leicht schwankend auf dem nahestehenden Sofa niederzulassen, doch auf diese Frage hin verteidigte sie ihn heftig. „Keineswegs! Warum solltest du *keine* solche Gelegenheit bekommen? Wer wäre dafür bitte besser geeignet?"

Jemand, der nicht, wenn auch versehentlich, für den Tod einer Frau verantwortlich ist, hätte Pickett ihr antworten können. Laut warnte er nur vorsichtshalber: „Er hat wegen des Titels keine Versprechungen gemacht, wohlgemerkt. Trotzdem, selbst wenn das nie wahr würde, alles andere – fünfhundert Pfund pro Jahr und Zimmer in der königlichen Residenz – nun, das wäre auch nicht zu verachten, oder?"

„Keineswegs", versicherte sie ihm herzlich. „Obwohl ich das Gefühl habe, dich warnen zu müssen, wenn du dieses Haus hier schon überwältigend fandest, warte nur, bis du die große Treppe in Carlton House siehst."

Er zuckte zusammen. „Genau davor habe ich Angst."

„Ganz im Ernst, John" – sie stand vom Sofa auf und legte ihm bittend die Hand auf den Arm – „wenn du die Stellung nicht annehmen möchtest, musst du nicht das Gefühl haben, es meinetwegen tun zu müssen. Ich habe nicht das Geringste dagegen, für den Rest meines Lebens ‚Mrs. Pickett' zu bleiben. In der Tat habe ich nichts weniger als das erwartet, als wir heirateten."

„‚Nichts weniger'?", wiederholte er, als ihm der Ausdruck auffiel, dann zog er sie in seine Arme. „Ich hätte nicht gedacht, dass es etwas weniger *gäbe.*"

„Das ist Ansichtssache", teilte sie ihm mit und hob ihr Gesicht, um sich küssen zu lassen.

Er war nur zu glücklich, ihr diesen Gefallen zu tun, fühlte sich aber verpflichtet, nach der Vollendung dieser angenehmen Übung zu fragen: „Mylady, habe ich dir schon einmal gesagt, dass du ein miserables Urteilsvermögen hast?"

„Sehr oft. Trotzdem bereue ich nichts. Nun", ergänzte sie, „nur eines, auf jeden Fall."

Die Kritik, so milde sie war, reichte, um das Lächeln von seinem Gesicht zu vertreiben. „Oh? Was …?"

„Ich werde immer bedauern, dass ich nie einen richtigen Heiratsantrag von dir bekommen habe."

„Hast du nicht?", fragte er leicht bestürzt. „Aber ich muss doch sicher …"

„Soweit ich mich erinnere, warst du zu sehr damit beschäftigt, mir all die Gründe aufzuzählen, warum ich eigentlich nicht wünschen könnte, dich zu heiraten."

Diese Behauptung klang nur zu wahr. Abgesehen von der Tatsache, dass seine Erinnerungen an dieses Ereignis vage waren, wenn man bedachte, dass er sich zu jener Zeit von einer Kopfverletzung erholte, schien es selbst nach vier Monaten der Ehe noch immer seltsam, dass sie, eine

Viscountess, sich in einen Bow Street Läufer verliebt hatte, ganz zu schweigen davon, dass sie ihn hatte heiraten wollen.

„Ich bin jedenfalls froh, dass du nicht auf mich gehört hast", sagte er, als er sah, dass eine Antwort erwartet wurde.

„Natürlich ist es nie zu spät", bemerkte sie.

„Was meinst du?"

Sie sah ihn erwartungsvoll an. „Du könntest mir jetzt einen Heiratsantrag machen."

Er lachte kurz auf und hoffte, dass sie scherzte, doch fürchtete sehr, dass das nicht der Fall wäre. Er hätte sich nur wenige Dinge vorstellen können, die ihn sich jetzt alberner fühlen lassen würden, als die Vorstellung, sich auf ein Knie niederzulassen und einer Frau die Ehe anzubieten, die bereits seine Ehefrau war – einer Frau, die noch dazu seit vier Monaten schwanger war. „Dafür ist es ein bisschen spät, meinst du nicht?"

Ihre Gedanken mussten einen sehr ähnlichen Weg eingeschlagen haben, denn sie drückte eine Hand auf ihren Unterleib. Die leichte Rundung wurde noch immer von ihren Röcken verborgen, zumindest im Augenblick, doch dieser Zustand wurde mit jedem Tag unsicherer. „Es ist ja nicht so, als könnte ich dir einen Korb geben, weißt du."

„Im Ernst, Julia, ich bin nicht nur nach Hause gekommen, um dir vom Angebot des Prinzregenten zu erzählen", sagte Pickett und wechselte einigermaßen erleichtert das Thema. „Ich muss meine Tasche packen. Ich verlasse London morgen in aller Frühe."

„Oh", sagte sie, etwas entmutigt von dieser Offenbarung. In einem Versuch, die Trostlosigkeit zu verringern, die sich bei der Aussicht auf seine Abwesenheit auf sie zu legen drohte, fügte sie in leichterem Ton hinzu: „Sicher ist es doch nicht nötig, so weit zu gehen, nur, um mir keinen Heiratsantrag machen zu müssen."

Sein Lächeln flackerte plötzlich auf, doch er sagte nur: „Ich wünschte, ich könnte dich mitnehmen, aber ich fürchte, das wird nicht gehen. Der Brief forderte zwei Mann an, sodass ich statt meiner schönen und klugen Frau Harry Carson von der berittenen Wache auf dem Hals habe."

„Was stimmt nicht mit Harry Carson?"

„Außer der Tatsache, dass er nicht du ist? Ich schätze, eigentlich ist es nicht so, dass mit ihm etwas ‚nicht stimmt'. Es liegt nur daran, dass er alles für einen Witz hält – und wenige Witze sind lustiger als die Vorstellung, dass ausgerechnet ich mit einer Lady verheiratet bin."

„Ist er derjenige, der dich dann ‚Lord John' getauft hat?" Als sie eine bejahende Antwort erhielt, drängte sie: „Achte gar nicht auf ihn! Es ist für die geringste Intelligenz ersichtlich, dass er eifersüchtig ist."

„Es ist sicherlich offensichtlich, dass er Grund dazu hat." Er zog sie in seine Arme und legte sein Kinn auf ihren Kopf, wie in ein Nest aus goldenen Locken. „Doch es gibt keinen Grund, warum du allein hierbleiben müsstest, weißt du. Ich werde in Dunbury sein, nicht allzu weit von deinen Eltern entfernt. Wenn du sie gern besuchen möchtest, könnte ich vielleicht von Zeit zu Zeit zu dir hinüberreiten."

Sie konnte den Ausdruck auf seinem Gesicht nicht sehen, da ihr eigenes Gesicht an seiner Brust vergraben war, doch ein leichtes Steifwerden des Körpers in ihren Armen, ebenso wie etwas in der lässigen Art und Weise, wie er gesprochen hatte, ließen darauf schließen, dass etwas mehr an diesem Vorschlag war, als auf ersten Blick zu erkennen war. Trotzdem sprach sie in heiterem Ton, der sich ein Beispiel an seinem nahm, im Vertrauen, dass er ihr alles erklären würde, wenn er dazu bereit wäre – und keine Minute zuvor. „Reiten? Mein lieber John! Bietest du mir wirklich an, zu Pferd zu mir zu kommen? Ich bin überwältigt! Aber ich meine mich zu erinnern, dass du mir einmal gesagt hast, du könntest zurück in London sein, bevor alle Pläne für meine eigenen Reise auch nur begonnen wären."

„Ja, aber damals wusste ich, wonach ich suchte – oder zumindest war ich mir ziemlich sicher, dass ich es wissen würde, sobald ich es erblickte", räumte er ein. „Dieses Mal weiß ich aber nicht, wie lange ich fort sein werde. Es könnten vierzehn Tage oder mehr werden."

„Zwei Tage wären schon zu lange, ganz zu schweigen von zwei Wochen", sagte sie und ließ ihn mit einigem Zögern los. „Trotzdem, ich wage zu behaupten, dass es nicht das letzte Mal sein wird, dass du zum Verreisen gezwungen bist, also kann ich mich genauso gut daran gewöhnen, allein zu sein. Außerdem hatte ich daran gedacht, ein paar Damen zum Tee einzuladen. Keine große Gesellschaft, du verstehst, nur ein paar Bekannte aus der Zeit vor meiner Heirat – vor *unserer* Heirat, sollte ich sagen."

Ihre eigene bemühte Lässigkeit hätte umgehend Picketts Misstrauen erregt, wenn in seinem Kopf kein solches Chaos geherrscht hätte. „Ich lasse dich nicht gern allein", gestand er.

„Ich werde in einem Haus voller Diener kaum allein

sein", wandte sie ein.

„Nicht ganz voll, fürchte ich. Ich werde Thomas mitnehmen müssen. Ich habe den Mann schon zu oft vertröstet."

„Er wird überglücklich sein", sagte sie voraus.

Sie hatte völlig recht.

„Ich – ich soll mit Ihnen kommen, Sir?", stammelte Thomas, als er informiert wurde, dass er nicht nur die Tasche seines Herrn für die Reise packen, sondern ihn auf seine Reise begleiten sollte.

„Ja. Wohlgemerkt, es geht nur nach Dunbury", fügte Pickett hinzu und sah, dass sein Kammerdiener, der kürzlich vom Lakaien befördert worden war, anscheinend der Täuschung unterlag, dass er mit auf die Grand Tour gehen sollte. „Es ist ja nicht so, als würden wir nach Paris oder Rom gehen."

„Das wäre für mich das Gleiche, denn ich bin noch nie über Hampstead hinausgekommen. Nicht, dass ich besonders gern einen Ort voller Frösche oder Dagos besuchen möchte", fügte er hastig hinzu, offensichtlich in der Furcht, dass seine Loyalität gegenüber seinem Heimatland infrage gestellt werden könnte, wenn er zu begierig darauf wäre, es zu verlassen.

„Dann ist da noch etwas", warnte Pickett. „Ich werde nicht allein reisen."

„Wird Mrs. Pickett auch mit uns kommen?"

Pickett seufzte. „Nein, nicht Mrs. Pickett, sondern ein anderer Mann aus der Bow Street. Sein Name ist Harry Carson. Die meisten Bow Street Läufer reisen nicht mit

Personal" – *die meisten Bow Street Läufer können sich keines leisten*, hätte er hinzufügen können – „daher fürchte ich, du wirst ihm ebenso behilflich sein müssen wie mir."

„Ich werde mein Bestes tun, um Euch nicht zu enttäuschen, Sir", erklärte Thomas fest, ging dann zum Kleiderschrank und begann, die Kleidungsstücke herauszuholen, die Pickett für einen längeren Aufenthalt benötigen könnte. Er zögerte bei einem dunkelblauen Frack und einer Weste aus weißem Brokat. „Werdet Ihr Abendkleidung benötigen, Sir?"

Pickett zögerte. Es war richtig, dass er bei den Ermittlungen in früheren Fällen an abendlichen Gesellschaften teilgenommen hatte, doch da war er in Begleitung seiner Frau gewesen. In der Tat war es Julia gewesen, die ihm ein *entrée* verschafft hatte; Harry Carsons Anwesenheit würde kaum die gleiche Wirkung haben. Außerdem konnte Pickett sich Carsons Reaktion, würde er solche Kleidungsstücke in Picketts Tasche (ganz zu schweigen an seiner Person) entdecken, nur zu gut vorstellen. Andererseits würde er – wie er Julia erklärt hatte – innerhalb einer zu Pferd zu bewältigenden Entfernung von Julias Elternhaus sein. Wenn Julia ihn zufällig bitten würde, ihnen zu schreiben und seine Anwesenheit in der Nachbarschaft zu erwähnen, würde sie sich verpflichtet fühlen, ihn zum Diner einzuladen? Wenn ja, wäre er gezwungen, die Einladung anzunehmen und er weigerte sich, Lady Runyon noch mehr Grund zu geben, ihn zu verachten, indem er in Stiefeln an ihrem Esstisch erschiene.

„Am besten, du packst sie ein, nur für den Fall", sagte er zu Thomas, der offensichtlich auf Antwort wartete. „Ich werde die Sachen vielleicht nicht brauchen, aber ich schätze, es ist besser, auf alles vorbereitet zu sein."

„Ja, Sir", sagte Thomas, obwohl Pickett nicht sicher sein konnte, ob dies Gehorsam oder Zustimmung war.

Als sein Kammerdiener ging, um seine eigenen Sachen zu packen, wandte Pickett seine Aufmerksamkeit der einen zusätzlichen Anordnung zu, die für seine Beruhigung erforderlich war, und dazu suchte er Rogers, den Butler, auf.

„Rogers, ich werde verpflichtet sein, London gleich morgen früh zu verlassen", begann er.

„Ja, Sir. Das habe ich gehört", sagte der Butler und ließ Pickett sich (nicht zum ersten Mal) fragen, wie die Dienerschaft es bewerkstelligte, alles im Hause zu erfahren, fast sobald es sich ereignete.

Er hatte jedoch keine Zeit, lange darüber nachzudenken, denn er hatte weit Wichtigeres im Kopf. Er schaute sich im Foyer um, um sicherzustellen, dass Julia nicht in Hörweite war. Er sah keine Spur von ihr, senkte aber trotzdem seine Stimme. „Sagt mir, Rogers, könnt Ihr mit einer Schusswaffe umgehen?"

Wenn Rogers diese Frage überraschend fand, ließ er es sich nicht einmal mit einem Wimpernzucken merken. „Ja, Sir."

„In der unteren Schublade des Schreibtischs ist eine Pistole", erklärte Pickett ihm. „Zögert nicht, sie zu benutzen, wenn es nötig sein sollte."

„Nein, Sir, aber – Verzeihung, gibt es einen Grund, warum Ihr meint, dass eine Art von Verteidigung notwendig sein könnte?"

„Ich – ich lasse Julia nicht gern allein", gestand Pickett.

Rogers übersah großzügig den *faux pas* seines Herrn, die Herrin des Hauses vor dem Personal mit Vornamen zu nennen, und erlaubte sich nur ein onkelhaftes Lächeln. „Ich bin sicher, dass Eure Gefühle Euch zur Ehre gereichen, Sir, aber ich kann Euch versichern, dass Mrs. Pickett nicht völlig allein sein wird."

„Nein, natürlich nicht", stimmte Pickett zu und zerstreute seine Bedenken mit einem Kopfschütteln. Schließlich befand sich der Mann, den er fürchtete, im Gefängnis, wo er auf seine Hinrichtung wartete. Nach allem, was er wusste, könnte der Mann bereits seine Verabredung mit dem Henker eingehalten haben und die Nachricht hatte Mr. Colquhoun nur noch nicht erreicht, der darum gebeten hatte, über dieses Ereignis informiert zu werden. Oder vielleicht doch, und Mr. Colquhoun – ein vielbeschäftigter Mann mit zahlreichen Interessen neben seinen Pflichten als Richter – hatte nur vergessen, ihm diesen Umstand mitzuteilen. Er wünschte, er hätte sich danach erkundigt, bevor er die Bow Street verließ, doch jetzt war es zu spät. „Achtet nicht auf mich, Rogers. Ich schätze, ich benehme mich nur dumm."

„Wenn ich das so sagen darf, Sir, ist das eine Art der Dummheit, die Mrs. Pickett viel Gutes getan hat und die Euch beim Personal sehr beliebt gemacht hat."

„Danke, Rogers." Pickett schenkte dem Butler ein dankbares, wenn auch etwas verlegenes kleines Lächeln und kehrte in das Schlafzimmer zurück, um das Packen zu beenden.

Aber viel später in der Nacht, nach einem sehr

langwierigen und privaten Abschied, fühlte er sich veranlasst zu sagen: „Julia, du wirst vorsichtig sein, ja? Auf dich aufpassen, meine ich. Geh nicht allein aus. Wenn du irgendwohin gehen musst, nimm Betsy mit, oder den neuen Diener – den Mann, der Thomas ersetzt hat – wie hieß er noch gleich?"

„Andrew. Und wenn es dir ein besseres Gefühl gibt, verspreche ich dir, das Haus nicht ohne einen der beiden zu verlassen", fügte sie hinzu und legte schützend eine Hand über die leichte Rundung ihres Bauchs in der verfehlten Annahme, dass diese plötzliche Besorgnis seinerseits ihren Grund in ihrem heiklen Zustand hätte. Er hätte sie über ihren Irrtum aufklären können, doch das Schlafzimmer war dunkel, sodass er diese Geste nicht sehen konnte. „Besser noch, ich nehme beide mit. Dann kann ich auch Rogers bitten, mitzukommen, und wie die gute Königin Bess auf Prozession durch London gehen."

„Julia –" protestierte er schwach.

„Egal, Liebling, ich habe nur Spaß gemacht." In einem ernsteren Sinne fügte sie hinzu: „Ich weiß, dass du gehen musst, und ich verspreche, dich nicht zu bitten zu bleiben oder dich zu quälen, mich mitzunehmen oder dich mit Tränen zu plagen, aber darf ich sagen, dass ich dich vermissen werde?"

„Das hoffe ich doch", sagte er und streckte erneut die Arme nach ihr aus, „denn ich werde dich vermissen. Sehr, sehr vermissen."

3

In dem wir Mr. Harry Carson
von der berittenen Wache der Bow Street kennenlernen

Pickett erhob sich vor Tagesanbruch und griff nach den Kleidern, die er Thomas am Vorabend herauszulegen erlaubt hatte. Die Tatsache, dass er in der Dunkelheit herumtappen musste, bevor er sie fand, war seiner Meinung nach ein weiterer Beweis für die Vorteile, die es hatte, solche Arbeiten für sich selbst zu erledigen, statt sie einem Diener zu überlassen, doch er hatte in dieser Angelegenheit Julia längst nachgegeben und war so köstlich für seine Kapitulation belohnt worden, dass die Unannehmlichkeit, nach seinen Kleidern tasten zu müssen, ein geringer Preis zu sein schien. Er fragte sich, ob sie jetzt spürte, dass das Spiel den Einsatz nicht wert gewesen wäre; ein Rascheln der Laken neben ihm gab ihm jedoch zu verstehen, dass seine Suche nicht so leise vonstattengegangen war, wie er sich gewünscht hätte.

„Ich wollte dich nicht wecken", sagte er in entschuldigendem Flüsterton. „Schlaf weiter, ich sehe dich dann bei meiner Rückkehr."

„Und wann wird das sein?"", gab sie etwas verschlafen zurück. „Ich habe vor, jeden Moment mit dir zu verbringen, solange das möglich ist, bis du fortgehen musst, also kannst du dir genauso gut deine Spucke sparen."

Es war genau die Antwort, die er erwartet hatte – und, um ehrlich zu sein, er wäre von allem anderen enttäuscht gewesen – daher versuchte er nicht, sie zu überreden. Nachdem er sich angezogen, rasiert und seine letzten Sachen in einen ramponierten Koffer gepackt hatte, führte er Julia aus dem Raum. Zusammen stiegen sie die Treppe zum Frühstücksraum hinunter, wo Julia die Köchin am Abend zuvor angewiesen hatte, eine Auswahl an Pasteten vorzubereiten. Die Unterhaltung war stockend; Julia war zu ihren besten Zeiten kein Morgenmensch, doch abgesehen von der frühen Stunde waren sich beide der bevorstehenden Trennung zu sehr bewusst, als dass sie zu Redseligkeit geneigt hätten.

„Um welche Zeit wirst du in Dunbury ankommen?"", fragte Julia schließlich, weil sie das Gefühl hatte, ein Versuch, sich normal zu benehmen, wäre angebracht.

„Morgen Nachmittag, vorausgesetzt, dass es keine Zwischenfälle auf der Straße gibt. Heute Abend machen wir in Reading Halt." Er schenkte ihr ein kleines Lächeln voll Erinnerungen. „Ich erwarte nicht, dass ich den Aufenthalt dort ebenso genießen werde wie den letzten."

„Ach?"", fragte sie herausfordernd. „Und an wie viel kannst du dich von deinem letzten Aufenthalt dort erinnern? Wenn ich mich nicht irre, musste ich dich mit Laudanum abfüllen, sobald wir unser Zimmer erreicht hatten, und du bist fast sofort eingeschlafen, als dein Kopf das Kopfkissen berührte – kaum die Art von Hochzeitsnacht, von der jede Frau träumt."

„Darf ich darauf hinweisen, dass ein längerer Besuch bei den neuen Schwiegereltern auch nicht unbedingt die Hochzeitsreise ist, von der jeder Mann träumt", gab er im gleichen Tonfall zur Antwort.

In der Tat verriet keine der beiden Erinnerungen ihre ganze Geschichte, denn die Hochzeit, von der Julia sprach, war im Wesentlichen nur ein rechtlicher Schutz gewesen, da sie die einflussreiche Familie ihres ersten Mannes daran hindern sollte, ihre drei Monate zuvor in Schottland versehentlich durch Erklärung geschlossene Ehe annullieren zu lassen. Was Flitterwochen anging, hatten sie eine Woche voll ehelicher Glückseligkeit in Picketts Wohnung in der Drury Lane erlebt, bevor die legale Eheschließung und die Reise zu ihren Eltern stattgefunden hatten.

„Trotzdem", fuhr Pickett fort, „ich würde gern noch einen Schlag auf den Kopf erleiden, wenn das hieße, dass ich meinen Reisegefährten bei jener Gelegenheit gegen meinen heutigen eintauschen dürfte."

„Vielleicht wird Harry Carson nicht so schlimm", sagte sie besänftigend.

„Ja, und vielleicht können Schweine fliegen", stimmte er zu.

Sie warf ihm einen vorwurfsvollen Blick zu, sagte aber nichts mehr zu diesem Thema. Nur zu bald war die kurze Mahlzeit beendet und es gab keinen Grund mehr, sich aufzuhalten. Mit einigem Zögern schob Pickett seinen Stuhl vom Tisch zurück und stand vom Tisch auf. Julia tat es ihm nach und sie gingen Hand in Hand ins Foyer. Als sie an der Vordertür ankamen, blieb Pickett stehen, nahm sie in die Arme und küsste sie ausgiebig.

„Ich wünschte, ich müsste nicht gehen."

„Je früher du gehst, desto eher kannst du zurückkehren", sagte sie, obwohl die Arme, die sie um seine Taille schlang, diese ermutigenden Abschiedsworte Lügen straften. „In der Zwischenzeit hast du ein wenig Gelegenheit, über die andere Frage nachzudenken, bevor du dem Prinzen eine Antwort gibst."

„Schatz, aber du wirst vorsichtig sein, nicht wahr?"

Sie lächelte ein wenig bei der Besorgnis in seiner Stimme. „Ich glaube, *ich* sollte das zu *dir* sagen."

„Und das hast du auch – viele Male. Ich verspreche, es zu versuchen, aber ich muss meine Pflicht tun, auch wenn ich dabei in Gefahr gerate. Aber du – Julia, wann immer du dich unsicher fühlst oder etwas auch nur merkwürdig erscheint, zögere nicht, zu Mr. Colquhoun zu gehen. Er und seine Frau werden dich für ein paar Tage aufnehmen, wenn es sein muss, bis ich zurückkomme."

Ihr Augen wurden schmal. „John, was glaubst du, was passieren könnte?"

Pickett, der bemerkte, dass er seine Karten ziemlich offenlegte, machte einen hastigen Rückzieher. „Eigentlich nichts. Es ist nur so, dass ich nie abfahren und dich so zurücklassen musste – ohne zu wissen, wie lange ich fort sein würde, meine ich", endete er lahm, da er wusste, dass sie sich ebenso wie er an das einzige Mal seit ihrer Hochzeit erinnerte, als sie für mehr als nur ein paar Stunden getrennt gewesen waren. Bei jener Gelegenheit hatten sie sich im Streit getrennt und die nächsten sechsunddreißig Stunden in tiefstem Kummer verbracht.

Julias Arme legten sich fester um ihn und sie barg den Kopf an seiner Brust. „Nun gut. Wenn es dir das Herz leichter macht und du dich besser auf deine Ermittlungen konzentrieren kannst, verspreche ich, beim ersten Anzeichen von Ärger, ob echt oder eingebildet, zu Mr. Colquhoun zu gehen. Versprichst du mir jetzt, dass du dein Bestes tun wirst, um mit heiler Haut zu mir zurückzukehren?"

„Glaube mir, ich habe allen Grund, in einem Stück zu dir zurückzukommen."

„Der Prinz", stimmte sie zu und nickte.

„Nein, *nicht* der Prinz", gab er zurück und drückte einen Kuss auf die goldenen Locken, die sein Kinn kitzelten. „Nun, gibt es noch etwas, das ich tun sollte, bevor ich gehe?"

Die Frage war schlicht rhetorisch, mehr an sich selbst als an sie gerichtet, doch sie nutzte die Gelegenheit trotzdem.

„Du könntest mir immer noch diesen Heiratsantrag machen, weißt du."

Er warf ihr einen vielsagenden Blick zu, sagte aber: „Ich denke, dann sollte ich besser losgehen. Es sieht nach Regen aus und ich habe keine Lust, die nächsten zwölf Stunden auf dem Dach der Postkutsche zu sitzen."

„Was für eine hervorragende Methode, das Thema zu wechseln", sagte sie anerkennend und hob ihr Gesicht zu einem erneuten Kuss.

Pickett ließ sich nicht zweimal bitten und nur zu bald war es Zeit, sie loszulassen und nach draußen zu treten, wo Thomas mit seiner eigenen Tasche wie auch mit Picketts wartete.

Er lächelte Thomas an und versuchte, glücklicher auszusehen, als er sich fühlte. „Nun, Thomas, bist du bereit?"

* * *

Julia stand auf der obersten Stufe und sah zu, wie sie fortgingen – sah zu, wie *er* fortging – und schimpfte sich innerlich aus. Was für eine Art von Ehefrau war sie? Er hatte ein Angebot erhalten, wie man es im Leben nur einmal bekam, und sie schien entschlossen zu sein, ihn ganz subtil zu einer Ablehnung zu bewegen. *Wenn du dieses Haus hier schon überwältigend fandest, warte nur, bis du die große Treppe in Carlton House siehst,* hatte sie zu ihm gesagt, als sie die Neuigkeit zuerst erfahren hatte, und sie kannte nur zu gut dieses Gefühl der Unzulänglichkeit, das ihn, wie sie vermutete, immer noch gelegentlich plagte. Sie hatte sich nicht einmal richtig von ihm verabschiedet, ohne den Prinzen von Wales ins Gespräch zu bringen und zu unterstellen, dass er gebeten wurde, sich zwischen ihr und dem Prinzen zu entscheiden.

Und dann, als er sich weigerte, den Köder zu schlucken, hatte sie ihn mit ihrer Bitte um eine völlig überflüssige Geste gequält, aus keinem besseren Grund als dem sentimentalen Vergnügen, ihn vor sich auf ein Knie niedergehen zu sehen. Es war ja nicht so, als hätte sie niemals einen Heiratsantrag erhalten; Frederick hatte all die blumigen Phrasen ausgesprochen, die eine romantisch gesinnte junge Dame sich nur hätte wünschen können, und man konnte sich nur ansehen, wo *das* geendet hatte. Nein, sie und John hatten etwas Tieferes, etwas, das über bloße Worte hinausging; warum dann bestand sie aber darauf, diese Worte zu hören, wenn eine der Eigenschaften, die sie an ihm am liebenswürdigsten fand, seine Neigung war, eher sprachlos zu werden, wann immer es um seine Liebe zu ihr ging? Welche Art von Frau *wollte* ihren Mann in die Enge treiben?

Als ob er ihre Gedanken aus der Ferne gelesen hätte, drehte er sich um und hob zum Abschied eine Hand. Zur Antwort drückte sie ihre Finger auf die Lippen und warf ihm eine Kusshand zu, wobei sie sich innerlich schwor, mit so viel Begeisterung, wie er sich nur wünschen konnte, nach Carlton House umzuziehen, wenn er nur sicher wieder heimkäme. Sie schaute ihm nach, bis er aus ihrem Blickfeld verschwand, trat dann nach drinnen, schloss die Tür und stieg die Stufen zu ihrem Zimmer und ihrem leeren Bett hinauf.

* * *

Inzwischen hatte Thomas seine eigene Tasche mit der linken und Picketts etwas schwerere mit der stärkeren rechten Hand aufgenommen, dabei höflich, aber bestimmt Picketts Angebot, seine eigene Tasche zu tragen, abgelehnt, während er fröhlich darüber spekulierte, welche Sehenswürdigkeiten sie unterwegs zu sehen erwarten könnten. Pickett hörte ihm nur mit einem halben Ohr zu und wusste aus Erfahrung, dass die meisten Erwartungen des Kammerdieners nach ein paar Stunden unterwegs vor Langeweile sterben würden. Als sie den Punkt erreichten, wo die Curzon Street sich mit Chapel West kreuzte, warf er einen letzten Blick zurück. Julia stand noch auf der Vordertreppe, eine kleine, blasse Gestalt im grauen Morgenlicht. Er hob als Abschiedsgruß die Hand und als sie ihre Hand zu ihrem Gesicht hob und ihm einen Kuss zuwarf, war es nur sein ausgeprägter Sinn für Pflicht und reine Willenskraft, dass er dem Verlangen widerstand, umzukehren und direkt zu ihr zurückzulaufen und Thomas allein mit zwei Taschen, die er zu tragen entschlossen war, an der Straßenecke stehen zu lassen.

Die ruhigen Straßen mit Wohnhäusern in Mayfair schliefen noch, doch bis sie Piccadilly erreicht hatten, ließ die Dunkelheit nach und die eher den Geschäften gewidmeten Teile Londons erwachten trotz des Regens, der tatsächlich zu fallen begonnen hatte, zum Leben. Das Gefährt, das sie nach Reading bringen sollte, stand im Hof der Poststation, die vier stämmigen Pferde stampften unruhig in ihrem Geschirr. Pickett, der ähnliche Ungeduld verspürte, vermutete, dass sie nicht annähernd so eifrig sein würden, wenn sie tatsächlich erst unterwegs wären. Was den Kutscher anging, beaufsichtigte er mehrere Untergebene, die auf dem Dach verschiedene Koffer, Hutschachteln, Körbe und sogar einen Käfig mit lebenden Hühnern befestigten. Offensichtlich würden sie jede Menge Reisegefährten auf der Fahrt haben. Pickett wies Thomas an, ihre Taschen bei dem Kutscher zu lassen und dann gingen die beiden jungen Männer nach drinnen, wo Pickett dem Ticketverkäufer ihre Fahrkarten zeigte und sich im Raum unter den anderen Leuten umschaute, die darauf warteten, die Kutsche zu besteigen. Es missfiel ihm, auch wenn es ihn kaum überraschte, keine Spur von Harry Carson zu sehen.

„Wenn er nicht hier ist, wenn wir einsteigen dürfen, gehen wir ohne ihn", sagte Pickett zu Thomas. „Ich habe nicht die Absicht, im Regen auf dem Dach zu sitzen, nur, weil Harry Carson seinen Luxuskörper nicht rechtzeitig genug zur Poststation schleppen kann, um Sitze in der Kutsche zu bekommen."

„Ich kann obenauf sitzen", bot Thomas an. „Mir macht es nichts aus."

„Ich werde dich nicht nass regnen lassen, nur wegen Harrys – äh, Mr. Carsons Unpünktlichkeit", sagte Pickett und erinnerte sich hastig an die Anrede, die Thomas gegenüber dem Kollegen seines Herrn würde benutzen sollen.

„Es sind noch ein paar Minuten", sagte Thomas zweifelnd und schaute zu der großen Uhr auf. „Vielleicht wird er …"

„Tut mir leid, dass ich so spät komme", unterbrach ihn eine atemlose Stimme.

Pickett drehte sich zu dem Laut um, fand aber, dass Harry nicht sehr zerknirscht wirkte. In der Tat wäre „selbstgefällig" eine bessere Beschreibung gewesen. Er hatte den blauen Rock und die rote Weste der berittenen Wachen der Bow Street gegen einen eher auffälligen Frack aus senffarbener Wolle mit breiten Revers und einer doppelten Reihe goldener Knöpfe ausgewechselt – wobei Pickett seinen gesamten Wochenlohn darauf verwettet hätte, dass sie nur Talmi waren – getragen über einer blauen Weste aus etwas, was Pickett für die etwas billigere Seide hielt, die in Spitalfields hergestellt wurde. Obwohl diese auffälligen Kleidungsstücke jeden Anschein erweckten, dass sie eilig angezogen worden waren, konnte das Lächeln auf Harrys hübschem Gesicht nur als selbstzufrieden bezeichnet werden.

„Wofür habt Ihr so lange gebraucht?", fragte Pickett, ohne sich Mühe zu geben, sein Missfallen zu verbergen.

Harry Carson zuckte mit den Schultern. „Konnte doch eine Dame nicht enttäuschen, oder?"

Ja, dachte Pickett, *definitiv selbstzufrieden.*

„Nicht, dass sie eine Lady wäre wie Eure Frau", fuhr Harry fort, „aber – nun, wir können ja nicht alle Vicomtessen heiraten."

„Ihr habt die Uniform abgelegt", sagte Pickett, der sich seines alltäglichen braunen Serge-Rocks unangenehm bewusst wurde und wie er neben Harrys farbenfroherem Ensemble wirkte. Der Kontrast, zusammen mit der Tatsache, dass er um ein paar Jahre jünger war als der andere, würde einen zufälligen Beobachter zu dem Schluss bringen können, dass Pickett da war, um Carson zu assistieren, statt andersherum.

„Ich soll doch die Stelle eines Läufers einnehmen, nicht wahr? Ihr alle tragt doch keine Uniformen, warum sollte ich das dann?" Als er sah, dass Pickett nicht überzeugt war, fügte er mit einem entwaffnenden Grinsen hinzu: „Wenn Ihr Euch Sorgen macht, was der Chef dazu sagen wird, nun, ich werde es ihm nicht erzählen, wenn Ihr es nicht tut."

Pickett ignorierte entschlossen den Vorschlag, seinen Richter absichtlich zu täuschen, und wandte sich an Thomas. „Thomas, das ist Mr. Carson von der berittenen Wache der Bow Street. Harry, das ist Thomas, mein – mein Kammerdiener", murmelte er verlegen.

„Erfreut, Euch kennenzulernen, Sir", sagte Thomas, der offensichtlich sehr von Carsons Aufmachung beeindruckt war.

Wenn Harry sich Picketts *faux pas* bewusst war, ihn seinem Kammerdiener vorzustellen, ließ er es sich nicht anmerken. Stattdessen riss er seine blauen Augen auf. „Euer *Kammerdiener?* Ihr reist heutzutage mit *Dienerschaft?*"

„Gewöhnlich nicht", sagte Pickett hastig. „Aber ich habe Thomas schon zu lange vertröstet, daher …"

„Das wird ein Spaß!", sagte Carson und sein Grinsen wurde breiter. „,Thomas, guter Mann, holt mir eine Tasse Tee.' ,Thomas, putzt meine Schuhe.' ,Thomas, …'"

„Ihr werdet nicht meinen Kammerdiener herum-scheuchen, als wäre er Euer persönlicher Stiefelknecht", unterbrach Pickett ihn und hielt Thomas auf, da der beflissene junge Mann bereits auf die Suche nach der gewünschten Tasse Tee hatte gehen wollen. Nur, um das klarzustellen, wandte er sich an seinen Kammerdiener. „Thomas, gehe bitte hinaus und finde heraus, wie lange es noch dauert, bis wir einsteigen können. Reserviere drei Plätze drinnen, wenn sie dich lassen."

„Es macht mir nichts aus, auf dem Dach zu sitzen, Sir", bot Thomas an und wollte nicht die Ursache für Meinungsverschiedenheiten sein.

„Du wirst nicht auf dem Dach sitzen! Du wirst drinnen sitzen, und zwar am Fenster, damit du eine gute Aussicht hast."

„Ja, Sir!", sagte Thomas sehr erfreut.

Wie es sich ergab, wurde Thomas die Notwendigkeit erspart, diesen Auftrag auszuführen, da im Raum eine allgemeine Bewegung entstand, die darauf hinwies, dass es Zeit war, für die Reise in die Kutsche zu steigen. Sie hatten das Glück, drei Plätze im Inneren belegen zu können und Pickett hielt Wort und sorgte dafür, dass Thomas am Fenster zu sitzen kam; er hatte seinen Kammerdiener zu lange vertröstet, um nicht darauf zu achten, dass er das Beste aus der lang aufgeschobenen Reise machen konnte. Leider hatte diese Sitzverteilung das unglückliche Ergebnis, dass Pickett keine bessere Alternative hatte, als mit Harry Carson ein gezwungenes Gespräch zu führen.

„Also", begann Harry, nachdem sie die Themse überquert hatten und Newington und seine Umgebung von offenem Land abgelöst worden waren, „wie habt Ihr es angestellt?"

„Wie habe ich was angestellt?", fragte Pickett und befürchtete das Schlimmste.

Harry rutschte ungeduldig auf seinem Sitz herum. „Wie habt Ihr eine Vicomtesse geheiratet?"

Pickett hatte keineswegs die Absicht, zu Harrys Erbauung die Ereignisse zu wiederholen, die zu seiner Heirat geführt hatten, und zuckte nur mit den Schultern. „Es war wohl einfach Glück."

„Dixon sagt, Ihr hättet verhindert, dass sie für den Mord an ihrem Ehemann gehängt wurde. Stimmt das?"

Es war – jedenfalls bis zu einem gewissen Maße – richtig, daher nickte Pickett. „Ja."

Harry stieß einen langgezogenen Pfiff aus. „Ich wünschte, *ich* könnte zu einem oberen Beamten befördert werden. Ihr Männer habt wirklich Glück."

Pickett hätte auf mehrere Ereignisse in seiner Karriere hinweisen können, für die „Glück" eine recht seltsame Beschreibung gewesen wäre, doch in diesem Augenblick erblickte Thomas zum ersten Mal eine Hopfendarre, gab seinem Herrn einen leichten Stoß und zeigte auf dieses seltsame Gebäude, um zu fragen, was das wäre.

Auf diese Weise glitten die Meilen langsam vorbei. Pickett, dem sein ausgiebiger Abschied von seiner Lady in der Nacht zuvor wenig Zeit für Schlaf gelassen hatte, lehnte seinen Kopf zurück an die Wand der Kutsche und versuchte, diesen Mangel auszugleichen.

Er war damit nur teilweise erfolgreich, denn er erwachte irgendwann, um zu hören, wie Carson einem völlig gebannten Thomas erzählte: „... und da stand ich, drei von ihnen mir gegenüber, jeder mit zwei Schusswaffen und ich nur mit meinem Säbel ..."

„Was habt Ihr da getan?", fragte Thomas atemlos.

„Er hat die Vorladung zugestellt, wie es seine Pflicht war, und sich dann in der Bow Street zurückgemeldet", beendete Pickett den Satz, ohne die Augen zu öffnen.

„Was Ihr schon davon wisst!", erwiderte Carson, der vielleicht zu Recht gereizt war, weil ihm die Pointe an diesem dramatischen Höhepunkt seiner Erzählung verdorben wurde.

Pickett öffnete die Augen. „Ich möchte meinen, sehr viel, wenn man bedenkt, dass ich diese Arbeit fast fünf Jahre lang gemacht habe." Er wandte sich an Thomas und erklärte: „Ich fürchte, es ist nicht halb so aufregend, wie Mr. Carson es klingen lässt. Tatsächlich besteht jede Ermittlung aus neun Teilen Langeweile."

„Und der zehnte Teil besteht darin, sich bei reichen Witwen beliebt zu machen", fügte Carson mit einem hinterhältigen Blick auf Pickett hinzu.

„Besser, als sich bei Pferden beliebt zu machen", antwortete Pickett. „Ich habe euch Männer von der berittenen Wache nie beneidet."

„Ihr gehört also zur berittenen Wache?", fragte Thomas.

Carson, der herausgefunden hatte, dass dies ein Thema war, dem sein Kollege nicht folgen konnte, nickte. „Mein Vater besitzt einen Mietstall in Cheapside, also war ich mein ganzes Leben lang mit Pferden zusammen. Er hoffte, ich würde eines Tages das Geschäft übernehmen. Er verdient damit einen ordentlichen Lebensunterhalt für sich, Mum und meine Schwestern, aber mir schien es immer furchtbar langweilige Arbeit zu sein. Ich wollte gern ein wenig mehr Aufregung, daher bat ich Lord Grantham – der manchmal eine Kutsche bei meinem Vater mietet, wenn er in der Stadt ist – mir eine Empfehlung für die Bow Street zu geben. Und das tat er auch", schloss er stolz, „und so bin ich hier. Trotzdem, es ist nicht so aufregend, wie ich es mir vorgestellt hatte, daher hoffe ich, eines Tages zum oberen Beamten befördert zu werden, wie Mr. Pickett hier."

Pickett suchte in diesen Worten nach einer versteckten Beleidigung, fand aber keine. In der Tat klang Harry Carsons Bericht seltsam vertraut: Obwohl seine Arbeit für Elias Granger ihm Essen für den Bauch und ein Dach über seinen Kopf eingebracht hatte, war er sich seines Verlangens nach mehr bewusst gewesen, etwas, dass er nicht hätte benennen können, aber wonach er zuerst in den Büchern aus Mr.

Grangers Bibliothek und dann in der Gestalt von Mr. Grangers heiratsfähiger Tochter gesucht hatte. Etwas, das er schließlich gefunden hatte, nicht in der Stellung eines oberen Beamten der Bow Street, sondern in den Armen seiner geliebten Frau. Vielleicht, räumte er ein, waren er und Carson sich ähnlicher, als ihm klar gewesen war.

Dieser freundliche Gedankengang hielt bis zum Abend in Reading an. Nachdem er im White Hart ein Zimmer für sie beide und einen Platz im Stall für Thomas besorgt hatte, erfrischten die drei jungen Männer sich mit einem herzhaften, aber einfachen Mahl von Roastbeef und Kartoffeln, bevor sie sich für die Nacht in ihre getrennten Räume zurückzogen.

„Soll ich nach oben kommen wegen Eurer Stiefel?", bot Thomas an.

Pickett warf einen Blick auf seine Füße und stellte fest, dass seine Stiefel tatsächlich schlecht aussahen, nachdem er vierzig Meilen über staubige Straßen gereist war, selbst in einem geschlossenen Wagen. „Ja, danke."

Der Diener wandte sich unsicher ihrem Reisebegleiter zu. „Und Mr. Carson?"

Pickett nickte. „Wenn du so freundlich wärest, Thomas, wäre ich dir sehr dankbar."

Oben in ihrem Zimmer übergaben sie Thomas ihre Fußbekleidung, der sie zur Reinigung mitnahm, bevor er sein eigenes Bett aufsuchte.

„Ihr müsst ihm ein Trinkgeld geben", riet Pickett Carson, als sie allein waren.

Harry Carson sah verwirrt aus. „Was muss ich ihm geben?"

„Trinkgeld. Geld. Als Zeichen Eurer Anerkennung für seine Dienste."

Carson war von dieser Anweisung gar nicht erbaut. „Alles gut und schön, wenn man wie Ihr eine reiche Frau geheiratet hat, aber wir anderen ..."

„Es muss nicht viel sein, nur eine Kleinigkeit als Anerkennung der Tatsache, dass er um etwas gebeten wird, was über seine gewöhnlichen Pflichten hinausgeht." Als er sah, dass sein Kollege noch immer skeptisch war, fügte er hinzu: „Glaubt es mir, Carson. Natürlich, wenn Ihr es nicht wollt, kann ich Thomas immer noch sagen, er braucht sich nicht die Mühe zu machen."

„Oh, schon gut." Carson wandte sich ab und begann, Rock und Weste abzulegen, wobei er etwas in sich hinein murmelte, wovon nur das Wort „hochgestochen" verständlich war.

Pickett, nachdem er seinen Standpunkt klargemacht hatte, legte Rock, Weste, Hose und Strümpfe ab und kletterte in Hemd und Unterhosen zwischen die Laken. Diese Kleidungsstücke, die er in seinem eigenen Bett in der Curzon Street für überflüssig hielt, waren besser als nackte Haut auf einer Matratze, auf der unzählige Reisende vor ihm geschlafen haben mussten – eine Matratze, die, nach dem knisternden Geräusch zu urteilen, das seine Bewegungen verursachten, mit Erbsenkraut oder vielleicht Stroh gefüllt war; auf jeden Fall etwas anderes als die weichen Federn, auf denen Julia in dieser Minute zweifellos ruhte.

Julia ...

Pickett gehorchte einem plötzlichen Impuls und stürzte

sich aus dem Bett und stapfte mit bloßen Füßen zu dem kleinen Tisch hinüber, der unter dem Fenster stand. Er tastete nach dem Feuerstein und zündete die Talgkerze an, holte dann das kleine Notizbuch und den Bleistift, den er immer in der Innentasche seines Mantels trug. Er riss ein Blatt heraus, setzte sich an den Tisch und begann zu schreiben:

Meine Liebste, ich hoffe, dieser Brief findet dich – wie? Sicher? Gesund? Lebend? Er wollte sie nicht zu Tode erschrecken – *ich hoffe, dieser Brief findet dich gesund vor,* schrieb er schließlich. *Er soll dich nur über meine sichere Ankunft in Reading informieren. Wenn alles gut geht, werden wir Dunbury morgen Abend erreichen.*

„Was macht Ihr da?", fragte Carson, der inzwischen die andere Hälfte des Bettes in Anspruch genommen hatte.

„Schreibe einen Brief an meine Frau", sagte Pickett, ohne von seiner Beschäftigung aufzusehen.

Wenn wir dort ankommen, fuhr er fort und setzte den Bleistift noch einmal auf das Papier, *hoffe ich, diese Angelegenheit schnell zum Abschluss zu bringen, worum auch immer es sich handeln mag, und schnellstmöglich zu dir zurückzukehren. Bis dahin bin ich wie immer und auf ewig*

der Deine,

John Pickett

Er faltete das Papier zusammen, siegelte es mit einem Tropfen Wachs von der Kerze und schrieb dann ihren Namen und Anschrift auf die Außenseite, bevor er die Kerze auslöschte und wieder zum Bett zurück stapfte. Leider hatte Carson, nachdem er diesen kurzen Einblick in seine Ehe erhalten hatte, anscheinend alles Interesse an Schlaf verloren.

„Wie ist das denn?", fragte er.

„Wie ist was?", fragte Pickett und rutschte auf der knisternden Matratze herum im Bemühen, eine einigermaßen bequeme Stelle zu finden.

„Eine Viscountess im Bett zu haben", antwortete Carson ungeduldig, als ob die Antwort hätte offensichtlich sein müssen.

Himmel, dachte Pickett. *Paradies. Alles, wovon ich immer geträumt habe, doch nie hoffte, es je zu finden.* Mit diesem Gedanken glitt er in den Schlaf und war schon fast eingeschlafen, als Carson, der sein Schweigen wohl für eine Antwort hielt, erneut sprach.

„Sie ist älter als Ihr, nicht wahr?"

„Mhm." In der Tat war Julia zwei Jahre älter als er, doch es gab weit größere Unterschiede zwischen ihnen als die bloßen Geburtsdaten.

„Also wie ist es?", fragte Carson erneut. „Müsst Ihr sie um Verzeihung bitten, bevor Ihr …"

„Haltet den Mund, Harry", knurrte Pickett und drehte das Gesicht zur Wand.

4

In dem sich John Picketts Wild
als überraschend flüchtig erweist

Nach einer Nacht mäßigen Schlafs, der in regelmäßigen
Abständen von Carsons schläfrigen Versicherungen für
Dämchen namens Molly, Sally und Peg unterbrochen wurde,
dass sie jeweils das einzige Mädchen für ihn wäre, wachte
Pickett von einem leisen Klopfen an der Tür auf. Er schlug die
Decke zurück und rollte sich aus dem Bett – wobei er
bemerkte, dass irgendwann in der Nacht Carson beschlossen
haben musste, dass seine Hälfte in der Mitte wäre, eine
Tatsache, die seinen unruhigen Schlaf einigermaßen erklärte
– und stapfte durch den Raum zur Tür. Er öffnete sie und fand
Thomas im Flur davor, wie er Picketts gereinigte und polierte
Stiefel in einer Hand hielt; Carsons Fußbekleidung stand auf
dem Boden neben ihm, vermutlich dort abgestellt, um eine
Hand frei zum Anklopfen zu haben.

„Guten Morgen, Sir", begrüßte er seinen Meister mit
einer Fröhlichkeit, die Pickett ekelhaft fand. „Hier sind Eure

Stiefel, und Mr. Carsons. Sie sind nicht so poliert, wie ich es mir wünschen würde, aber – nun, es war spät und das Licht nicht allzu gut, daher ..." Er brach mit einem entschuldigenden Achselzucken ab.

„Egal, Thomas. Ich bin sicher, dass sie viel schlimmer aussehen werden, bevor der Tag vorbei ist. Hast du schon gefrühstückt? Nein? Dann gehen wir alle zusammen hinunter. Geh und packe deine Sachen zusammen, dann treffen wir uns in fünf Minuten in der Gaststube."

„Fünf Minuten?", stöhnte eine verschlafene Stimme unter den Decken. „Ihr erwartet, dass ich in *fünf Minuten* fertig bin?"

„Nein, ich erwarte, dass Thomas in fünf Minuten fertig ist. Ich erwarte, dass Ihr in zweieinhalb Minuten fertig seid. Die Postkutsche wird nicht warten und ich hätte gern auch eine Minute, um mich vor dem Spiegel zu rasieren."

Harry Carson warf die Decke von sich und kroch aus dem Bett, wobei er etwas, vermutlich Flüche, in sich hinein murmelte. Pickett war nicht überrascht, als er sich vier Minuten von den fünf nahm und Pickett selbst dazu zwang, sich in größter Eile zu rasieren, bevor er seine Kleidung überwarf. Als sie nach unten kamen, fanden sie Thomas schon auf sie warten.

„Ich habe mir die Freiheit erlaubt, bereits Frühstück für uns drei zu bestellen", sagte er entschuldigend. „Ich hoffe, ich habe meine Kompetenzen nicht überschritten, doch ich befürchtete, es würde sonst keine Zeit bleiben, da die Kutsche schon im Hof steht."

„Nein, das hast du sehr gut gemacht", versicherte Pickett

ihm, dem sein Kammerdiener im Moment weitaus lieber war als sein Kollege.

Wie Thomas gesagt hatte, stand die Kutsche bereits vor der Tür und die Gaststube war überfüllt mit Passagieren, die sich entweder für den nächsten Teil der Reise stärken wollten oder auf das Zeichen zum Einsteigen warteten. Sie aßen rasch ihren Haferbrei und spülten ihn mit dünnem Kaffee herunter, bevor sie sich der Menge anschlossen, die sich einen Weg über den schlammigen Hof zu der wartenden Kutsche suchten. Einige ihrer Mitreisenden hatten mit Reading bereits am Abend das Ziel ihrer Reise erreicht, doch ihre Plätze wurden von neuen Passagieren eingenommen, daher war der Wagen nicht weniger voll als zuvor.

Pickett, der zwischen Thomas und einen stämmigen, nach Tabak riechenden Mann eingequetscht war, erinnerte sich an seine erste Reise mit der Postkutsche, erst im Jahr zuvor, als er nach Yorkshire gerufen worden war. Bei jener Gelegenheit hatte ihn die überfüllte, schlecht gefederten Kutsche nicht übermäßig gestört; er war begierig darauf gewesen, etwas von der Welt außerhalb Londons zu sehen. Oder zumindest hatte er sich das gesagt; in der Tat war er begieriger darauf gewesen, Julia zu sehen – oder vielmehr, Lady Fieldhurst, wie sie damals noch hieß. Seit damals hatte er sich angewöhnt, mit einer gemieteten Kutsche zu reisen. Er vermutete, dass der Prinz von Wales seine eigene private Kutsche hätte – vermutlich mehr als eine – und fragte sich, wie Seine Königliche Hoheit erwarten würde, dass sein persönlicher Leibwächter ihn begleitete. *Bitte, lieber Gott, nicht zu Pferd,* betete er im Stillen. Er war entschlossen, alles

Notwendige zu tun, um Julia etwas annähernd Vergleichbares zu ihrem rechtmäßigen Platz in der Gesellschaft zu verschaffen, doch es gab ein paar Opfer, die er lieber nicht bringen wollte.

An diesem Tag kamen sie langsamer voran, denn der Regen war stetig stärker geworden, seit sie London verlassen hatten. Die Fenster der Kutsche waren von Regentropfen übersät, die am Glas hinabliefen und sich mit dem Schlamm mischten, der von den Pferdehufen auf die Scheiben gespritzt wurde, was Pickett keinen angenehmeren Zeitvertreib ließ, als mit kaum verhüllter Ungeduld Harry Carson zuzuhören, der Thomas mit einem überaus geschönten Bericht über seine Karriere bei der berittenen Wache der Bow Street erfreute, einschließlich einer Reihe von Fällen, wo er einen Gesuchten nur durch große List und körperlichen Mut erwischt hatte. Das Wissen, dass er selbst Thomas jederzeit während der letzten sechs Monate ähnlich gebannt hätte halten können, wenn er dazu geneigt hätte, mit seinen eigenen Heldentaten zu prahlen, ließ ihn Carsons Erzählungen nicht besser verdauen, und die Tatsache, dass die meisten der Passagiere ihre eigenen Versuche, sich zu beschäftigen, aufgegeben hatten, um bewundernd dem angeblichen Helden in ihrer Mitte zu lauschen, machte es für ihn nur noch unerträglicher. Erst als Harry seine Aufmerksamkeit Thomas zuwandte, fühlte Pickett sich veranlasst zu protestieren.

„Ihr scheint ein intelligenter Mann zu sein", sagte Carson zu Thomas, der sich bei diesem Lob offensichtlich zu strecken schien. „Vielleicht solltet Ihr selbst in die Bow Street kommen."

„Ich weiß nicht", zögerte Thomas bescheiden.

„Versucht Ihr, mir meinen Kammerdiener abspenstig zu machen?", wollte Pickett wissen.

Carson, der direkt gegenüber von Thomas saß, wandte sich Pickett zu. „Ihr könnt es einem Mann nicht übel nehmen, wenn er Ehrgeiz zeigt. Vielleicht möchte Thomas hier mehr vom Leben als Eure Krawatten zu stärken und Eure Stiefel zu polieren."

„Nun ...", begann Thomas schwach.

„Ihr versucht *tatsächlich*, meinen Kammerdiener zu stehlen!"

Der nach Tabak riechende Mann machte eine abwehrende Handbewegung. „Ist doch egal!"

„Erzählt die Geschichte weiter", drängte die Bauersfrau, die neben Harry saß, ungeduldig.

Harry ließ sich nicht lange bitten und Pickett, der deutlich in der Minderheit war, versank in mürrisches Schweigen.

Selbst die mühsamste Reise hat schließlich ein Ende und Pickett atmete erleichtert auf, als die Kutsche in den Hof des *Cock and Boar* einfuhr und zum Stehen kam. Die Passagiere stiegen trotz des Regens, der immer noch in Strömen fiel, langsam aus. Die langen Stunden der Inaktivität hatten ihre Muskeln steif und schmerzhaft gemacht. Bei weniger schlechtem Wetter wäre Pickett wahrscheinlich nach drinnen gegangen, um ein Zimmer für die Nacht zu bekommen und hätte es Thomas überlassen, ihr Gepäck von der Kutsche abzuholen. Doch da er nicht daran zweifelte, dass Carson ihm nach drinnen folgen und es Thomas überlassen würde, auch seine Tasche einzusammeln, blieb er entschlossen draußen im Regen, bis alle drei Taschen losgeschnitten und herabgeworfen worden waren, und gewann dabei nur ein wenig Befriedigung, als er sah, wie das Regenwasser von Carsons Hutkrempe herabtropfte.

Als alle drei Taschen ihrem jeweiligen Eigentümer ausgehändigt worden waren, ging Pickett voran nach drinnen und nahm seinen Platz in der Menge der Reisenden ein, die auf ein Zimmer warteten, weil sie entweder das Ziel ihrer Reise erreicht oder diese für die Nacht unterbrochen hatten, um am nächsten Tag nach Wells weiterzufahren. Wie zuvor erhielt Thomas einen Platz über den Stallungen, während Pickett und Carson ein Zimmer im Obergeschoss des eigentlichen Gasthofes bekamen.

Gerade, als er schon seinen Platz in der Reihe an die Person hinter ihm freimachen wollte (dessen riesige und zweifellose schlammbeschmutzte Reisetasche sich gegen die Rückseite seiner Beine drückte), erhob Pickett seine Stimme, um über dem Lärm der Menge gehört zu werden, als er den Gastwirt fragte: „Könnt Ihr mir sagen, in welchem Zimmer ich Mr. Edward Gaines Brockton finden kann? Ich soll ihn hier treffen."

Mit einem geistesabwesenden Seufzen blätterte der Wirt eine Seite in seinem Buch zurück. „Mr. Brockton ist in dem Raum direkt neben Eurem, oben an der Treppe."

„Vielen Dank", sagte Pickett und quetschte sich an der Reisetasche vorbei zurück zu seinen Reisebegleitern.

Gemeinsam stiegen sie die Treppe hinauf, doch Pickett fühlte sich leicht albern, da er nichts Schwereres trug als den

Schlüssel zu ihrem Zimmer, während Carson mit seiner eigenen und Thomas mit den Taschen von Herr und Diener folgte. Als sie oben an der Treppe ankamen, kam jedoch eine Frage auf. *Mr. Brockton ist in dem Raum direkt neben Eurem, oben an der Treppe,* hatte der Wirt gesagt. Hatte er gemeint, dass Mr. Brocktons Zimmer oben an der Treppe war und ihr Zimmer direkt dahinter, oder war ihr eigenes Zimmer oben an der Treppe?

Er wünschte, ihm wäre die Zweideutigkeit dieser Aussage aufgefallen, bevor er seinen Platz in der Schlange aufgegeben hatte, doch jetzt war es zu spät. Abgesehen von der Tatsache, dass er dann noch einmal würde warten müssen, bis er an die Reihe käme, wollte er Harry Carson keinen Beweis für Unfähigkeit liefern, mit dem dieser ihn dann quälen könnte. Es gab keinen anderen Weg, als den Schlüssel in das Schloss des ersten Zimmers an der Treppe zu stecken und zu hoffen, dass er es öffnen würde. Wenn nicht, würde er die Bekanntschaft mit Mr. Edward Gaines Brockton ein wenig früher als erwartet machen und unter weniger glücklichen Umständen, als er es sich hätte wünschen mögen. Sollte sich herausstellen, dass dies der Fall wäre, müsste er Carson mit irgendwelchem Unsinn davon abhalten, dass er den Mann unvorbereitet hätte erwischen wollen.

Nachdem er sich entschlossen hatte, steckte er den Schlüssel in das Schloss, stieß die Tür auf und stellte fest, dass dies der Raum war, der für die nächste Zeit sein Heim sein würde. Sicher, im Moment war wenig von dem Zimmer zu sehen, außer vagen Umrissen, da es inzwischen draußen stockdunkel und kein Feuer in Erwartung der Neuankömmlinge im Kamin entfacht worden war. Dennoch hatte Pickett bereits genug Erfahrung im Reisen, um zu wissen, dass diese Zimmer meist sehr ähnlich eingerichtet waren. Der große Umriss an der gegenüberliegenden Wand war das Bett, das er würde mit Carson teilen müssen; der kleinere daneben war der Waschtisch, vor dem er und Carson sich zweifellos am Morgen um den Platz streiten würden; das Kleine, viereckige unter dem Fenster war ein Schreibtisch, an dem er sich hinsetzen würde, um einen kurzen Brief an Julia zu schreiben und sie von seiner sicheren Ankunft zu informieren. Bevor er sich zu dieser häuslichen Aufgabe setzen konnte, gab es jedoch noch einiges zu tun.

„Sucht Euch eine Seite aus, Harry, ich nehme dann die andere", sagte er zu Carson mit einer Handbewegung zum Bett. „Thomas, wenn du das Feuer entzündest, gehe ich schon einmal nach nebenan und stelle mich Mr. Brockton vor. Ich bezweifle, dass er bereits jetzt alles erklären möchte, solange unten ein solcher Aufruhr herrscht, aber vielleicht erspart es uns einige Zeit am Morgen."

Carson ließ sich nicht drängen. Er setzte sich auf die Bettkante auf der Fensterseite und ließ seine Tasche zu seinen Füßen fallen mit dem Verhalten eines Forschers, der eine Fahne aufstellt. Inzwischen kniete Thomas sich vor den kalten Kamin und tastete in der Dunkelheit nach dem Feuerstein.

Pickett wiederum verließ das Zimmer, ging die paar Schritte den Gang hinab zur nächsten Tür und klopfte an. Als er keine Antwort erhielt, versuchte er es erneut und rief diesmal: „Mr. Brockton? Mr. Brockton, hier ist John Pickett von der Bow Street."

Noch immer keine Antwort. Entweder war Mr. Brockton ausgegangen und nicht zurückgekehrt, oder er hatte bereits sein Bett aufgesucht – in diesem Fall würde er sich nicht freuen, in seinem Nachthemd von einem Kerl in von der Reise beschmutzten Kleidung geweckt zu werden, dessen Gefährten offenbar ihr Zimmer Brett für Brett zerlegten, wenn man nach den Geräuschen urteilen durfte, die sie machten. Es schien, als würde Pickett doch bis zum Morgen warten müssen. Er gab es auf, kehrte zu seinem Zimmer zurück und tröstete sich mit der Erkenntnis, dass, wenn Mr. Brockton tatsächlich ausgegangen wäre, er sicher den Mann würde zurückkommen hören, wenn man die Dünne der Wände bedachte.

„Was zum Teufel ist denn hier los?", fragte Pickett gereizt, als er wieder in sein Zimmer trat.

Die Antwort auf seine Frage war offensichtlich. Das Feuer brannte und Thomas war nun damit beschäftigt, den Inhalt von Picketts Tasche in den dafür vorgesehenen Schrank zu leeren. Da sie am Abend zuvor ihre Taschen nicht ausgepackt hatten – in Anbetracht, dass sie beim Morgengrauen wieder abreisen würden, hatte es wie ein unnötiger Zeitverlust ausgesehen – war dies der erste Blick, den Harry Carson auf Picketts Kleidung werfen konnte, abgesehen von dem braunen Rock, den er in der Bow Street zu tragen pflegte und ebenso in der Kutsche getragen hatte.

„Ehrlich, Ihr habt es in der Welt ja schon weit gebracht!", rief Carson aus. Er schnappte einen dunkelblauen, zwei-reihigen Frack aus Thomas' Händen und hielt ihn sich an die Brust. „Ich wusste nicht, dass Ihr beabsichtigt, bei dieser Reise dem Prinzen von Wales Eure Aufwartung zu machen."

Carson kam der Wahrheit tatsächlich näher, als er wusste, doch Pickett hatte nicht vor, ihm das freiwillig zu verraten; sonst würde er das auf ewig zu hören bekommen. „Die Eltern meiner Frau leben nicht weit von hier", sagte er, wenn auch nur widerwillig. „Wenn ich Zeit habe, sollte ich vielleicht Sir Thaddeus und Lady Runyon einen Besuch abstatten, solange ich in der Gegend bin."

„,Sir' Thaddeus! ,Lady' Runyon! Lieber Gott, Ihr bewegt Euch in diesen Tagen aber in feiner Gesellschaft!" Carson ließ seine Arme in Picketts Rock gleiten und besah sich das Ergebnis in dem Spiegel über dem Waschtisch. „Seht Euch das an! Die Ärmel hängen mir bis ganz über die Hände! Was für ein Jammer, dass Ihr so lange Knochen habt, ich hätte nichts dagegen, mir den hier einmal zu borgen."

„Das würde ich nicht zulassen, selbst wenn er Euch passte", teilte Pickett ihm mit. „Nun, wenn Ihr Thomas erlauben wollt, meine Kleider aufzuräumen, ich muss noch einen Brief an meine Frau schreiben."

Carson grinste wissend. „Was, noch einen? Hält Euch an der kurzen Leine, wie?"

„Sehr kurz", stimmte Pickett zu und lächelte dabei insgeheim. Und das tat sie auch, nur nicht ganz auf die Weise, die Harry meinte. Nein, das Band, das ihn an Julia fesselte, war Liebe, nicht Pflicht, und ganz sicher nicht finanzielle Abhängigkeit, obwohl dies notwendigerweise ein Teil ihrer ungleichen Ehe war.

Thomas hatte die Lampe auf dem Schreibtisch angezündet, also setzte sich Pickett, riss eine weitere Seite aus seinem Notizbuch und begann, seinen Brief zu verfassen.

Meine Liebste,

ich schreibe, um Dir mitzuteilen, dass wir kurz nach Sonnenuntergang sicher in Dunbury angekommen sind. Ich habe entdeckt, welches Zimmer der Mann hat, den wir aufsuchen sollen, doch da niemand auf mein Klopfen antwortete, muss ich annehmen, dass er ausgegangen ist und meine Fragen an ihn müssen bis morgen warten. In der Zwischenzeit ist der schlimmste Fall eingetreten: Harry Carson hat meine Kleider gesehen und während ich dies schreibe, stolziert er wie ein Pfau in dem blauen Rock herum, den ich immer mit dem Tag verbinden werde, an dem wir geheiratet haben.

Eigentlich war dies nicht das Schlimmste, was passieren konnte – weit davon entfernt, in der Tat – aber Julia war glücklich in der fehlgeleiteten Annahme, dass er die Ereignisse im Lake District hinter sich gelassen hätte und er hatte nicht den Wunsch gehabt, sie von dieser angenehmen, wenn auch irrtümlichen, Vorstellung abzubringen. Er nahm an, er würde das eines Tages tun müssen, doch nicht, solange er nicht sicher war, dass diese Vorfälle endgültig abgeschlossen wären. In der Zwischenzeit würde er die Befriedigung haben zu wissen, dass er sie selbst über die Meilen hinweg, die sie trennten, zum Lachen gebracht hatte.

Zu meinem Glück bin ich volle eineinhalb Köpfe größer als er, fuhr er fort, *sonst würde ich vermutlich nichts behalten außer dem, was ich am Körper trage. Thomas hat, im Gegensatz zu seinem Herrn, die beste Zeit seines Lebens. Obwohl ich mir wünschte, er würde bei Carson nicht so zur Heldenverehrung neigen; Carson hat sich die Zeit damit vertrieben, über die Meilen hinweg seine heldenhaften Taten bei der berittenen Wache zu erzählen, wobei ich vermute, dass die Hälfte davon sich nur in seiner Fantasie ereignet hat. Ich werde Mr. Colquhoun deswegen nach meiner Rückkehr, die nicht bald genug kommen kann, über diesen Punkt befragen. Bis zu diesem Tag bin ich immer und auf ewig*

der Deine,

John

Nachdem Pickett diese Nachricht verfasst hatte, faltete er sie gleich zusammen und adressierte sie an Mrs. John Pickett, Curzon Street 22 in London, tropfte dann schmelzendes Wachs von der Kerze darauf, um sie vor neugierigen Blicken zu versiegeln – Harry Carsons spöttische blaue Augen fielen ihm dabei ein – bevor er Thomas in seine eigene Unterkunft über den Ställen schickte.

„Was tun wir also als Nächstes, Chef?", fragte Harry. Er hatte Thomas Picketts Rock zurückgegeben und stand nun da und schaute seinen Vorgesetzten an, nur in Hemdsärmeln.

„Wir bleiben nicht länger auf, sondern beginnen morgen Früh in aller Frische", sagte Pickett mit einem Seufzer.

In der Tat wollte er unbedingt im Bett auf die Rückkehr des Mannes im Nachbarzimmer lauschen. Wenn er Glück hätte, würde Mr. Brockton zurückkehren, bevor es allzu spät wurde und Pickett könnte wieder in seine Kleider schlüpfen, nach nebenan gehen und ein Wort mit dem Mann reden, ohne zusätzlich von Carson und Thomas abgelenkt zu werden. Leider hatte er nicht an die Auswirkungen von zwei Nächten mit sehr wenig Schlaf gedacht. Sein Kopf hatte kaum das Kissen berührt, als er schon fest schlief. Und obwohl die

61

Zärtlichkeiten, die Carson in dieser Nacht murmelte, sich an ein Mädchen namens Betty richteten, hörte Pickett nichts davon.

* * *

Pickett erwachte am nächsten Morgen sehr erfrischt und blieb nur lange genug im Zimmer, um sich zu waschen, zu rasieren und anzuziehen, bevor er sich den Korridor zum Nachbarzimmer hinunterbegab. Wieder klopfte er laut an die Tür und wartete. Niemand öffnete ihm die Tür und er hörte keine Geräusche aus dem Raum. Pickett unterdrückte alle Bedenken, den Mann aus dem Schlaf zu wecken; wenn jemand sich die Mühe machte, einen Läufer – tatsächlich zwei – aus London zu rufen, konnte er gut aus dem Bett aufstehen und mit ihnen sprechen. Er raffte seine Entschlossenheit zusammen, klopfte erneut, fester dieses Mal, und legte sein Ohr an das Holz der Türfüllung.

Das Zimmer drinnen blieb still; der Ausdruck: „still wie das Grab" kam Pickett ungebeten in den Sinn. War es möglich, dass Mr. Brockton irgendwann in der Nacht gestorben war – vielleicht aus natürlichen Gründen, vielleicht auch nicht –, während er nur wenige Meter entfernt schlief? Sollte sich herausstellen, dass dies der Fall war, würde er vergeblich klopfen. Es könnte Tage dauern, bis der Tod entdeckt würde und in der Zwischen hätte der Mörder – wenn es denn einen Mörder gab – jede Menge Zeit, vom Ort des Verbrechens zu verschwinden.

Pickett ermahnte sich, keine voreiligen Schlüsse zu ziehen und ging die Treppe hinab. Eine hübsche junge Frau in Schürze und Häubchen hatte nun den Platz inne, an dem am

Vorabend der Wirt gesessen hatte; seine Tochter, vermutete Pickett.

„Verzeihung", sagte er zu dem Mädchen, „ich hätte gern ein Wort mit Mr. Brockton, dem Mann im Zimmer neben meinem, gesprochen, aber er antwortet nicht auf mein Klopfen. Wisst Ihr zufällig, ob er ausgegangen ist?"

Sie schaute ihn mit großen, kornblumenblauen Augen an und steckte eine blonde Locke wieder unter ihr Häubchen. „Nun, ich vermute, er ist zum Gottesdienst gegangen."

So fest hatte sich die Vorstellung von Brocktons Mord in Picketts Gehirn verankert, dass ihre Annahme bei ihm gleich ein Bild von Beerdigungen erzeugte. „Gottesdienst?"

„Es ist Sonntag", erinnerte sie ihn. „Ich nehme an, er ist in der Kirche."

„Oh – oh ja, natürlich. Vielen Dank", sagte Pickett und schüttelte den Kopf, wie um ihn klar zu bekommen. Es war eine merkwürdige Folge des Reisens, dass man dazu neigte, den Überblick über die Zeit zu verlieren, als ob Uhr wie Kalender aufhörten, weiterzulaufen, während man in einer Kutsche eingesperrt war. Andererseits konnte die Tatsache, dass es Sonntag war, es ihm tatsächlich leichter machen, seinen Mann zu stellen; da die Geschäfte geschlossen waren, es wenig Unterhaltung gab und Reisen auch nicht empfohlen wurde – wenn es nicht sogar unmöglich war, denn weder die gewöhnlichen Reisekutschen noch die Postkutschen verkehrten am Sonntag – gab es wenig, was Mr. Brockton tun konnte, als spazieren zu gehen oder sich in seinem Zimmer die Zeit zu vertreiben. Pickett dachte über diese Möglichkeiten nach, während er die Treppe zu seinem

Zimmer hinaufstieg und die Tür aufriss. Als er Carson noch immer im Bett sah, ging er mit drei Schritten quer durch den Raum und riss die Decke weg.

„Steht auf, Harry", sagte er, nicht ohne eine gewisse Befriedigung. „Wir gehen in die Kirche. Wenn die Hälfte von dem, was Ihr im Schlaf murmelt, wahr ist, habt Ihr es nötig."

5

*In dem John Pickett
und sein Richter spirituelle Führung suchen*

In seinem Haus in Mayfair stand Richter Patrick Colquhoun vor dem Spiegel und band seine Krawatte. Als junger Mann in seinem Heimatland und dann in der amerikanischen Kolonie Virginia war Mr. Colquhoun wie jeder gute Schotte aus dem Flachland Presbyterianer gewesen; da er jedoch ein praktisch denkender Mann war, besuchte er, seit er sich vor fast einem Vierteljahrhundert in London niedergelassen hatte, die Gemeindekirche am Hanover Square, St. George, und jetzt runzelte er bei der Vorbereitung auf den Gottesdienst dort finster die Stirn über seine Gedanken und über das unbefriedigende Stück gestärktes Leinen, das seinen Hals umgab. Er hatte nie danach gestrebt, zu den Dandys gezählt zu werden, daher, anstatt mit einer frischen Krawatte zu beginnen, zupfte er nur die Falten zu einem annehmbareren Bild zurecht. Er hatte dieses bescheidene Ziel beinahe erreicht, als er von einem Klopfen an der Vordertür seines

Stadthauses unterbrochen wurde.

„Ach, zum Teufel", knurrte er, denn das Personal hatte seinen freien Tag. Die Aufgabe, die Tür zu öffnen, würde daher dem Hausherrn obliegen.

„Schon gut, mein Lieber, ich gehe", rief seine Frau, Janet, die ihre eigene Toilette bereits beendet hatte und im Salon im Erdgeschoss auf ihn wartete.

Sie kam ein paar Minuten später zu ihm, mit einem gefalteten Papier in der Hand und einem nachdenklichen Stirnrunzeln.

„Ein Kurier hat das gerade gebracht", sagte sie, als sie ihrem Ehemann die Nachricht übergab. „Ich hoffe, es sind keine schlechten Nachrichten."

Mr. Colquhoun nahm das Papier, brach das Siegel und entfaltete den Brief. Er überflog die kurze Botschaft und gab ein paar ausgewählte Worte von sich, die für einen Mann auf dem Weg zum Gottesdienst völlig unpassend waren.

„Ich nehme an, es muss wichtig sein, wenn es an einem Sonntag überbracht wird", vermutete Janet Colquhoun.

Sie hätte sich ihre Worte sparen können.

„Ist der Kurier noch da?", fragte er scharf.

„Warum, nein! Mir tat der arme Kerl leid, weil er am Sabbat arbeiten muss, daher gab ich ihm eine halbe Krone für seine Mühe und schickte ihn seiner Wege."

Der letzte Teil dieser Rede stieß auf taube Ohren. Mr. Colquhoun vergaß seine Krawatte und verließ hastig den Raum, rannte die Treppen hinab, riss die Tür auf und trat auf die Vordertreppe hinaus, um nach rechts und links zu schauen. Der Kurier war schon längst verschwunden.

„Du hast es nicht mehr geschafft, ihn abzufangen", bemerkte Mrs. Colquhoun mitfühlend, als ihr Ehemann wieder zu ihr ins Schlafzimmer kam.

Er schüttelte zur Antwort den Kopf, doch sie hatte deutlich den Eindruck, dass er mit seinen Gedanken schon weit fort war. „Nein, aber ich schätze, das ist ebenso gut. Es gibt nichts, was der Junge tun könnte, selbst, wenn er hier wäre, und es ist sinnlos, ihn den ganzen Weg aus …" Er brach ab, schaute seine Frau an, als sähe er sie erst jetzt. „Bist du fertig, Janet? Sehen wir zu, dass wir zur Kirche kommen. Ich habe plötzlich das Bedürfnis zu beten."

* * *

Harry Carson hingegen war deutlich weniger begeistert, als er und Pickett die kurze Strecke vom Gasthaus zu der Steinkirche aus dem 14. Jahrhundert entlanggingen, die den Bewohnern von Dunbury und Umgebung als Gotteshaus diente. Er war auch nicht zu schüchtern, seinem Missfallen Ausdruck zu verleihen.

„Und außerdem", sagte er, als er seine Aufzählung von Beschwerden fortführte, während sie durch das Tor in den Kirchhof traten, „verstehe ich nicht, warum ich meine Dienstkleidung tragen soll." Er warf einen verächtlichen Blick an sich hinab auf den blauen Rock und die rote Weste der berittenen Wache der Bow Street. „Schließlich hat doch dieser Mann – Brockton, sagtet Ihr? – um zwei Läufer gebeten, und Ihr tragt doch keine Uniform."

„Nein", räumte Pickett ein, „doch die Hälfte der Öffentlichkeit scheint das nicht zu wissen. Wenn er nach uns Ausschau hält, möchte ich, dass er keine Probleme hat, uns zu erkennen. Seht es doch so", sagte er und appellierte an Carsons Eitelkeit, deren Ausgeprägtheit er kannte, „wenn dieser Mr. Brockton in der Kirche ist, wie die Wirtstochter zu meinen schien, wird er sicher nur einen Blick auf Euch werfen müssen, um in Euch einen der Läufer zu erkennen, nach denen er geschickt hat."

„Meint Ihr?" Harrys Gesichtsausdruck hellte sich leicht auf, bevor er wieder in Düsterkeit verfiel. „Das heißt, er könnte so denken, bis er unsere Bekanntschaft macht – an diesem Punkt werdet Ihr ihn zweifellos darüber aufklären, wer von uns der Ranghöhere ist."

„Nun, ja", stimmte Pickett reuelos zu. „Schließlich hat er namentlich nach mir gefragt."

„Genau! Warum ist es dann *unsere* Aufgabe, nach *ihm* zu suchen? Mir scheint, der Schuh sitzt an einem anderen Fuß."

Ein Schatten flog über Picketts Gesicht. „Denkt daran, wir wissen noch nicht, warum er uns hier haben will. Wenn er in Gefahr ist und wenn jemand anders ihn zuerst findet ..." Er unterbrach sich kopfschüttelnd. *Hier ist nicht der Lake District,* ermahnte er sich. *Was immer dort geschehen ist, hat nichts mit dem zu tun, was wir vermutlich hier tun sollen.*

Bei jener Gelegenheit hatte jemand tatsächlich seinen Kontaktmann ermordet, bevor Pickett herausfinden konnte, warum man nach ihm geschickt hatte und ihn gezwungen, sich die Einzelheiten des Falles nach und nach zusammenzusetzen. Am Ende war er nur knapp mit dem Leben davongekommen, aber nicht, bevor er nicht völlig unabsichtlich den Tod einer unschuldigen Frau verursacht hatte. Er träumte in manchen

Nächten noch davon, träumte, er hielte wieder die Pistole, nur versuchte er dieses Mal vergebens, sie in eine andere Richtung zu drängen, irgendwohin, nur nicht auf die Frau zielen zu lassen, die in der offenen Tür stand. Das Ergebnis war immer dasselbe. Der Schuss löste sich, die Frau fiel um, und wenn er sich hinkniete und den Körper umdrehte, war es Julia, seine eigene Frau, die dort lag, und bei der hellrotes Blut über das Mieder ihres weißen Kleides floss. An dieser Stelle pflegte er zu erwachen und festzustellen, dass das Laken unter ihm von Schweiß durchtränkt war.

Harry Carson war nie beschuldigt worden, besonders scharfsinnig zu sein – noch nicht einmal von seinen Freunden – doch etwas in Picketts Gesicht verriet ihm einiges, oder vielleicht fiel ihm ein, dass er in der Bow Street etwas gehört hatte. Auf jeden Fall nickte er und sagte: „Wie Ihr meint, Chef", und folgte Pickett ohne weitere Proteste in die Kirche.

Selbst mit Harrys Mitarbeit ließ Picketts Plan jedoch viel zu wünschen übrig. Er hatte angenommen, weil Mr. Brockton im Gasthof wohnte, müsste er ein Fremder in der Gegend sein oder zumindest nicht länger hier wohnen und nahm an, dass die Kirchgänger von Dunbury sich einem Fremden in ihrer Mitte gegenüber neugierig erweisen könnten. Und diese Annahme war soweit richtig; leider richtete sich alle Neugierde der Einheimischen auf zwei gut aussehende junge Männer in ihrer Mitte, einen großen jungen Mann mit lockigem braunen Haar und einer zurückhaltenden Art, und den anderen, einen goldhaarigen Adonis im blauen Rock und der roten Weste der berühmten Männer aus der Londoner Bow Street.

Nachdem sie sich in einem der Kirchenstühle niedergelassen hatten, war Pickett unzufrieden, als er die Gesichter der Gemeinde betrachten wollte, denn der größte Teil hatte sich in seine Richtung gewandt. Da er den Ruf seines Kollegen, was das schönere Geschlecht anging, kannte (und wenn es ihm nicht bekannt gewesen wäre, hätte doch Carsons nächtliches Gemurmel ihn mehr als nötig über dieses Thema aufklären können), war Pickett war nicht überrascht, dass die meisten dieser neugierigen Blicke von Frauen mit mehr als einem flüchtigen Interesse an Harrys *beaux yeux* kamen. Er nahm sich vor, Carson an seine Pflichten zu erinnern, und erschrak, als sein Blick dem einer schönen Frau in den Dreißigern mit tizianroten Haaren begegnete, einer Frau, deren schwarzes Kleid und Haube ihren frisch verwitweten Stand verriet. Er war so verblüfft von dem offensichtlichen Interesse der Lady, dass seine Augenbrauen sich wie von allein hoben. Die Dame verstand diese Geste eindeutig als eine Frage – „Ich?" – denn sie antworte mit einem winzigen Nicken. Pickett spürte, wie ihm die Hitze ins Gesicht stieg, richtete seinen Blick auf den ältlichen Pfarrer auf der Kanzel und ließ ihn dort ruhen.

Am Ende des Gottesdienstes schlossen sich Pickett und Carson der Schar an, die sich in Richtung der Tür bewegte. Da der Pfarrer dort stand, Hände schüttelte und freundliche Worte mit den verschiedenen Mitgliedern seiner Herde wechselte, war ihr Fortschritt zwangsläufig langsam. Pickett, der sich der neugierigen Blicke, die ihnen folgten, unangenehm bewusst war, ergriff die ausgestreckte Hand des Pfarrers mit einem Gefühl tiefer Erleichterung.

„Willkommen, willkommen!", sagte der Pfarrer herzlich. „Freut mich sehr, dass Ihr Euch uns heute anschließen konntet. Sagt, seid Ihr neu hier in der Gegend? Ich kann mich nicht erinnern, Euch schon einmal begegnet zu sein. Aber mein Gedächtnis ist auch nicht mehr, was es einmal war, daher weiß ich nicht …" Er brach kopfschüttelnd ab.

„Nein, Sir, wir sind uns noch nie begegnet", sagte Pickett. „Ich bin John Pickett und das ist mein Kollege Harry Carson. Wir sind erst gestern aus London angekommen."

„Aus London, so?" Er wandte sich ab, um Harry die Hand hinzustrecken und sein kurzsichtiger Blick wurde beim Anblick der wohlbekannten roten Weste schärfer. „Seid Ihr dann zufällig aus der Bow Street?"

Pickett antwortete für sie beide. „In der Tat, ja." Carsons Uniform mochte das Gespräch eröffnet haben, wie Pickett es sich erhofft hatte, doch er hatte nicht die Absicht, den Kerl vergessen zu lassen, wer von ihnen für die Ermittlungen verantwortlich war. „Wir wurden nach Dunbury gerufen, um uns mit einem Mann namens Brockton zu treffen. Er soll angeblich im gleichen Gasthof untergekommen sein wie wir – im *Cock and Boar* – doch bisher hatten wir noch kein Glück. Die Tochter des Wirts schien zu glauben, er könnte heute Morgen zur Kirche gegangen sein, daher kamen wir in der Hoffnung, Kontakt mit ihm aufzunehmen."

Der Pfarrer strich sich nachdenklich über das fliehende Kinn. „Liebe Güte, ich weiß nicht … Brockton, sagt Ihr?"

Pickett nickte. „Edward Gaines Brockton, um genau zu sein."

„Ich fürchte, ich bin dem Mann noch nie begegnet. Und

ich fürchte auch, dass Dunbury nicht so groß ist, als dass ein Fremder unbemerkt bliebe – wie Euch sicher aufgefallen ist, da Ihr selbst das Objekt beträchtlicher Neugier geworden seid."

Wie auf ein Stichwort hin kam die Witwe mit den feuerroten Haaren heran gerauscht, um die Hand des Pfarrers zu ergreifen, obwohl Pickett hätte schwören können, dass sie nicht hinter ihnen in der Schlange gestanden hatte. „So eine erhebende Predigt! Ich hätte sie um nichts in der Welt verpassen mögen!" Sie warf über ihre Schulter hinweg Pickett einen interessierten Blick zu. „Aber wer sind Eure Freunde, Herr Pfarrer? Ich glaube nicht, dass ich das Vergnügen bereits hatte."

Anscheinend waren die Gedanken des Pfarrers so mit höheren Dingen beschäftigt, dass das Verlangen des Fleisches ihm unbekannt war, oder er war gut genug mit der Witwe bekannt, dass ihr Vorwitz ihn nicht schockierte. Wie auch immer, er schien die Frage ernst zu nehmen. „Oh, guten Morgen, Mrs. Avery. Dies sind Mr. Pickett und sein Kollege, Mr. Carson. Mr. Pickett, Mr. Carson, erlauben Sie mir, sie mit Mrs. Avery, einem meiner charmantesten Gemeindemitglieder, bekanntzumachen. Mrs. Avery, diese Männer sind aus London auf der Suche nach einem Mr. Brockton gekommen. Ich nehme nicht an, dass sie etwas über diesen Mann wissen?"

Pickett wunderte sich nicht, dass der Pfarrer ihr eine solche Frage stellte; er vermutete, dass es im Bezirk nur wenige Männer gab, die die Witwe *nicht* kannte.

„Brockton, Brockton", wiederholte die Witwe, ihre

elfenbeinfarbene Stirn verzog sich zu einem nachdenklichen Stirnrunzeln. „Der Name ist mir irgendwie vertraut, aber ich – oh, Moment!"

„Euch ist etwas eingefallen?", fragte der Pfarrer.

„Ich glaube, ja. Doch wir dürfen Euch nicht warten lassen, denn ich bin sicher, dass es Dutzende von Leuten gibt, die mit Euch sprechen wollen. Ich verabschiede mich daher, Herr Pfarrer, und überlasse meinen Platz jemand anderem."

Mit diesen Worten ließ sie ihre in einem schwarzen Handschuh steckende Hand unter Picketts Arm gleiten und zog ihn fort, wobei sie ihm kaum Zeit ließ, sich selbst vom Pfarrer zu verabschieden, geschweige denn, ihm für seine Hilfe zu danken. Carson hatte, wie Pickett bemerkte, anscheinend seine eigenen Schlussfolgerungen bezüglich des Interesses der Witwe an ihrem Fall getroffen, denn anstatt sie auf ihrem Weg über den Kirchhof zu begleiten, verließ er sie um seiner eigenen Angelegenheiten willen, die offensichtlich mit einer ländlichen Schönheit mit einem mit rosa Bändern auf ihren ebenholzschwarzen Locken befestigten Strohhut zu tun hatten. Pickett hätte ihm gern Vorhaltungen über seine Pflichten gemacht, doch da seine eigene Pflicht darin bestand, festzustellen, was die Witwe über den schwer fassbaren Mr. Brockton wusste, war er gezwungen, dies aufzuschieben, bis sie zum *Cock and Boar* zurückgekehrt sein würden. In der Zwischenzeit hatten Pickett und die Witwe das Tor zum Kirchhof fast erreicht, aber sie hatte noch kein Wort über dieses Thema verloren.

„Wir sprachen von Mr. Brockton", erinnerte er sie. „Was könnt Ihr mir über ihn sagen?"

Sie sah sich auf dem Kirchhof um. „Ich möchte hier nicht gern weiterreden. Man weiß nie, wer zuhört."

Pickett folgte ihrem Blick und stellte fest, dass sich der Kirchhof schnell leerte, während sich die Gemeinde des Pfarrers in ihre Häuser zerstreute. Der Pfarrer stand immer noch in der Tür und nickte zu einem langen Monolog einer älteren Dame, und Harry hatte seine flüchtige Aufmerksamkeit auf eine flachshaarige Jungfrau in einem bedruckten Kleid übertragen, aber abgesehen von diesen wenigen Menschen waren Pickett und Mrs. Avery fast allein.

„Ja, es ist zweifellos dumm von mir", fügte sie schnell hinzu, ohne seine Gedanken zu erkennen, „aber – nun, wenn man allein lebt, neigt man dazu, unzähligen Einbildungen zum Opfer zu fallen! Als Avery noch lebte, hätte ich nie … aber ich will Euch nicht mit alledem langweilen! Mein Haus ist das vorletzte in der High Street, direkt hinter dem Geschäft des Buchhändlers Bitte versprecht doch, morgen zum Tee zu kommen! Ich denke, ich kann dafür sorgen, dass es sich lohnt."

„Warum morgen?", fragte Pickett, unfähig, den Hauch von Ungeduld zu unterdrücken, der sich bei dem Gedanken an eine weitere Verzögerung in seine Stimme schlich.

„Nicht hier", sagte sie erneut und schüttelte nachdrücklich den Kopf. „Wenn man eine Witwe ist, neigen die Leute zum Klatsch."

Pickett nahm seinerseits an, dass die Leute weit mehr darüber klatschen würden, wenn eine Witwe einen Mann allein in ihr Haus einlud, als über eine Unterhaltung auf dem Kirchhof unter den Augen aller, die sich die Mühe machten, hinzuschauen. Doch dann senkte die Witwe sittsam den Kopf. Als ihr Gesicht so vor seinen Augen verborgen war, wurde Pickett zwangsläufig an eine andere junge Witwe in tiefem Schwarz der Trauer erinnert und an die Art und Weise, wie ihre sogenannten „Freunde" sich in den Tagen nach dem Mord an ihrem Ehemann benommen hatten.

„Na gut", hörte er sich sagen. „Um welche Zeit soll ich kommen?"

6

*In dem zwei gegensätzliche Methoden
der Ermittlungsarbeit zu sehen sind*

Wenn *Ihr* eine Verabredung haben könnt, sehe ich nicht ein, warum *ich* das nicht tun soll", knurrte Harry, als sie sich auf den Rückweg zum *Cock and Boar* machten.

„Es ist keine Verabredung", erwiderte Pickett nachdrücklich, nicht zum ersten Mal.

Harry schnaubte verächtlich. „Das mögt Ihr sagen, doch ich könnte wetten, dass die Witwe Avery ihre eigenen Vorstellungen darüber hat! Wenn sie unter vier Augen mit Euch sprechen wollte, warum hat sie das dann nicht auf dem Kirchhof getan? Da war niemand, der hätte lauschen können."

Pickett hatte dasselbe gedacht, aber jetzt sah er sich gezwungen, die Handlungen der Witwe zu verteidigen – oder vielleicht, dass er selbst die Einladung der Dame angenommen hatte. „Sie hatte recht, als sie sagte, die Leute neigen dazu zu reden. Witwen werden oft mit anderen Maßstäben gemessen als Frauen im Allgemeinen."

Etwas in seinem Gesichtsausdruck muss ihn verraten haben, denn Harry betrachtete ihn mit einem wissenden Ausdruck. „Und Ihr – oder besser gesagt, Eure Frau – solltet das wissen, wie?"

Inzwischen waren sie am Gasthof angekommen und daher blieb Pickett die Notwendigkeit einer Antwort erspart. Er blieb vor der Theke stehen, die sowohl als Bar wie auch als Empfangstisch diente, und das Gesicht der Tochter des Wirts hellte sich bei ihrem Anblick auf, obwohl die schüchternen Blicke, die sie auf einen Punkt hinter Picketts Schulter richtete, ihm verständlich machten, dass nicht er die Röte auf ihren Wangen verursachte.

„Sagt mir, habt Ihr Mr. Brockton hereinkommen sehen?", fragte er.

„Wie, nein, Sir", sagte sie und lenkte ihre Aufmerksamkeit von einem jungen Mann auf den anderen. „War er denn nicht in der Kirche?"

„Anscheinend nicht."

Das Mädchen drückte seine Enttäuschung darüber aus, dass ihr Vorschlag nicht hilfreicher gewesen war, konnte aber keine weitere Hilfe anbieten. Pickett legte einen silbernen Schilling auf die Theke und schob ihn zu ihr hinüber.

„Ich wäre Euch sehr verbunden, wenn Ihr uns wissen lassen könntet, wenn Ihr ihn hereinkommen seht", sagte er. „Ihr könntet ihn auch wissen lassen, dass wir nach ihm gefragt haben."

Sie griff begierig nach der Münze und versprach, wenn Mr. Brockton auftauchte, Pickett und sein Kollege die ersten sein würden, die davon erführen. Damit musste er sich gezwungenermaßen zufriedengeben, doch am oberen Ende der Treppe drehte er sich zu Harry um.

„Ihr könnt schon in unser Zimmer gehen. Ich werde noch einmal versuchen, den Bären in seiner Höhle aufzustöbern."

Harry stimmte bereitwillig zu'und einen Augenblick später klopfte Pickett erneut an die Tür neben der ihren. Wieder gab es keine Antwort.

„Ich nehme doch nicht an, dass unser Mann ein Nonkonformist ist", rätselte Pickett ohne große Überzeugung, als er zu Harry ins Zimmer trat. „Ich glaube, einige der methodistischen Predigten können ziemlich lange dauern."

„Erzählt mir nicht, dass Ihr mich nächsten Sonntag zu einer anderen Kirche schleppen wollt!", rief Harry aus, der bereits seinen blauen Rock abgelegt hatte und dabei war, seine rote Weste aufzuknöpfen.

„Nein, denn ich hoffe, nächsten Sonntag wieder zurück in London zu sein", sagte Pickett nachdrücklich.

Harry musterte ihn mit einem fragenden Blick. „Ihr hört Euch sehr selbstsicher an. Setzt Ihr so große Hoffnungen in die Witwe?"

Pickett stieß einen langgezogenen Seufzer aus. „Wunschdenken, fürchte ich. Bis wir nicht herausfinden können, warum Brockton nach uns geschickt hat, sind uns die Hände gebunden."

„Seht einmal", begann Harry zögernd, ohne eine Spur der üblichen Unverschämtheit, die gewöhnlich charakteristisch für seine Gespräche war, „könntet Ihr Euch vorstellen, dass der Kerl – ich weiß nicht – uns vielleicht nicht aufsuchen *kann*?"

Pickett runzelte die Stirn. „Was genau wollt Ihr damit andeuten?"

Harry stieß ein leises, unsicheres Lachen aus. „Ich denke, ich frage mich, ob er vielleicht tot ist."

Pickett betrachtete seinen Kollegen mit neuem Respekt. In der Tat hatte er sich genau das gefragt – sogar mehr als einmal, aber sein Verdacht wurde durch den Fall beeinflusst, an dem er einen Monat zuvor im Lake District gearbeitet hatte, wo sein Kontakt ermordet worden war, bevor Pickett den Grund für seine Anforderung herausfinden konnte. Er hatte von Harry Carson nicht so viel Umsicht erwartet und musste ein wenig zerknirscht eingestehen, dass Mr. Colquhoun wieder einmal gewusst hatte, was er tat.

„Los schon, sagt mir, dass ich verrückt bin", sagte Harry mit einem nervösen Lachen und unterbrach das angespannte Schweigen. „Es wird nicht das erste Mal sein, dass ich das höre."

Pickett schüttelte den Kopf. „Nein, nein, das ist es nicht. Tatsächlich habe ich mich das Gleiche gefragt. Es ist zu früh, um voreilige Schlüsse zu ziehen, aber wir sollten die Möglichkeit nicht außer Acht lassen."

„Also was tun wir jetzt, Chef? Die Gegend nach einer Leiche durchkämmen?"

„Noch nicht gleich. Zunächst müssen wir jemanden – irgendjemanden! – finden, der uns etwas über Brockton sagen kann."

„Was genau möchtet Ihr wissen?"

Pickett sank mit einem weiteren Seufzer, diesmal vor Frustration, auf das Fußende des Bettes. „Egal was wäre schon eine Verbesserung. An diesem Punkt wäre ich schon zufrieden zu wissen, wie der Kerl aussieht."

„In diesem Fall bin ich Euer Mann", erklärte Harry, wieder ganz der Alte.

„Oh? Und wie kommt das?"

„Falls es Euch nicht aufgefallen ist, dieses niedliche Kätzchen dort unten scheint etwas für mich übrigzuhaben."

„Die Wirtstochter, meint Ihr?"

„Falls da noch eines ist, habe ich das nicht bemerkt. Ihr nehmt die Witwe Avery; ich die Tochter unseres Wirts."

„Ich dachte daran, im Stall anzufangen. Wenn er nicht mit der Postkutsche gekommen ist, muss Brockton sein Gefährt oder eine Mietkutsche dort gelassen haben. Ich werde mich erkundigen."

„Warum lasst Ihr das nicht Thomas machen?"

„Was meint Ihr?", fragte Pickett mit verschlossenem Gesicht.

„Lasst Thomas das machen", sagte Harry erneut.

„Ihr seid entschlossen, meinen Kammerdiener abspenstig zu machen, ja?"

„Gar nicht", versicherte Harry ihm. „Thomas haust da über dem Stall, also muss er dort bereits ein paar Bekanntschaften geknüpft haben. Sie könnten mit ihm offener reden als sie es bei einem von uns täten." Als Pickett über die Durchführbarkeit dieses Vorschlags nachdachte, führte Carson ihn weiter aus. „Natürlich, wenn er feststellt, dass es aufregender ist, bei einer Ermittlung zu helfen, als Eure Halstücher zu bügeln – nun, ich kann sehen, warum Ihr ihn nicht in Versuchung führen wollt."

„Ich sollte Euch mitteilen, dass ich Thomas unbedingt vertraue!"

„Natürlich tut Ihr das", stimmte Harry zu. „Nur nicht so weit, dass Ihr ihn an den Ermittlungen beteiligen würdet, obwohl er vor Verlangen stirbt, etwas davon zu erledigen."

„Nicht so weit, dass ich einen Amateur in eine Lage bringen würde, wo er *buchstäblich* daran sterben könnte", gab Pickett zurück. In ruhigerem Ton fügte er hinzu: „Vielleicht wart Ihr nie an dem Punkt, wo Euer Leben in Gefahr war, aber ich schon. Ich würde nie jemand anders absichtlich in eine solche Lage bringen."

Ein einfühlsamerer Mensch als Harry Carson hätte vielleicht Picketts Ausdruck bemerken und daraus schließen können, dass er nicht länger an seinen Kammerdiener dachte. Doch in diesem Moment ertönte ein leises Kratzen an der Tür und sie öffnete sich; Thomas stand dort mit einem Armvoll nassen Leinens.

„Ich habe mir die Freiheit genommen, Eure Sachen zu waschen, Sir und auch Mr. Carsons", sagte er zu Pickett. „Natürlich würde ich so etwas normalerweise nicht an einem Sonntag machen, aber ich wusste nicht, wann sonst ich die Waschküche frei finden würde. Ich fürchte, ich werde sie hier drinnen zum Trocknen hängen müssen. Ich könnte es im Stall tun, aber ich dachte, Ihr möchtet sicher nicht, dass Eure Hemden nach Pferd riechen."

„Nein, danke", sagte Pickett nachdrücklich. „Ich bin sicher, wir werden es aushalten, dass es hier drinnen etwas eng wird, während sie trocknen."

„Im Übrigen, Thomas", warf Harry ein, bevor Pickett ihn

daran hindern konnte, „es würde Euch doch nichts ausmachen, im Stall ein wenig herumzufragen, oder?"

Thomas' Gesicht hellte sich sofort auf. „Ich? Meint Ihr das ernst, Sir?"

Da die letzte Frage sich an Pickett richtete, war er gezwungen zuzustimmen. „Wir haben es noch immer nicht geschafft, diesen Mr. Brockton ausfindig zu machen. Mr. Carson dachte, du hättest vielleicht im Stall ein paar Beziehungen geknüpft und dass die Leute dort eher mit dir reden würden als mit einem von uns."

„Nun, ich kann nicht leugnen, dass ich und ein paar der Jungs nach dem Füttern und Tränken der ganzen Pferde ein paar Runden Kegeln gespielt haben", gab Thomas zu. „Trotzdem würde ich nicht gern, dass sich herumspricht, ich hätte sie wegen irgendwelchen dunklen Machenschaften in Verdacht."

„Wir verdächtigen sie überhaupt nicht", warf Pickett schnell ein. „Wir möchten nur jemanden finden, der den schwer fassbaren Mr. Brockton gesehen hat."

„Ich sehe zu, was ich herausfinden kann", erklärte Thomas bereitwillig.

„In der Zwischenzeit könntest du vielleicht etwas wegen dieses losen Knopfes unternehmen", fuhr sein Herr fort und zeigte den Knopf an seinem linken Handgelenk, um Thomas unterschwellig gleichzeitig an den wahren Zweck zu erinnern, warum er die Erlaubnis erhalten hatte, Pickett auf dieser Reise zu begleiten.

Nachdem Thomas zu dieser Besorgung fortgeschickt worden war und Carson gegangen, um zu sehen, was er von der schönen Wirtstochter herausfinden könnte, verbrachte Pickett einen ruhigen Nachmittag in seinem Zimmer und lauschte auf jedes Geräusch, das auf Mr. Brocktons Anwesenheit im Nachbarraum schließen lassen könnte. Da er sonst nichts zu tun hatte, ging er zweimal durch den Gang und versuchte es mit erneutem Klopfen an der Tür, doch mit ebenso unbefriedigendem Ergebnis wie zuvor. Er nahm an, er hätte einen weiteren Brief an Julia schreiben können, doch er hatte nur sehr wenig zu erzählen. Er hatte überhaupt keine Fortschritte bei den Ermittlungen gemacht, außer einer Verabredung – da war das Wort schon wieder – mit Mrs. Avery am nächsten Tag, und er hatte nicht vor, so etwas seiner Frau zu erzählen, damit sie nicht die gleichen Schlüsse ziehen würde wie Harry Carson dies getan hatte. In der Tat gab es nichts, was er ihr sagen konnte, außer *ich bin sehr einsam* und *ich vermisse dich sehr* – mit anderen Worten, von ihr zu verlangen, einen Schilling zu bezahlen, nur um in einen Anfall der Trostlosigkeit gestürzt zu werden.

Seine Laune hellte sich ein wenig auf, als Thomas von seiner Besorgung zurückkam, doch der Bericht des Kammerdieners war nicht ermutigend.

„Niemand im Stall hat auch nur ein Haar von jemandem namens Brockton gesehen, obwohl ich sie alle gefragt habe", sagte Thomas.

„Und keines der Pferde im Stall gehört zu ihm? Keine der Mietkutschen?"

Thomas' Gesicht verzog sich. „Das kann ich nicht sagen, Sir. Ich habe nicht daran gedacht, sie das zu fragen." Als er sah, dass dies die falsche Antwort war, bemühte er sich, das wiedergutzumachen. „Ich kann nach unten gehen und nachfragen, Sir. Ich könnte gleich wieder zurück sein …"

Pickett seufzte. „Egal, Thomas. Das wird nicht nötig sein."

„Es tut mir leid, Sir", sagte Thomas, der offensichtlich bemerkte, dass eine weitere Bemerkung angebracht war. „Ich wusste nicht – ich dachte nicht …"

„Schon gut", versicherte Pickett ihm und gab sich Mühe, es auch so zu meinen. „Es ist nicht deine Schuld. Sondern meine, weil ich dich ohne jede Vorbereitung mit einem solchen Auftrag losgeschickt habe."

„Ja, Sir", sagte Thomas, jedoch mit einem so schuldbewussten Ausdruck, dass Pickett sich veranlasst fühlte, ihn noch etwas zu trösten.

„Schau, Thomas", begann er zögernd, „du solltest wissen, dass diese Arbeit nicht halb so aufregend ist, wie es sich bei Mr. Carson anhört. In der Tat würde ich sagen, neunzig Prozent einer Ermittlung ist furchtbar langweilig. Trotzdem, wenn du so interessiert daran bist – das heißt, wenn du nicht länger glücklich mit deiner Arbeit als Diener bist und gern etwas anderes ausprobieren möchtest – könnte ich natürlich gern für dich bei Mr. Colquhoun ein gutes Wort einlegen."

Die Augen des Kammerdieners wurden rund. „Das würdet Ihr für mich tun, Sir?"

„Wenn du das möchtest, ja. Du solltest dir jedoch darüber im Klaren sein, dass ein Mann in der Fußpatrouille um Einiges weniger verdient, als du als Kammerdiener bezahlt bekommst. Nur, wenn man zum oberen Beamten befördert wird und auch private Aufträge annehmen kann, hat man Gelegenheit, wirklich Geld zu verdienen."

„Ja, Sir", sagte Thomas und nickte heftig. „Ich verstehe."

„Du solltest auch wissen, dass ich dich äußerst ungern als Kammerdiener verlieren würde", gestand Pickett. „Ich weiß nicht, wo ich einen anderen finden würde, der mich nicht von oben herab ansehen würde wie etwas, das er unter seinem Schuh gefunden hat."

„Ich bin sicher, jeder sollte sich glücklich schätzen, einen Dienstherrn zu finden, dem man es so leicht recht machen kann ..."

Die Tür flog auf, um Carson hereinzulassen, der heftig atmete und mit mehr Eile als Rücksicht auf Eleganz seinen Hemdzipfel in die Taille seiner Hose stopfte.

„Carson?" Pickett schaute verwirrt drein, als sein Kollege die Tür hinter sich zuknallte und sich gegen das Türblatt lehnte, als wollte er sich verbarrikadieren. „Was zum ...?"

„Musste – weg ...", keuchte Harry. „Abgehauen ... durchs Fenster ..."

Wenigstens scheinen wir irgendetwas zu erreichen, dachte Pickett. Laut fragte er: „Wer war es, Carson? Wer war hinter Euch her?"

„Vater", war Harrys atemlose Antwort.

„Euer Vater?", wiederholte Pickett verblüfft.

„Nicht meiner – ihrer."

„Wessen Vater?", fragte Pickett mit wachsender Ungeduld.

„Nancy – Wirtstochter."

Erkenntnis dämmerte. „Zum Teufel auch, Harry, könnt

Ihr eine mögliche Zeugin nicht befragen und Eure Hosen dabei zulassen?"

„Natürlich kann ich das!", gab Harry zurück und empörte sich über diese Beleidigung seiner ermittlerischen Fähigkeiten. „Aber warum sollte ich das wollen? Weit angenehmer mit den Hosen unten, wisst Ihr", fügte er mit einem unverschämten Grinsen hinzu.

„Wir sind nicht zu Eurem persönlichen Vergnügen nach Dunbury gekommen! Habt Ihr es geschafft, etwas Nützliches herauszufinden, oder wart Ihr zu beschäftigt damit, äh …" Picketts Versuch eines strengen Vorwurfs wurde beträchtlich davon beeinträchtigt, dass es ihm nicht gelang, ein passendes Wort für die Handlungen seines Kollegen zu finden, das nicht beleidigend für Nancy war, wie willig das Fräulein auch gewesen sein mochte.

Harry erkannte Picketts Dilemma, tat nichts, um ihm zu helfen, sondern beobachtete seinen inneren Kampf mit böser Belustigung.

Als er sah, dass er von dieser Seite keine Hilfe zu erwarten hatte, kehrte Pickett zu seiner ursprünglichen Frage zurück, diesmal ohne Umschweife. „Habt Ihr etwas Nützliches herausgefunden?"

„Ich fürchte, nein, Chef. Nan sagt, sie habe Brockton noch nie gesehen."

„Was, nie?", fragte Pickett, seine Verlegenheit völlig vergessen. „Aber der Kerl hat seinen Brief von hier zwei Tage, bevor er in der Bow Street ankam, geschrieben, und wir haben noch zwei Tage gebraucht, um hierher zu kommen – wie, er muss mindestens fünf Tagen hier gewesen sein!"

Carson zuckte mit den Schultern. „Vielleicht bleibt er gern für sich."

„Vielleicht", sagte Pickett zweifelnd. „Aber in diesem Fall, wo ist er dann? Er war nicht in seinem Zimmer."

„Vielleicht hat er gar nicht aus Dunbury geschrieben, sondern von einem ganz anderen Ort", fuhr Carson fort.

„Da könnte etwas daran sein", räumte Pickett ein. „Das habe ich mich auch schon gefragt."

Carson nickte weise. „Natürlich habt Ihr das."

„Und was soll das jetzt wieder heißen?", wollte Pickett wissen.

Harrys blaue Augen wurden groß mit einem Ausdruck, der wohl unschuldig wirken sollte. „Wie, nichts."

„Wenn Ihr Euch erinnert, ich habe bereits Mr. Colquhoun gegenüber so etwas erwähnt, als er uns den Fall übertrug", beharrte Pickett, nicht bereit, die Beleidigung so stehen zu lassen.

Carson zuckte mit den Schultern. „Was immer Ihr sagt, Chef."

Pickett war alles andere als befriedigt, doch er erkannte, dass er keine andere Wahl hatte, als das Thema fallen zu lassen. „Wie dem auch sei, Brockton muss an dem Abend unserer Ankunft im Haus gewesen sein."

„Woraus schließt Ihr das, Sir?", fragte Thomas, der sich zum Kamin begeben hatte und jetzt die beiden Hemden, die auf den Rückenlehnen der Stühle zum Trocknen hingen, umdrehte.

„Weil die Wirtstochter überhaupt nicht überrascht schien, dass wir nach ihm fragten. Wenn niemand unter diesem Namen hier registriert gewesen wäre, hätte sie das sicher gesagt – es sein denn, natürlich, dass sie einen Blick auf Mr. Carson hier geworfen hat und alles andere direkt aus ihrem Kopf verschwand."

Carson grinste anerkennend. „Das wäre vermutlich nicht das erste Mal. Noch, hoffentlich, das letzte. Deshalb habe ich noch lange, lange Zeit nicht vor, mich von irgendeinem Frauenzimmer an die Kette legen zu lassen."

„Mein lieber Carson", sagte Pickett mitleidig, „was veranlasst Euch zu der Annahme, dass Ihr dabei eine Wahl haben werdet?"

Pickett selbst hatte keine Wahl gehabt. Nach einer Enttäuschung in seiner Jugendzeit (einer Enttäuschung, die er jetzt rückblickend als Glück empfand), hatte er sein Herz fünf lange Jahre gehütet – bis ein Blick auf Julia, Lady Fieldhurst, wie sie blass und verängstigt neben der Leiche ihres ermordeten Mannes stand, seine sorgfältig aufrecht erhaltene Abwehr zu Staub zerfallen ließ.

„Eines Tages wird eine Frau Euch diese Worte in den Hals stopfen", weissagte er mit einer aus Erfahrung gewonnenen Sicherheit. „Und wenn sie das tut, hoffe ich, dass ich da bin, um es zu sehen – und zu lachen."

* * *

Pickett lachte am nächsten Tag jedoch nicht, als noch immer nichts von Mr. Edward Gaines Brockton zu sehen war. Je länger er über die Angelegenheit nachdachte – und er hatte sehr viel Gelegenheit zum Nachdenken, da es schien, dass es das Einzige war, was er tun konnte, solange er es nicht schaffte, seinen Mann zu stellen – desto mehr wurde Pickett davon überzeugt, dass die Anwesenheit des Mannes in Dunbury mehr mit Geschäft als mit Vergnügen zu tun hatte.

„Wenn er Freunde in der Gegend hätte, würde er sicher bei ihnen wohnen, statt sich in einem Gasthof einzumieten." Wie es seine Gewohnheit war, wenn er scharf nachdachte, ging er auf und ab, während er seine Theorie Harry erläuterte und Thomas nur zuhörte. „Es steht zu vermuten, dass er hier irgendwelche Geschäfte haben muss – Rechtsangelegenheiten, vielleicht, oder ein kaufmännisches Unternehmen. Wenn Ihr Euch erinnert, sagte ich, dass ich ihn für einen Kaufmann halten könnte, seinem Brief nach zu urteilen."

„Und als er hier eintraf, entdeckte er etwas Verdächtiges an dieser Angelegenheit", folgerte Harry. Obwohl Pickett den einzigen Stuhl des Zimmers verlassen hatte, wagen Harry es doch nicht, einen Anspruch darauf zu erheben, und entschied sich, lieber auf dem Bettrand zu sitzen.

Pickett nickte. „Sehr wahrscheinlich."

„Was ist also der Plan, Chef?"

„Ich möchte ein paar Erkundigungen einziehen, bevor ich heute Nachmittag Mrs. Avery aufsuche. Ihr könnt hierbleiben und von Zeit zu Zeit bei Mr. Brocktons Tür anklopfen. Früher oder später muss er in sein Zimmer zurückkommen. In der Zwischenzeit könnt Ihr sehen, was unser Wirt Euch sagen kann – falls Ihr dem Mann noch ins Gesicht sehen könnt, nachdem Ihr versucht habt, seine Tochter zu verführen."

„Ist ja nicht so, als hätte ich das Mädchen gezwungen!", protestierte Harry, ganz die beleidigte Unschuld.

Pickett warf ihm einen sprechenden Blick zu, wandte

sich aber an Thomas. „Halte deine Ohren offen für jedes Gespräch über ihn im Stall – nicht notwendig den Namen Brockton, aber irgendwelche Beschwerden über einen Mann, der zu seltsamen Zeiten kommt und geht, nach seiner Kutsche ruft oder sein Pferd zu unpassenden Zeiten putzen lässt. Du musst keine Fragen stellen, aber du kannst es ruhig wissen lassen, dass du im Dienst eines Bow Street Mannes stehst und sehen, ob sie dadurch beeindruckt genug sind, dass sie dir etwas erzählen. Wenn sie das tun, brauchst du nicht zu beurteilen, was wichtig ist und was nicht. Berichte mir alles, was gesagt wird, oder, wenn ich nicht hier bin, kannst du es Mr. Carson sagen.“

„Ja, Sir!“, sagte Thomas, ganz begeistert darüber, mitmachen zu dürfen.

„Ich habe genug von der Diskretion“, schloss Pickett. „Wir haben es damit versucht und es hat uns nirgendwo hingeführt. Wir werden wissen lassen, wer wir sind und warum wir gekommen sind. Wenn Diskretion so wichtig wäre, wie in Mr. Brocktons Brief behauptet, hätte er schon längst aus seinem Versteck kommen müssen, um uns zum Schweigen zu bringen.“

Henry rutschte unbehaglich herum und die Matratze knisterte unter ihm. „Definiert ‚schweigen‘, Chef.“

„Schlechte Wortwahl“, räumte Pickett entschuldigend ein. „Ich meinte nur, wenn er nicht wollte, dass wir herumerzählen, dass wir von der Bow Street kommen. Ich wollte nicht andeuten, dass er uns herbestellt haben könnte, um uns zu töten.“

„Ich bin erleichtert, das zu hören! Aber was, wenn er

nicht ‚aus seinem Versteck kommen' *kann*?"

Pickett erinnerte sich an Carsons Idee, Brockton könnte tot sein, und erkannte, dass er die Worte vor Thomas nicht aussprechen wollte. Er war überrascht – und ja, erleichtert – zu erkennen, dass sein Kollege mehr Umsicht besaß, als er ihm zugetraut hätte.

„In diesem Fall hoffen wir, dass die Anwesenheit von zwei Bow Street-Männern in der Nähe seine Feinde sehr nervös machen wird." In einem viel leichteren Ton wandte er sich seinem Kammerdiener zu. „Ich werde den grünen Rock tragen, Thomas, wenn er nicht von der Reise zu zerknittert ist."

„Wenn er das ist, werde ich ihn für Euch bügeln, Sir", erklärte Thomas, eifrig darauf bedacht, zu Diensten zu sein.

„Das wird nicht nötig sein …", begann Pickett, nur, um von Carson unterbrochen zu werden.

„Aber sicher ist es das! Wir können Euch doch nicht mit einem zerknitterten Rock zu einem Besuch bei Mrs. Avery gehen lassen, oder?"

Pickett nahm jeden freundlichen Gedanken, den er über ihn gehabt hatte, zurück.

7

In dem der Jäger zum Gejagten wird

Zum Glück war das Dorf Dunbury nicht so groß, dass es viele Geschäfte gegeben hätte und es gab noch weniger Anwaltskanzleien. Pickett begann seine Suche bei der örtlichen Bank, aus dem Grund, dass diese Einrichtung einen Fuß in beiden Lagern haben könnte, sozusagen. Leider kannte der Angestellte, den er befragte, niemand dieses Namens und als Pickett ihn dazu überredete, den Geschäftsführer der Bank zu holen, war diese Person in der Lage, mit Sicherheit auszusagen, dass sein Institut niemanden namens Brockton zu seinen Kunden zählte.

Der einzige Anwalt, der sich um alle Rechtsgeschäfte in Dunbury kümmerte, erklärte das gleiche Unwissen, und daher war Pickett gezwungen, seine Aufmerksamkeit allen möglichen Einzelhandelsgeschäften zu schenken, vom Gemüsehändler an einem Ende der High Street bis zum Kaufhaus am anderen. Kurz stieg Hoffnung in ihm auf, als er entdeckte, dass Dunbury einen Mietstall zu seinen Unternehmen zählte, doch diese vielversprechende Spur schrumpfte zusammen und starb, als der Eigentümer des Stalls kategorisch leugnete, eines seiner Tiere an jemanden namens Brockton vermietet zu haben und sich dann in einer langen Schmährede über den Mangel an Geschäft in einem Dorf von der Größte Dunburys erging und mit seiner Absicht schloss, sein Glück im nahegelegenen Wells versuchen zu wollen.

Schließlich hatte Pickett jeden Laden in der High Street besucht und nichts dabei gewonnen. Es schien, als würde er all seine Hoffnungen auf sein Treffen mit Mrs. Avery richten müssen. Er erinnerte sich, dass ihr Haus in der High Street lag – am anderen Ende, was hieß, dass er wieder diese Durchgangsstraße entlang gehen musste – und sie hatte vielleicht schon am Fenster gestanden und ihn vorbeigehen sehen. Der Tag war warm und die ungepflasterte Straße war staubig, sodass Pickett wünschte, er könnte lange genug in den Gasthof zurückkehren, um seinen Rock zu wechseln und eine frische Krawatte umzubinden. Doch abgesehen von der Tatsache, dass Harry Carson dazu zweifellos etwas zu sagen finden würde, bestand ebenso die Möglichkeit, dass Mrs. Avery ihn von ihrem Fenster aus gesehen haben könnte. Er wollte nicht, dass sie dachte, er hätte sich extra für sie umgezogen, um keinen falschen Eindruck bei ihr zu erwecken. Und so, während er das Gefühl hatte, Julia irgendwie zu betrügen, indem er eine andere Frau in den eleganten Sachen, die sie ihm geschenkt hatte, besuchte, stapfte er wieder die High Street entlang und klopfte an der Tür des vorletzten Hauses, direkt hinter dem Buchhändlerladen.

Sie wurde ihm sofort geöffnet und nicht von einem Dienstboten, sondern von der Dame selbst. In der Tat war keine Dienerschaft zu sehen; es war, als wären sie allein im Haus. Wenn die Witwe wirklich vermeiden wollte, das Thema bösartigen Klatsches zu werden, hatte sie sicherlich eine seltsame Art, um das zu tun.

„Kommt doch herein, Mr. Pickett", sagte sie herzlich und lud ihn mit einer Handbewegung zum Eintreten ein. „Ich freue mich so, dass Ihr endlich den Mut gefunden habt zu klopfen. Ich muss zugeben, dass ich mich zu wundern begann."

Das schüchterne Lächeln auf ihren roten Lippen, als sie die Tür hinter ihm schloss, ließ Pickett erkennen, dass sie ihn tatsächlich von ihrem Fenster aus beobachtet hatte und genau den falschen Eindruck erhalten hatte, den er am meisten zu vermeiden suchte.

„Nein, nein, das ist es nicht", versicherte er ihr eilig. „Ich bin mitten in einer Untersuchung, wie Ihr wisst. Das heißt, ich *sollte* mitten darin sein; in der Tat habe ich noch kaum begonnen, denn obwohl Mr. Edward Gaines Brockton mich hierher bestellt hat, muss ich ihn erst noch finden. Ich glaube, Ihr sagtet, Ihr wäret mit ihm bekannt?"

„Ihr verschwendet keine Zeit, um auf den Punkt zu kommen, nicht wahr? Ich frage mich, ob das gut ist oder schlecht? Ich schätze, das wird die Zeit erweisen. Aber kommt doch her! Trinken wir unseren Tee, bevor das Wasser kalt wird!"

Sie führte ihn in einen kleinen, aber elegant eingerichteten Salon, und nachdem sie sich Seite an Seite auf dem mit Goldbrokat bezogenen Sofa niedergelassen hatten (und mit weniger Raum zwischen ihnen, als Pickett sich gewünscht hätte), teilte sie Tee und Kuchen aus, während sie ihn die ganze Zeit mit Fragen nach dem Leben in London bestürmte und wissen wollte, ob er mit einer Reihe von Personen bekannt wäre, deren Namen er nie zuvor gehört hatte.

„Ich fürchte, wir bewegen uns in unterschiedlichen gesellschaftlichen Kreisen", gestand er. Dann, als er eine Gelegenheit bemerkte, fügte er hinzu: „Und was ist mit Mr. Brockton? In welchen Kreisen könnte man ihm wohl begegnen – in Euren oder in meinen?"

Sie hob ihre schwarz bekleideten Schultern. „Das kann ich wirklich nicht sagen."

„Ihr ‚könnt' nicht, Mrs. Avery, oder Ihr ‚wollt' nicht?", fragte Pickett etwas scharf, da er frustriert darüber war, eher wie ein bevorzugter Verehrer denn als Bow Street Ermittler behandelt zu werden.

„Ich will nicht", gestand sie mit einem völlig reuelosen Lächeln, das für einen Mann, der weniger ungeduldig war, seine Angelegenheiten zu erledigen und zu seiner Frau zurückzukehren, charmant hätte sein können. „Ich habe das Gefühl, dass Ihr, sobald Ihr mir alle Informationen entlockt habt, die ich Euch über Mr. Brockton geben könnte – einen Mann, an dem ich, wie ich gestehen muss, nicht das leiseste Interesse habe – Ihr mir nichts mehr zu sagen haben werdet. Es ist sehr erniedrigend für die Selbstachtung einer Frau, wisst Ihr." Sie nahm die Teetasse aus seiner Hand, die keinen Widerstand leistete, dann stellte sie sie auf den kleinen Tisch an ihrem Ellenbogen und ließ ihre Hände zu seinen Schultern hinaufgleiten, wonach sie nach den Enden seiner Krawatte griff und den Knoten löste.

„Seht her", sagte Pickett und gab sich nicht länger Mühe, seine Ungeduld zu verbergen, als er von ihr weg zum Ende des Sofas rutschte, „Ihr sagtet mir gestern, wenn ich Euch besuchte, würdet Ihr mir etwas über Mr. Brockton erzählen. Nun, hier bin ich. Also – redet."

„Ich fürchte, Ihr erinnert Euch falsch, Mr. Pickett. Was ich sagte, war, wenn Ihr zum Tee kämet, würde ich dafür sorgen, dass es sich lohnt." Und, nachdem sie dies gesagt hatte, packte sie Pickett an den Ohren, zog seinen Kopf herunter und drückte ihre Lippen auf seine.

„Ich bin ein verheirateter Mann, Mrs. Avery!" protestierte er und löste sich mit einiger Mühe von ihr. „Wenn es dies ist, worauf Ihr es abgesehen hattet, würdet Ihr Eure Einladung besser an meinen Kollegen, Harry Carson, gerichtet haben!"

Mrs. Avery, des vorrangigen Gegenstands ihrer Absichten beraubt, schnaubte verächtlich. „Danke, aber nein danke! Männer wie Euer Mr. Carson sind unter jedem Busch zu finden – normalerweise in Begleitung eines Dorfmädchens oder einer Bauerntochter. Ich habe keine Lust, nur ein Strich auf seinem Bettpfosten zu werden."

„Nein, Ihr würdet es vorziehen, dass ich zu einem Strich auf Eurem würde."

Sie schenkte ihm ein ziemlich mitleidiges Lächeln. „Ihr tut Euch selbst Unrecht, Mr. Pickett."

„Das mag sein, wie es will, ich bin aus einem Zweck, und nur aus einem einzigen, hierher gekommen: um Edward

Gaines Brockton zu finden …"

„Wisst Ihr, dass ich es sehr müde werde, diesen Namen zu hören?"

„… und zu erfahren, warum er mich aus der Bow Street herbestellt hat. Wenn Ihr keine Informationen über dieses Thema zu bieten habt …"

„Ich glaube, das macht zwei", sagte sie.

„Wie – wie bitte?"

„Ihr habt gesagt, Ihr wäret zu einem einzigen Zweck hergekommen, habt aber zwei benannt." Sie zählte sie an den Fingern ab. „Diesen Mann, Brockton, zu finden – das ist einer – und zu erfahren, warum er nach Euch geschickt hat – das macht zwei. Darf ich hoffen, Euch für einen dritten zu interessieren?"

Da er sah, dass sie jede Absicht hatte, sich wieder über ihn herzumachen, sprang Pickett auf. Es brauchte einige Anstrengung, da sie entschlossen war, ihn zurückzuhalten, doch schließlich war er in der Lage, ihr zu entkommen, ohne durch seine Erfahrung unter dem Dach der verliebten Witwe Avery Schaden genommen zu haben.

Das dachte er zumindest. Er wurde bald vom Gegenteil überzeugt. Er kehrte zum *Cock and Boar* zurück und fand Carson und Thomas dort vor. Beide jungen Männer schauten bei seinem Eintreten auf und Harry grinste teuflisch.

„Hattet Ihr einen erfolgreichen Nachmittag bei Mrs. Avery?", fragte er und warf Pickett einen wissenden Blick zu.

„*Ahem!*"

Thomas räusperte sich und Picketts Blick wanderte von Carson zu dem Kammerdiener, der ein Stück hinter ihm stand.

Als dieser die Aufmerksamkeit seines Herrn erweckt hatte, tippte er sich mit dem Finger an den Mundwinkel. Pickett warf einen Blick in den Spiegel über dem Waschtisch und der Grund für Carsons unheilige Freude wurde klar. Picketts Mundwinkel war mit Mrs. Averys Lippenrot verschmiert und seine Krawatte war aufgebunden, die losen Enden hingen ihm über die Vorderseite seiner Weste. Tatsächlich sah er völlig verkommen aus. Schlimmer noch, er war in diesem Zustand die ganze High Street hinuntergegangen. Am allerschlimmsten war es, dass Dunbury nahe genug an Norwood Green lag, dass Julias Eltern Bekannte in der Stadt haben könnten.

Es half nichts: Er würde ihr noch am selben Tag schreiben und ihr alles erklären müssen, bevor sie aus anderer Quelle – einschließlich der vor ihm stehenden – etwas erfuhr. In der Zwischenzeit blieb ihm nichts anderes übrig, als ein tapferes Gesicht aufzusetzen.

„Erfolgreich? Ich fürchte, nein", sagte er so lässig, wie er es unter den Umständen fertigbrachte. Er ging durch das kleine Zimmer zu dem Waschtisch, goss Wasser – jetzt kalt – aus dem Krug in die Schüssel und begann, die Beweise für den amourösen Angriff der Witwe von seinem Mund zu waschen. „Ich fürchte, Mrs. Avery war weniger an den Ermittlungen interessiert als an dem Ermittler. Und Thomas, ich bin derjenige, der Mrs. Pickett davon erzählen wird, wenn ich bitten darf."

„Selbstverständlich, Sir", stimmte Thomas, der schon Julias Diener gewesen war, als sie noch Lady Fieldhurst gewesen war, bereitwillig zu.

„Was Mr. Brockton angeht", fuhr Pickett fort, „beginne

ich, mich zu fragen, ob Mrs. Avery überhaupt etwas über ihn weiß."

Carson machte eine Bemerkung darüber, dass einige Leute das Glück für sich gepachtet hätten, aber Pickett, der nur halb zuhörte, gab keine Antwort. In der Tat war der Verdacht, dass Mrs. Avery nichts über ihren gesuchten Mann wusste, nicht die am weitesten hergeholte der Theorien, die sich in seinem Gehirn zu bilden begannen. Und noch an diesem Abend hatte er vor, eine davon auf die Probe zu stellen.

* * *

Während Pickett die lasterhafte Dame abwehrte, hatte Julia eine völlig andere Prüfung zu bestehen. Denn es war der Tag ihrer Einladung zum Tee, das Ereignis, das ihren Wiedereintritt, wenn auch nur im Kleinen, in die Gesellschaft bedeuten sollte, in der sie sich vor dem Mord an ihrem ersten und ihrer Heirat mit ihrem zweiten Ehemann bewegt hatte. Es war in gewisser Weise lächerlich, dass sie sich solch verstörten Gedanken machen sollte, weil sie ein halbes Dutzend Damen zum Tee erwartete – sie, die einmal eine politische Gastgeberin von einiger Bedeutung gewesen war und Diners arrangiert hatte, deren Gästelisten verschiedene Würdenträger des Außenministeriums, Parlamentsmitglieder und einmal sogar bei einer denkwürdigen Gelegenheit den Prinzen von Wales selbst enthalten hatten. Nach so hoher Gesellschaft hätte ein halbes Dutzend Damen der *feinen Gesellschaft* für sie keinen Schrecken haben dürfen.

Sie hatte bereits einen kleinen Rückschlag erlitten, in Form eines Briefes der ältlichen Lady Oversley, die ihr

Bedauern aussprach, dass sie wegen Zahnschmerzen, die stark genug waren, um sie daran zu hindern, sich aus dem Bett zu erheben, nicht erscheinen könnte, und ihre Nachricht damit schloss, dass sie hoffte, Mrs. Picketts Gastfreundschaft ein anderes Mal in Anspruch nehmen zu dürfen. Julia akzeptierte diese Wendung ihres Glücks mit einiger Besorgnis. Sie musste Lady Oversley zugestehen, dass ihre Zahnschmerzen vermutlich echt waren, denn als sie die Witwe am Morgen zuvor in der Kirche sah, hatte die Marchioness erklärt, sich auf die Einladung zu freuen.

Trotzdem hatte Julia das Gefühl, als würde der Boden unter ihren Füßen schwanken. Ihre beste Freundin Emily, Lady Dunnington, war derzeit nicht in der Stadt, nachdem sie kürzlich von einem kleinen Mädchen entbunden worden war – ihrem ersten Mädchen, nachdem sie bisher ihrem Mann nur zwei Söhne geschenkt hatte – und fühlte sich dort sehr wohl, wenn man nach ihren Briefen gehen durfte. In Lady Dunningtons Abwesenheit hatte Julia auf die Anwesenheit von Lady Oversley gerechnet, die selbst ein paar Monate zuvor von dem Geschick der Beamten der Bow Street profitiert hatte und auf die (hoffte sie), sich hätte verlassen können, im Falle, dass Julias andere Gäste beschlossen, ihrer Missbilligung oder wenn nicht sogar offenem Hohn über die zweite Ehe ihrer Gastgeberin Ausdruck zu verleihen.

Nachdem die Schläge der Standuhr, die die Stunde anzeigten, langsam verhallten, erhob sie sich von ihrem Platz auf dem Sofa und begann, ruhelos im Salon auf und ab zu gehen, hielt nur hin und wieder an, um winzige (und völlig unnötige) Verbesserungen an der Anordnung des Kuchens auf einem silbernen Tablett zu machen oder ein verirrtes Blatt oder Blüte von dem Blumenstrauß, der am Morgen frisch auf dem Markt in Covent Garden erstanden worden war, zu pflücken.

Das Ticken der Uhr schien im stillen Haus unnatürlich laut zu sein, sodass das Geräusch, als sie die Viertelstunde schlug, ausreichte, um Julia zum Zusammenzucken zu bringen. *Es ist zu früh, um sich Sorgen zu machen,* überlegte sie. Der Verkehr in Mayfair an einem Montag könnte stark genug sein, dass jemand sich verspäten konnte, da die Lieferkarren der Kaufleute, die am Vortag zu Ehren des Sonntags untätig bleiben mussten, sich jetzt bemühten, die verlorene Zeit auszugleichen. Vielleicht lag der Fehler bei ihr, ihre Einladung für einen Montag zu planen, anstatt bis später in der Woche zu warten. Aber sie hatte nicht warten wollen, da sie entgegen aller Hoffnung gehofft hatte, dass ihr Mann vor dem Wochenende zurückkehren würde. Wenn das der Fall wäre, wollte sie nicht, dass er sich unbehaglich fühlte, sollte er mit seinem Gepäck in den Salon spaziert kommen und sich mitten in einer Teegesellschaft für Damen wiederfinden. *Und,* flüsterte eine kleine Stimme ihr zu, *du würdest ihn auch nicht gekränkt sehen wollen, wenn die Einladung ein Misserfolg würde und er die unfreiwillige Ursache dafür wäre.*

Als die Uhr halb drei schlug, erinnerte sie sich an ein Buch, das neben ihrem Bett im Obergeschoss lag und fragte sich, ob sie Andrew, den Lakaien, schicken sollte, um es zu holen. Aber nein, überlegte sie, es ginge nicht an, dass Gäste in den Raum geführt würden und sie dabei ertappen, wie sie Mrs. Radcliffe hinter die Sofakissen stopfte.

Bis die Uhr viertel vor drei schlug, war sie von ihrer eigenen Gesellschaft so gelangweilt, dass sie einem Impuls nachgab und Andrew mit diesem Auftrag losschickte; sicher, beschloss sie, dass jemand, der nicht höflicher war, als volle fünfundvierzig Minuten zu spät zu erscheinen, es nicht besser verdiente.

Als das Whittington-Glockenspiel drei Uhr verkündete, wurde ihr Herumgehen von Rogers unterbrochen, der auf seine Anwesenheit mit einem leisen Räuspern aufmerksam machte.

„Verzeihung, Ma'am", sagte er und obwohl sein Tonfall absolut korrekt war, meinte Julia, etwas wie Mitgefühl in seinen Augen zu lesen. „Ich habe mich gefragt, ob Ihr sonst noch etwas benötigt. Soll ich vielleicht das heiße Wasser für den Tee auswechseln?" Sein Blick huschte von ihr zur Teekanne; das heiße Wasser darin dürfte inzwischen nur noch lauwarm sein.

„Ja, allerdings gibt es etwas", sagte sie, viel zu fröhlich. „Es scheint, Ihr und der Rest des Personals dürft Euch auf etwas Besonderes freuen. Bitte nehmt dies alles mit nach unten und verteilt es an die Dienerschaft, mit meinen besten Empfehlungen."

Er öffnete den Mund, als ob er etwas sagen wollte, schloss ihn wieder, ging zum Teetisch und sagte schließlich: „Das alles, Ma'am? Seid Ihr sicher, Ihr möchtet Euch nicht einen Teller füllen und eine Tasse Tee für Euch selbst eingießen?"

„Um die Wahrheit zu sagen, mir wird schon von dem Anblick übel", gestand sie. „Nur, sagte das bitte nicht zur

Köchin, sie hat so hart daran gearbeitet!"

„Ja, Ma'am." Er hob das Tablett auf und machte zwei Schritte auf die Tür zu, bevor er stehenblieb und sich umwandte. „Wenn Ihr mir die Anmaßung verzeihen wollt, Ma'am, würde ich sagen, Ihr habt den besseren Teil des Handels erwischt."

Sie musste nicht um eine Erklärung bitten. Zumindest Rogers hatte sich nie gefragt, warum sie sich entschieden hatte, einen Mann zu heiraten, der so weit unter ihr stand, denn auch er stand in seiner Schuld. Plötzliche Sehnsucht nach der Rückkehr ihres Mannes durchfuhr sie wie ein Dolchstoß im Herzen. „Ja", sagte sie und blinzelte die Tränen fort, die in ihren Augen standen. „Ja, das stimmt."

Was immer der Butler dazu hätte sagen wollen, wurde durch ein Klopfen an der Tür verhindert.

„Wenn Ihr mich entschuldigen wollt, Ma'am."

Er stellte das Tablett wieder ab und verließ den Raum. Julia spitzte die Ohren, um zu entdecken, welcher ihrer Gäste kam, wenn auch sehr spät, doch die leisen Stimmen, die sie erreichten, schienen männlich zu sein. Plötzlich ertönte das Geräusch schlurfenden Füße.

„Andrew …!", schrie Rogers nach dem Diener, doch seine Stimme brach abrupt an, gefolgt von einem dumpfen Schlag und sofort danach einem Krachen.

„Rogers?", rief Julia und eilte ins Foyer. „Rogers, seid Ihr …?"

Sie blieb mit aufgerissenen Augen stehen. Rogers lag zusammengebrochen auf dem Boden, leuchtend rotes Blut rann aus seinem ergrauenden Haar und sammelte sich in einer

Pfütze auf den weißen Marmorfliesen. Ein Mann stand über ihm, ein Mann von ungefähr dreißig Jahren, in grober Kleidung und mit einem dicken Holzknüppel in der Hand.

„Wer seid Ihr und warum seid Ihr hier?", verlangte Julia mit mehr Tapferkeit, als sie empfand, zu wissen.

„Egal", sagte er mit einem Akzent, den sie nicht einordnen konnte. „Ihr kommt hübsch mit mir und niemandem muss etwas geschehen."

„Dafür ist es ein wenig spät, meint Ihr nicht?", gab sie zurück und deutete auf die reglose Gestalt des Butlers. „Verlasst sofort dieses Haus!"

„Nicht ohne Euch, kommt nicht infrage!"

Mit seiner freien Hand packte er sie am Arm. Sie versuchte, sich seinem Griff zu entwinden, doch er war zu stark. Als das Geräusch rennender Schritte auf den Stufen Andrews bevorstehendes Auftauchen ankündigte, schlang ihr Angreifer seinen anderen Arm – mit dessen Hand er den Knüppel hielt – um sie und begann, sie zur Tür zu zerren. Julia kämpfte mit allem, was ihr zur Verfügung stand, trat gegen seine Beine und versenkte sogar ihre Zähne in seinem Arm, aber ohne Erfolg.

„Ich hasse es, eine Frau zu schlagen", knurrte er an niemand Bestimmtes gewandt.

Der Knüppel landete auf ihrem Kopf, danach wusste Julia nichts mehr. Der Mann warf sie über seine Schulter, als wäre sie ein Mehlsack und trug sie nach draußen zu einer wartenden Kutsche.

Andrew kam gerade rechtzeitig an, um zu sehen, wie das Fahrzeug die Curzon Street entlang rollte.

8

*In dem die Untersuchung
eine höchst unerwartete Wendung nimmt*

Carson!", zischte Pickett und schüttelte die schlummernde Gestalt neben ihm mit genug Kraft, um das Erbsenstroh unter ihm zum Knistern zu bringen. „Carson, aufwachen!"

„Hä – was ...?" Langsam registrierte Harrys schlafumnebeltes Gehirn den Eigentümer der Hand, die sich um seine Schulter geschlossen hatte. „Verdammt, Mr. Pickett, habt Ihr eine Ahnung, wie viel Uhr es ist?"

„Gerade nach drei, wenn die Uhr über dem Stall richtig geht", antwortete Pickett reuelos.

„Ach, das ist alles? Und ich schätze, Ihr haltet das für eine gute Zeit für einen Spaziergang vor dem Frühstück", knurrte Harry und rollte herum, um seinen unterbrochenen Schlaf fortzusetzen.

„Nein, aber ich denke, es ist ein hervorragender Zeitpunkt, um die Bekanntschaft von Mr. Edward Gaines Brockton zu machen."

„Wenn er einen Hauch von Verstand hat, wird er Euch sagen, dass Ihr zum Teufel gehen sollt!"

„Oh, im Gegenteil, ich glaube nicht, dass er irgendetwas zu mir sagen wird", weissagte Pickett.

„Warum sollten wir uns dann überhaupt die Mühe machen, ihn herauszuklopfen?"

„Ihr sagtet doch selbst, dass Ihr Euch gefragt hättet, ob er vielleicht tot wäre, erinnerte Pickett ihn. „Möchtet Ihr es nicht vielleicht herausfinden?"

Harry ergab sich in das Unabänderliche, setzte sich mit einem Seufzer auf und warf noch einen wehmütigen Blick auf sein Kissen, bevor er nach seiner Hose griff. Sein Vorgesetzter, bemerkte er, war bereits angekleidet, wenn auch seltsam, mit einem dunklen Rock und Hosen über seinem Hemd. Er trug keine Krawatte und seine Füße waren nackt.

„Ich möchte so wenig Lärm wie möglich machen", erklärte Pickett, der sich dieses wenig schmeichelhaften Blicks anscheinend bewusst war. „Zieht Euch Strümpfe an, wenn Ihr wollt, aber keine Schuhe."

„Wenn Ihr barfuß herumhüpfen könnt, kann ich das wohl auch", sagte Harry ohne Begeisterung und stand auf, um seinen Hemdzipfel in seine Hose zu stopfen. „Aber wenn Ihr Euch einem wütenden Mann im Nachthemd gegenüberseht, wird das nicht mehr sein, als Ihr verdient."

„Sollte das der Fall sein, verstecke ich mich hinter Euch." Da Pickett einen guten halben Fuß größer war als sein Kollege, erzeugte diese Absicht nur ein widerwilliges Grinsen bei Harry. „Außerdem, *er* ist es doch, der nach *uns* geschickt hat, erinnert Ihr Euch? Wenn er am Tage seine Tür nicht öffnen will, kann er es uns kaum übel nehmen, wenn wir unser Glück in der Nacht versuchen."

„In Ordnung, Chef, Ihr habt mich überzeugt. Aber mir scheint, das könntet Ihr auch sehr gut allein tun. Nachdem Ihr mich jetzt zu dieser unchristlichen Stunde aus dem Bett geworfen habt, was soll ich tun?"

„Nein, nicht diese gelbe Scheußlichkeit, die Ihr in der Kutsche getragen habt", widersprach Pickett, als Harry seinen senffarbenen Rock überziehen wollte. „Tragt etwas Dunkleres."

„‚Scheußlichkeit'? Ich muss Euch wissen lassen, dass dieser Rock der letzte Schrei der Mode ist – nun ja, soweit man für drei Shilling und sechs Penny Mode bekommen kann", fügte Harry hinzu und griff zögernd nach dem blauen Rock, der einen Teil seiner Uniform darstellte. „Wir haben nicht alle eine Viscountess, die bereit ist, uns nach der letzten Mode auszustaffieren, wie Ihr wisst."

Das wusste Pickett sehr wohl. In der Tat war die Garderobe, von der Julia als Geschenk für ihn angebracht gehalten hatte, ein beträchtlicher Stein des Anstoßes zwischen ihnen gewesen, aber er hatte nicht die Absicht, diese Information an Harry Carson herauszugeben.

„Ruhe jetzt, ja? Ich öffne gleich die Tür", sagte er und ließ dem Wort die Tat folgen.

Nichts bewegte sich im Gang und unter keiner der Türen drang Licht hervor. Er machte Harry schweigend ein Zeichen, ihm zu folgen, und trat in den Korridor hinaus. Sie legten die kurze Strecke zum nächsten Raum zurück, doch als Harry eine Faust hob, um an die Tür zu klopfen, hob Pickett die Hand, um ihn davon abzuhalten.

„Ich will ihn nicht vorwarnen", flüsterte er.

„Ja, aber wir haben ihn in der Falle", betonte Harry. „Es gibt keinen anderen Ausgang."

„Doch, ein Fenster, und direkt davor wächst ein Baum", erinnerte Pickett ihn. „Jetzt haltet Ausschau nach jedem, der die Treppe heraufkommt."

Trotz dieser Anweisungen starrte Harry fassungslos, als Pickett sich auf ein Knie niederließ und ein langes, dünnes Werkzeug – eine Haarnadel für Damen, wie es aussah – in das Schloss steckte und dann sein Ohr daran legte.

„Was macht …"

„Psst!", brachte Pickett ihn zum Schweigen. „Ich versuche etwas zu hören – da haben wir es!"

Und indem er das sagte, drückte er die Tür auf.

„Na, das ist ein netter Trick", sagte Harry mit widerwilliger Bewunderung. Er deutete mit seinem Daumen in die ungefähre Richtung von London und vermutlich des Richters Patrick Colquhoun. „Weiß der Richter, dass Ihr das könnt?"

„Oh ja", antwortete Pickett kryptisch.

„Könnt Ihr mir das beibringen?"

„Psst!", sagte Pickett wieder.

Er betrat das kleine, dunkle Zimmer und trat zur Seite, damit Harry ihm folgen könnte, dann schloss er die Tür hinter ihnen. Der Mond würde noch ein paar Tage nicht ganz voll sein, doch es drang genug Mondlicht durch den dünnen Vorhang, um erkennen zu lassen, dass das Bett leer war.

„Unser Freund Mr. Brockton bleibt spät aus", knurrte

Harry. „Dennoch schätze ich, das ist besser, als ihn erstochen im Bett vorzufinden. Also, Chef, was geschieht jetzt? Warten wir auf ihn?"

„Ich fürchte, da würden wir lange warten müssen", sagte Pickett und tastete auf dem Nachttisch nach dem Feuerstein. Er fand ihn und einen Augenblick später flammte die Kerze in ihrem Ständer auf.

„Was soll das heißen?", drängte Harry.

„Ich glaube nicht, dass er je hier gewesen ist."

„Aber – aber der Wirt sagte ..."

„Ich bezweifle nicht, dass jemand als Edward Gaines Brockton im Gasthof registriert ist", sagte Pickett und gab in dem Punkt bereitwillig nach. „Aber findet Ihr es nicht ein bisschen seltsam, dass sich niemand daran erinnert, den Mann tatsächlich gesehen oder mit ihm gesprochen zu haben?"

„Nan hat uns gestern Morgen gesagt, dass er in die Kirche gegangen ist", erinnerte Harry ihn. „Sie muss diese Informationen von irgendwoher bekommen haben."

Pickett schüttelte den Kopf. „Sie hat geraten, dass er dies getan haben müsste, da er an einem Sonntagmorgen nicht in seinem Zimmer war. Aber als Ihr sie nach Einzelheiten gefragt habt, gab sie zu, ihn nie wirklich gesehen zu haben."

Er drehte sich zu der Kerze um und hob sie auf. Seltsame Schatten tanzten an den Wänden, als er sie hochhielt und die Ecken des Raums in gelbes Licht tauchte. Keine Tasche stand an der Wand und auf dem Waschtisch befanden sich keine persönlichen Gegenstände.

„Mal sehen, was wir hier haben", sagte er und ging in drei Schritten zum Kleiderschrank.

„Ihr habt doch nicht vor, die Unterwäsche des Kerls zu untersuchen", protestierte Harry.

„Ich wünschte, das könnte ich, aber ich habe das Gefühl, dazu wird es nicht kommen", antwortete Pickett und öffnete die Türen.

Mehrere runde Holzpflöcke waren an der Innenwand des Kleiderschranks angebracht, doch kein Kleidungsstück hing daran. Pickett hatte auch bei den drei Schubladen im Unterteil dieses Stücks nicht mehr Hoffnung, aber versuchen musste er es.

„Hier, haltet das", sagte er und reichte seinem Kollegen die Kerze.

„Na, das ist doch wohl die Höhe!", rief Harry aus, nahm die Kerze aber trotzdem. „Es gibt so etwas wie Privatsphäre, ja!"

„Lasst mich Euch daran erinnern, dass *er* nach *uns* geschickt hat", sagte Pickett, nicht zum ersten Mal. „Wenn jemand nach einem Läufer – geschweige denn, nach zweien – aus der Bow Street schickt, sollte man erwarten, dass Informationen benötigt werden. Wenn er mir diese Informationen nicht selbst geben will oder kann, darf niemand mich tadeln, wenn ich sie mir mit allen Methoden, die mir zur Verfügung stehen, verschaffe. Oder doch nicht zu sehr tadeln", räumte er ein und versuchte, nicht darüber nachzudenken, was Mr. Colquhoun über ebendiese Methode denken mochte.

Während Harry über diese Behauptung nachdachte, zog Pickett die oberste Schublade auf. Der Schrank war alt und das Knarren der schlecht beweglichen Holzlade klang in der Dunkelheit unnatürlich laut.

„Leer", verkündete er mit einem Seufzer der Resignation, wenn auch nicht überrascht.

Die beiden anderen Schubladen erwiesen sich als nicht hilfreicher.

„Ich habe von Reisen mit leichtem Gepäck gehört, aber mit Sicherheit hat doch niemand *so wenig* bei sich", klagte Harry. „Wenn er das täte – wenn er die gleichen Sachen, Moment, drei Tage lang getragen hätte, Rasieren einmal nicht erwähnt – mit Sicherheit würden doch die guten Leute von Dunbury ihn auf zwanzig Schritt gerochen haben."

„Denkt nach, Carson", tadelte Pickett. „Ihr seid nicht dumm, obwohl es Euch bisweilen Freude zu bereiten scheint, so zu tun. Ich bezweifle, dass während der letzten Woche jemand in diesem Zimmer gewesen ist." Er ließ einen Finger über den Rand des Kleiderschranks gleiten und musterte die feine Staubschicht, die ihn bedeckte. „Mit Sicherheit hat hier niemand geputzt."

„Das muss nicht unbedingt etwas heißen", widersprach Carson. „Nicht jede Herberge ist so penibel, wie Ihr es zu erwarten scheint."

„Nein, aber wenn jemand in diesem Raum gewohnt hätte, meint Ihr nicht, er würde etwas berührt haben? Wenn nicht den Kleiderschrank, dann doch mit Sicherheit den Nachttisch."

Carson schaute zu dem bewussten Möbelstück. „Das könnt Ihr von hier aus sehen? „Ich weiß, dass der Raum klein ist, aber sicher …"

„Niemand kann so gut sehen", sagte Pickett, trotz der Umstände erheitert. Fast hasste er, es zuzugeben: Er brauchte jede Munition gegen Harry Carson, die er finden konnte. „Ich bemerkte es, als ich den Kerzenhalter hob. Er hinterließ einen sauberen Kreis, an den kein Staub gedrungen war."

„Na gut, ich schätze, Ihr habt mich überzeugt", räumte Carson ein, obwohl es ihm offensichtlich gegen den Strich ging, das zuzugeben. „Was heißt das für uns?"

„Ich werde am Morgen ein paar Worte mit dem Wirt wechseln müssen. Bis dahin sollten wir zusehen, dass wir Schlaf bekommen. Morgen könnte ein langer Tag werden."

Er konnte nicht wissen, als wie prophetisch die Worte sich erweisen würden.

* * *

Nachdem sie wieder ins Bett gegangen waren, lag Pickett auf dem Rücken, starrt zur Decke hinauf und lauschte auf die schwachen Schnarchgeräusche Carsons. Irgendetwas entging ihm; dessen war er sich sicher. Es fiel ihm nur nicht ein, was es sein könnte. Schließlich gab er den Versuch einzuschlafen auf, warf die Decke zurück und stapfte durch das Zimmer dorthin, wo sein Rock über der Rückenlehne eines vor dem Schreibtisch stehenden Stuhls hing. Er tastete herum, bis er ein gefaltetes Stück Papier in der Innentasche gefunden hatte, dann setzte er sich auf den Stuhl und zündete die Kerze an, stellte sie aber so hin, dass sein Körper das Licht von Carson verdeckte. Nicht, überlegte er bitter, dass etwas anderes als eine explodierende Granate fähig gewesen wäre, Carson aufzuwecken, wenn er erst einmal eingeschlafen war.

Damit jedoch schien Pickett ihn falsch eingeschätzt zu haben.

„Was macht Ihr denn jetzt?", fragte Carson schläfrig.

„Nichts", sagte Pickett. „Ich überprüfe nur eine Theorie."

„Überprüft Ihr Eure Theorien immer mitten in der Nacht?"

„Nur, wenn sie mich wach halten. Schlaft weiter, Carson."

Augenblicke später gaben tiefe Atemzüge vom Bett her Pickett zu verstehen, dass sein Untergebener sich diesen Rat zu Herzen genommen hatte. Pickett hatte unterdessen das Papier entfaltet und studierte nun die Mitteilung, die darauf geschrieben war.

An Patrick Colquhoun, Esq., stand dort, *ich schreibe, um zu bitten, dass Ihr zwei Eurer besten Männer zu mir in den Cock and Boar in Dunbury schickt, wegen einer recht heiklen Angelegenheit. Ich bitte außerdem darum, dass einer dieser Männer Mr. John Pickett sein soll, der sich im letzten Winter in der Frage der Juwelendiebstähle im Drury Lane Theater hervorgetan hat. Die Auswahl des zweiten Mannes überlasse ich Euch. Wenn Mr. Pickett derzeit anderweitig beschäftigt ist, bitte benachrichtigt mich in der erwähnten Herberge, damit ich mit ihm zu einem zukünftigen Zeitpunkt ein Treffen vereinbaren kann.* Es war unterschrieben mit *Euer gehorsamster Diener, Edward Gaines Brockton.*

Vielleicht hätte er geschmeichelt sein sollen, dachte Pickett, dass der Schreiber ausgerechnet ihn angefordert hatte, selbst wenn sein Anliegen würde warten müssen, bis Pickett verfügbar wäre. Und dennoch fühlte er sich nicht geschmeichelt und glaubte nicht, dass sein Unbehagen nur seiner Bescheidenheit zuzuschreiben war.

Er folgte dem Einfall, der ihn aus dem Bett getrieben

hatte und hielt das Papier über die Kerzenflamme, bis seine Hände unangenehm warm wurden, dann musterte er den Brief genauer. Keine schwachen braunen Zeichen tauchten auf, um eine versteckte Nachricht in Geheimcode zu verraten. Der Brief war genau das, was er zu sein schien: eine Anforderung von zwei Männern, um einen so heiklen Fall zu untersuchen, dass der Schreiber sich weigerte, ihn dem Papier anzuvertrauen. Es könnte alles sein, vom Diebstahl der Familienjuwelen bis hin zur Flucht der Tochter des Mannes nach Gretna Green mit einem Mitgiftjäger.

Doch nein, überlegte Pickett, wenn das der Fall wäre, würde der Mann sicher nehmen, wer auch immer bereit wäre, sofort abzureisen und dankbar dafür sein. Welche Art von Fall könnte von ausreichender Bedeutung sein, um zwei Männer zu erfordern, aber so wenig dringend, dass er warten konnte, bis er frei wäre?

Pickett fand keine Antwort. Er faltete den Brief wieder zusammen, doch als er das tat, fiel sein Blick auf die Unterschrift des Mannes. *Edward Gaines Brockton.* Sicherlich war es nur ein Zufall, dass die Initialen die gleichen waren wie in dem Brief, der ihn in den Lake District geladen hatte: *E. G.B.* In diesem früheren Fall hatten die Initialen überhaupt keinen Namen dargestellt, sondern *Éire go Brách* bedeutet, der Kampfschrei der Unterstützer der irischen Unabhängigkeit. Doch nichts in diesem Brief ließ darauf schließen, dass Brockton irgendetwas mit Irland zu tun hatte und der Mann, der den ersten Brief geschrieben hatte, saß nun in Carlisle in Haft und wartete darauf, wegen Verrats hingerichtet zu werden. Diese Ähnlichkeit war nur ein beunruhigender Zufall.

Musste es sein.

Die Alternative war zu schrecklich, um darüber nachzudenken.

* * *

Am folgenden Morgen erwachte Pickett aus unruhigem Schlaf und hielt sich nur lange genug auf, um sich anzukleiden, zu rasieren und ein kurzes Frühstück zu sich zu nehmen, bevor er den Wirt aufsuchte.

„Keine Probleme mit Eurem Zimmer, hoffe ich", sagte dieser würdige Mann, der zweifellos die nachdenklichen Falten auf der Stirn seines Gastes bemerkte und das Schlimmste vermutete.

„Nein, überhaupt nicht", versicherte Pickett. „Aber wir kamen aus London, um einen Mr. Edward Gaines Brockton zu treffen, und weder wir noch irgendjemand sonst scheint ihn gesehen zu haben."

Ihr Wirt schüttelte den Kopf. „Ich fürchte, Ihr müsst auch mich dazu zählen. Ich habe ihn auch nicht gesehen."

„War denn Eure Tochter an der Theke, als er ankam?", fragte Pickett verblüfft. „Ich glaube, sie hat meinem Kollegen, als er sie danach fragte, das Gegenteil erklärt. Ein Missverständnis vielleicht?" Natürlich hatte sie während der Befragung entweder ihre Unschuld verteidigt oder Carson dabei geholfen, sie davon zu befreien, doch er hatte nicht die Absicht, dies ihrem Vater gegenüber zu erwähnen.

„Es gab kein Missverständnis", sagte der Gastwirt. „Ich saß damals an der Theke, doch ich habe den Mann nie gesehen, denn er kam nicht selbst, um das Zimmer zu mieten."

„Oh? Aber wie dann …?"

„Eine Lady kam herein und bat darum, ein Zimmer für einen Freund zu reservieren, der, Augenblick, vor vier Tagen eintreffen sollte – am letzten Freitag. Sie gab mir eine halbe Krone im Voraus, ja, damit ich das Zimmer bis zu seiner Ankunft freihalten sollte. Also schrieb ich seinen Namen in das Buch und sagte meiner Nan, sie sollte dieses Zimmer niemand anderem geben."

„Verstehe", sagte Pickett nachdenklich, obwohl diese Erklärung nicht alle seine Fragen beantwortete, bei Weitem nicht. Das mochte erklären, wie der schwer fassbare Mr. Brockton es geschafft hatte, ein Zimmer zu bekommen, ohne je sein Gesicht zu zeigen, doch es gab keinen Hinweis darauf, warum der Raum leer war, vier Tage, nachdem Brockton angeblich eingezogen war. „Und ist er am vergangenen Freitag wie erwartet angekommen?"

Der Wirt kratzte sich am Kinn. „Ich schätze, das ist er wohl. Weder meine Nan noch ich haben ihn ankommen sehen, doch die Lady kam an dem Morgen vorbei, um den Schlüssel zu seinem Zimmer zu holen." Er schaute über seine Schulter zu der Wand hinter ihm, an der eine Holzkonstruktion hing, die in ein halbes Dutzend Fächer unterteilt war. Einige davon waren leer, während andere, soweit aus dieser Entfernung und diesem Winkel zu sehen war, jeweils einen einzelnen Messingschlüssel enthielten. „Ich nahm an, er wäre ein Verwandter und wollte zuerst bei ihr zu Hause vorbeikommen. Oder vielleicht erwartete er, erst sehr spät in Dunbury anzukommen und wollte nicht das ganze Haus hier aufwecken."

„Und die Lady, die das Zimmer reservieren ließ?", fragte

Pickett nach. „Kennt Ihr ihren Namen?"

„Oh ja. Es war Mrs. Avery."

„*Mrs. Avery*?", wiederholte Pickett fassungslos. „Die Witwe, Mrs. Avery?"

„Ja. Ihr kennt sie?"

„Wir sind uns begegnet", sagte Pickett schroff. „Vielen Dank für die Auskünfte. Ich bin Euch sehr verbunden."

Er machte sich nicht die Mühe, wieder nach oben zu gehen, um Carson über seine Entdeckung zu informieren, sondern machte sich schnellen Schrittes auf zu Mrs. Averys Haus am anderen Ende der High Street.

„Oh, Mr. Pickett, welch angenehme Überraschung", schnurrte sie, als das Hausmädchen – das am Tage zuvor auffällig unsichtbar gewesen war – ihn in den Salon führte.

„Tatsächlich?", fragte Pickett, ohne die errötende Verwirrung, die er bei seinem ersten Besuch an den Tag gelegt hatte. „Ich fürchte, das werdet Ihr nicht lange denken."

„Falsche Bescheidenheit, Mr. Pickett", tadelte sie, und obwohl ihre Art kokett war, wurde ihr Gesichtsausdruck leicht misstrauisch.

„Mrs. Avery, vor weniger als vierundzwanzig Stunden habt Ihr in genau diesem Raum jede Frage, die ich Euch über Edward Gaines Brockton stellte, abgewehrt ..."

„Aber ich weiß nichts!", protestierte sie und riss ihre blauen Augen weit auf. „Ich habe den Mann noch nie getroffen!"

„,Nie'? Wie kommt es dann, dass Ihr im *Cock and Boar* ein Zimmer für ihn bestellt habt?"

Sie deutete auf das Sofa. „Bitte setzt Euch, Mr. Pickett,

und erlaubt mir, es zu erklären."

„Verzeiht, wenn ich es vorziehe zu stehen", antwortete Pickett und verhärtete sein Herz. „Ich weiß nur zu gut, was mit Männern geschieht, die sich neben Euch setzen."

Sie seufzte. „Ihr beurteilt mich falsch, Mr. Pickett, aber ich schätze, das ist nicht mehr, als ich verdiene. In der Tat kann ich Euch nur sehr wenig über Mr. Brockton erzählen. Ich bin ihm nie begegnet, seht Ihr."

„Ihr habt den Mann nie getroffen und doch reserviert Ihr für ihn ein Zimmer im *Cock and Boar*", sagte Pickett zweifelnd. „Warum lasst Ihr Euch nicht etwas anderes einfallen, Mrs. Avery? Diese Lüge ist zu durchsichtig."

„Es ist die Wahrheit!", beharrte sie. „Wenn Ihr es wissen müsst, ich – ich habe auf eine Anzeige in der Zeitung geantwortet."

„Ihr habt auf eine Anzeige in der Zeitung geantwortet", wiederholte Pickett, nicht ganz sicher, ob sie ihn noch immer hinters Licht führen wollte oder nicht.

„Ich bin Witwe, Mr. Pickett", erinnerte sie ihn. „Mein verstorbener Mann hat mich nicht sehr wohlversorgt zurückgelassen und anständige Wege, um das Einkommen einer Lady zu ergänzen, gibt es nicht viele. Als ich eine Anzeige sah, in der nach Hilfe bei Reisevorbereitungen gesucht wurde, schien das eine sehr einfache Bitte zu sein."

„Wer hat die Anzeige aufgegeben? War es Mr. Brockton?"

„Ich weiß es nicht", gestand sie mit einem Heben ihrer schwarz gekleideten Schultern. „Er hat seinen Namen nie genannt."

„Er hat Euch keine Bankanweisung geschickt, um Euren Teil des Handels zu belohnen?"

„Er schickte mir einen Zehn-Pfund-Schein. Er war in zwei Hälften gerissen, und die beiden Stücke wurden mir getrennt mit der Post geschickt."

Pickett nickte. Der Diebstahl von Post war ein häufiges Problem, und die von Mrs. Avery beschriebene Lösung – Banknoten zu zerreißen oder durchzuschneiden und sie damit wertlos zu machen, wenn man nicht im Besitz beider Teile war – war an sich nicht ungewöhnlich. Dennoch …

„Zehn Pfund ist eine Menge Geld für eine kleine Gefälligkeit …"

„Zwei kleine Gefälligkeiten, eigentlich. Ich hatte auch den Auftrag, am Freitag den Schlüssel zu dem Zimmer zu holen, an dem Tag, an dem er ankommen sollte."

„Also zwei", ergänzte Pickett ungeduldig, „und er scheint sich große Mühe gegeben zu haben, nichts über sich selbst oder seinen Aufenthaltsort zu verraten. Und es ist Euch nie in den Sinn gekommen, dass an dieser Angelegenheit etwas faul sein könnte?"

„Bettler können nicht wählerisch sein, Mr. Pickett", erklärte sie. „Es war nichts Illegales an dem, was ich zu tun gebeten worden war und er bot mir eine sehr gute Bezahlung für eine sehr geringe Mühe an." Sie seufzte. „Mr. Pickett, könnten wir uns nicht setzen? Es ist eine lange Geschichte, und ich würde es mir gern bequem machen, bevor ich sie erzähle. Ich verspreche, keine unpassenden Angriffe auf Eure Person zu unternehmen", fügte sie mit mehr als einem Hauch von Schärfe hinzu.

Pickett stimmte zu und als sie auf dem Sofa saßen, nahm sie den Faden ihrer Erzählung wieder auf. „Ihr habt gefragt, ob ich mir keine Gedanken über die Art oder die Gesetzmäßigkeit dessen, worum ich gebeten wurde, gemacht habe. In der Tat, erst, als ich Euch in der Kirche sah und mir klar wurde, dass die Bow Street sich für die Sache interessierte, begann ich, mir Fragen zu stellen. Das, und die Tatsache, dass Mr. Brockton Dunbury anscheinend nie erreicht hatte, ließen mich denken, dass ich vielleicht tiefer in etwas hineingeraten war, als ich hatte ahnen können."

„Ihr habt die Uniform meines Kollegen erkannt", bemerkte Pickett.

Sie nickte. „Mr. Avery und ich haben nach unserer Hochzeit kurze Zeit in London gelebt und mir ist die Uniform der berittenen Wache der Bow Street bekannt – wenn auch nicht durch persönliche Zusammenstöße mit dem Gesetz, versteht Ihr. Als ich hörte, wie Ihr den Pfarrer nach Mr. Brockton fragtet – nun, Ihr könnt Euch vorstellen, was mir durch den Kopf ging. Ich bin nicht völlig prinzipienlos, müsst Ihr wissen. Ich musste herausfinden, ob ich unwissentlich zu einer Art Helferin bei einem Verbrechen geworden war. Zu diesem Zweck mischte ich mich in Eure Unterhaltung mit dem Pfarrer und bat ihn, mich vorzustellen."

„Und doch, als Ihr mich zum Tee eingeladen habt, gabt Ihr vor, über Informationen zu verfügen, die für mich von Interesse sein dürften", erinnerte er sie.

„Offensichtlich besaß ich solche Informationen, oder Ihr wäret jetzt nicht hier", betonte sie. „Dennoch war der Zweck meiner Einladung nicht, Informationen herauszugeben, sondern zu bekommen."

„Oh, war es das? Ihr werdet mir verzeihen, wenn ich glaube, dass Eure Einladung einen völlig anderen Zweck hatte."

„Ja, aber Ihr wolltet Euch nicht an die Spielregeln halten, Mr. Pickett", sagte sie vorwurfsvoll. „Hätten Ihr Euch an die Regeln gehalten, hätten wir einen sehr angenehmen Nachmittag im Obergeschoss verbracht, an dessen Ende Ihr – inzwischen gründlich von Essen, Wein und mir gesättigt – mir die Art Eurer Geschäfte in Dunbury anvertraut hättet. Wenn Ihr gesagt hättet: ‚Ich habe die Ehre, Mr. Brockton darüber zu informieren, dass er Erbe eines Vermögens in Westindien ist‘, hätte ich Euch pflichtbewusst alles erzählt, was ich wusste. Wenn Ihr mir andererseits gesagt hättet: ‚Ich muss Mr. Brockton wegen Mordes verhaften und in Eisen nach London zurückbringen‘, hätte ich wohl den Mund gehalten."

Letzteres wurde mit einem so charmanten Lächeln gesagt, dass es Pickett einige Mühe kostete, dieses nicht zu erwidern. „Wenn Ihr solche Absichten hattet, wäre Euch besser damit gedient gewesen, wenn Ihr Eure Aufmerksamkeit auf Mr. Carson gerichtet hättet – wie ich, glaube ich, Euch bereits sagte."

Sie schnaubte verächtlich. „Ja, und ich habe Euch gesagt, was ich von Eurem Mr. Carson halte. Zudem, wenn er mir irgendetwas erzählt hätte, wäre es zweifellos so aufgebauscht und ausgeschmückt gewesen – um ihn im besten Licht zu zeigen, wohlgemerkt – dass ich es völlig nutzlos gefunden hätte."

Ihre Beurteilung von Harry Carsons Charakter war so

zutreffend, dass sich auf Picketts Gesicht ein Lächeln ausbreitete, trotz seiner größten Mühe, streng und unnachgiebig zu erscheinen. „Mrs. Avery, Ihr seid eine scharfsinnige Beobachterin menschlicher Natur."

Die Witwe legte ihre Hand über ihre Augen, als ob sie sie vor der Sonne schützen müsste. „Bitte lächelt mich nicht an, Mr. Pickett. Das quält mich nur mit Visionen dessen, was ich nicht haben kann. Ja, so! Euer Erröten ist weit besser."

Pickett ignorierte diese Aussagen (die ihn in der Tat noch tiefer erröten ließen) und fragte: „Habt Ihr diese Zeitung noch? Die mit der Anzeige, meine ich."

„Warum, nein. Ich sah keinen Grund, sie aufzuheben", fügte sie entschuldigend hinzu.

„Welche Zeitung war es? Die *Times*?"

„Nein. Ich wage zu behaupten, dass er sich keine Mühe machen würde, etwas in London in die Zeitung zu setzen, wenn er jemanden hier in Dunbury brauchte oder in angemessener Entfernung, um diese Sache zu erledigen. Es war das *Wells Journal*."

„Verstehe", sagte Pickett und dachte mit sinkendem Herzen an die Notwendigkeit, nach Wells fahren zu müssen und den Herausgeber dieser Zeitung aufzusuchen „Ich weiß Eure Offenheit zu schätzen, Mrs. Avery. Wenn Ihr wünscht, kann ich den Schlüssel zu Mr. Brocktons Zimmer im *Cock and Boar* für Euch zurückbringen."

„Dafür wäre ich Euch dankbar, Mr. Pickett." Sie erhob sich und ging durch das Zimmer zu einem eleganten Schreibtisch, holte einen Schlüssel aus der flachen, oberen Schublade und überreichte ihn ihm. „Ich hoffe nur, Ihr werdet nicht für das Zimmer zahlen müssen."

„Wenn doch, werde ich die Kosten dem Amt der Bow Street weiterreichen. Von dort wird man Mr. Brockton damit belasten. Er schuldet bereits eine beträchtliche Summe für zwei Läufer und ihre Reisekosten."

Natürlich war da das kleine Problem, ihn zunächst zu finden, doch Pickett hatte jedes Vertrauen in seinen Richter; wenn es darum ging, Zahlungen einzutreiben, lebte in Mr. Colquhoun sein schottisches Erbe auf.

„Darf ich euch um einen Gefallen bitten, Mr. Pickett?", fragte die Witwe, als sie ihn zur Tür begleitete. „Würdet Ihr mich wissen lassen, was Ihr über diesen Mann in Erfahrung bringt? Ich muss zugeben, neugierig zu sein und vielleicht auch etwas in Sorge seinetwegen."

„Es ist vermutlich nichts anderes als jemandes Verständnis für einen Scherz", versicherte Pickett ihr und versuchte, es zu glauben. Und dennoch, da war dieser beunruhigende Zufall mit den Initialen … Trotzdem konnte er nicht umhin, ein wenig Mitleid für Mrs. Avery zu empfinden, deren Leben so beschränkt war, dass sie auf anonyme Anzeigen antworten musste, um zu Geld zu kommen, und zufällige Besucher für etwas Unterhaltung verführen. „Wenn ich mich geirrt haben sollte, werde ich es Euch wissen lassen."

Mit diesem Versprechen nahm er Abschied und begann seinen Weg die High Street entlang zum *Cock and Boar*. Er ging an der Buchhandlung vorbei und näherte sich dem Mietstall, als der Klang donnernder Hufschläge hinter ihm ihn dazu veranlasste, sich näher an die Gebäude zu drücken. Er schaute auf, um den vorbeirasenden Reiter anzusehen, und erlitt einen Schock. Der Mann zu Pferd trug den blauen Rock und die rote Weste der berittenen Wache der Bow Street, beide jetzt üppig mit Staub bedeckt. Noch während sein Gehirn diesen merkwürdigen Umstand aufnahm, trafen sich die Blicke der beiden Männer, als das Pferd in einer Staubwolke vorbeisprengte. Der Reiter riss sein Pferd herum und kam zu Pickett zurück.

„Mr. Pickett – Gott sei Dank – ich habe Euch gefunden …" Samuel Matthews war fast so ausgepumpt wie das Pferd unter ihm. Er griff in seinen staubigen Rock und holte ein gefaltetes, versiegeltes Papier heraus. „Das – für Euch – von – Mr. Colquhoun …"

Pickett verschwendete keine Zeit damit, Fragen zu stellen, die der Mann offensichtlich nicht beantworten konnte, ohne erst zu Atem zu kommen. Er nahm das Papier und bemerkte, dass es eigentlich zwei ineinander gefaltete Blätter waren. Er erbrach das Siegel, entfaltete dann das Papier und überflog die gekritzelten Zeilen.

„Mr. Pickett?", fragte Matthews, als er sah, wie das Gesicht seines Kollegen aus der Bow Street totenblass wurde.

„Es ist Julia." Pickett sprach wie ein Betäubter. „Meine Frau. Sie ist entführt worden."

9

In dem John Pickett die Kavallerie zu Hilfe ruft

*D*u hättest es wissen müssen ... *Du hättest es wissen müssen* ... Die Anschuldigung hallte in Picketts Kopf wider, als er die zerknitterten Papiere in seinen Händen besah.

„Mr. Pickett?" Matthews' Stimme schien von weit her zu ihm zu dringen. „Geht es Euch gut, Sir?"

Pickett schaute auf und blinzelte ihn an, als wäre er überrascht, ihn noch dort zu sehen. „Meine Frau", sagte er mit einer Stimme, die seltsamerweise völlig anders klang als seine eigene. „Sie ist weg …

Matthews rutschte aus dem Sattel und zog dem Pferd die Zügel über den Kopf. „Geht Ihr zu dem Gasthof zurück – wie hieß er doch gleich, dem *Cock and Boar*? Ich komme mit Euch."

In der Tat zögerte er, vorauszureiten, und Mr. Pickett auch nur diese kurze Strecke allein gehen zu lassen. Er war noch nicht lange in der Bow Street, doch er wusste, dass Pickett als so etwas wie ein Wunderkind betrachtet wurde, da er schon im Alter von dreiundzwanzig Jahren von der Fußpatrouille zum Beamten befördert worden war. In seinem gegenwärtigen Zustand jedoch war Matthews sich nicht sicher, ob er ihm zutrauen konnte, nicht vor einen Wagen zu laufen. Als sie den Gasthof erreichten – sie hatten die Strecke in völligem Schweigen zurückgelegt, da Pickett kein Wort gesagt hatte – war Matthews gezwungen, sich von ihm zu trennen.

„Ich muss mich um Bruno kümmern", sagte er entschuldigend und nahm die Zügel in die andere Hand, damit der den zuckenden Hals des Pferdes streicheln konnte. „Ich habe den armen, alten Kerl in den letzten vierundzwanzig Stunden hart rangenommen und er verdient es, verwöhnt zu werden. Ich komme gleich nach drinnen, sobald ich ihn gut im Stall untergebracht habe."

Pickett sagte nichts, setzte aber weiterhin einen Fuß vor den anderen, bis er das Gasthaus betrat. Nancy war hinter der Theke, daher war es nicht verwunderlich, dass auch Carson dort war und sich mit dem Kinn in die Hand gestützt an die Theke lehnte. Als er den Ausdruck auf Picketts Gesicht sah, richtete er sich auf und gab zumindest vorerst jedes Interesse an seinem neuesten Flirt auf.

„Ihr habt ihn also gefunden?", fragte er drängend. „Ist er tot?"

„Sie ist weg", sagte Pickett, als ob er die Worte, die aus seinem Mund drangen, nicht recht glauben könnte.

„Wer? Mrs. Avery?"

„Julia – meine Frau. Sie ist weg", sagte er erneut, als ob die Worte Sinn ergeben würden, wenn er sie nur oft genug wiederholte.

„‚Weg‘? Was meint Ihr mit ‚weg‘?" Als die Bedeutung dieser Worte Carson zu dämmern begann, wurden seine blauen Augen groß. „Aber das macht Euch zu einem reichen Witwer! Jetzt könnt Ihr …"

Er kam nicht weiter. Pickett, der plötzlich aus seiner Betäubung erwachte, stürzte sich auf ihn. Die Wucht des Angriffs ließ beide Männer über die Theke stürzen und auf den Boden auf der anderen Seite, wo sie in einem Haufen zu Nancys Füßen landeten. Sie schrie auf und sah keine andere Möglichkeit, um Picketts Hände von der Kehle ihres Verehrers zu reißen, als einen Besen zu greifen und ihn damit auf Kopf und Schultern zu schlagen.

Der Aufruhr war genug, um das obere Stockwerk zu erreichen und damit Thomas' Ohren, der damit beschäftigt gewesen war, die frisch gewaschenen Hemden seines Herrn wegzuräumen. Nachdem er den Lärm eines Aufruhrs von unten gehört hatte, kam er klappernd die Treppe herab, um nachzusehen, was los war und wenn nötig seine Hilfe anzubieten.

„Gott sei Dank!" Nancy schaute von ihrem Besen auf zu dem Neuankömmling. „Könnt Ihr nichts tun, um sie zu trennen?"

Als er seinen Herrn in anscheinend tödlichem Kampf mit seinem Kollegen sah, mit dem er am Morgen noch in gutem Einvernehmen geschienen hatte, zögerte Thomas nicht, sich in den Kampf zu stürzen, wenn auch nicht, ohne versehentlich für seine Mühe einen Schlag mit dem Besen zu kassieren.

„Legt das Ding weg, Frau!", befahl er Nancy und machte

sich dann daran, Pickett von Carson herunterzuziehen, der mit Sicherheit am meisten von den Schlägen abbekam. Nachdem Thomas dieses Ziel erreicht hatte, zögerte er jedoch nicht, klarzumachen, auf welcher Seite seine Loyalität lag. „Was hat er getan, Sir?", fragte er und ließ durch seinen Tonfall merken, dass er mehr als bereit wäre, dort weiterzumachen, wo sein Herr aufgehört hatte, sollten die Umstände ein solches Handeln erforderlich machen.

„Ich habe nichts getan!", erwiderte Carson, rappelte sich auf und wischte sich ab, als sich die Farbe in seinem Gesicht allmählich wieder normalisierte. „Er hat sich einfach wie ein Verrückter auf mich gestürzt – und lasst mich Euch sagen, *Mister* Pickett, wenn Ihr glauben solltet, dass Euer Dienstalter Euch das Recht gäbe …"

„Lasst es gut sein, Harry."

Alle vier Beteiligten wandten sich um, als eine fünfte Person den Gasthof betrat, ein Mann in der Uniform der berittenen Wache der Bow Street, auch wenn diese betrüblich staubbedeckt war.

„Matthews?", fragte Carson ungläubig. „Was zum Teufel tut *Ihr* hier?"

Matthews antwortete nicht sofort. Seine Sporen klirrten, als er durch den Raum kam, um sich dann an Nancy zu wenden. „Gießt diesem Mann vom Stärksten ein, was Ihr habt", sagte er mit einem Nicken zu Pickett, der keuchte und elend aussah, aber keine Anstalten machte, sich aus Thomas' Griff zu befreien. „Besser einen Doppelten."

„Warum bestellt niemand etwas zu trinken für *mich*?", knurrte Harry und massierte seinen misshandelten Hals. „Mir scheint, dass *ich* hier der Verletzte bin."

„Klappe, Harry", sagten Pickett und Matthews einstimmig.

Thomas, der deutlich sehen konnte, wo seine Pflichten lagen, bestellte einen Krug Ale für sich und einen für jeden der Bow Street Männer, im Vertrauen darauf, dass sein Herr ihm diese Kosten erstatten würde, wenn die Angelegenheit, worum es sich auch handeln mochte, erledigt wäre.

Nachdem die Getränke serviert worden waren, setzten sich die vier Männer um einen Tisch nahe dem Fenster. Matthews nahm einen langen Zug aus seinem Krug, wischte sich dann mit dem Ärmel den Schaum von den Lippen und hinterließ einen Staubstreifen auf der unteren Hälfte seines Gesichts.

„Als Erstes, Harry, müsst Ihr Mr. Pickett entschuldigen. Ich habe ihm gerade schlechte Nachrichten überbracht." Er schaute den Mann an, der, obwohl er mehrere Jahre jünger als er war, doch in der Bow Street sein Vorgesetzter war. „Wollt Ihr es erzählen, Sir, oder soll ich das tun?"

Pickett, der blind aus dem Fenster starrte, seufzte tief, als wäre er plötzlich des Lebens müde. „Meine Frau ist entführt worden. Sie wurde am Montag aus ihrem Haus – *unserem* Haus – geraubt." War das gestern gewesen, fragte er sich, oder am Tag zuvor? Die Zeit schien plötzlich nicht mehr zu existieren. „Mr. Colquhoun erhielt am Sonntagmorgen die Nachricht, dass Robert Hetherington aus dem Gefängnis geflohen ist. Obwohl er vorsichtigerweise betont, dass es keinen Beweis dafür gibt, dass diese beiden Ereignisse zusammenhängen, glaubt er …" Er musste den Kloß in seiner

Kehle herunterschlucken. „... glaubt er, dass ich wohl auch der Meinung sein würde, dass der Zeitpunkt kein reiner Zufall sein kann."

„*So?*", fragte Carson. „Ich meine, denkt Ihr das?"

„Ja", sagte Pickett düster.

Carson öffnete den Mund, um weitere Erklärungen anzufordern, überlegte es sich jedoch in einem seltenen Moment von Sensibilität anders und entschloss sich stattdessen, einen Schluck Bier zu trinken.

„Bitte um Verzeihung, Sir", fragte Thomas, „aber woher weiß man, dass sie entführt wurde? Könnte sie nicht einfach beschlossen haben, ihre Familie zu besuchen?"

Ihre Familie, fiel Pickett ein, als er seine Augen bei dem Gedanken an diese neue Katastrophe schloss. Ihre Eltern, Sir Thaddeus und Lady Runyon, die nicht weit von Dunbury entfernt lebten und die er hatte besuchen wollen, solange er in der Gegend war. Jetzt würde er ihnen ins Gesicht sehen und mitteilen müssen, dass das Leben ihrer Tochter in Gefahr war und dass er, der geschworen hatte, sie zu lieben und sie zu beschützen, dafür verantwortlich war.

Laut sagte er jedoch lediglich: „Es steht alles in dem Brief. Mr. Colquhoun hat Andrews Aussage beigefügt." Dies war in der Tat das zweite Blatt, das er Thomas über den Tisch hinreichte. Carson, der nicht ausgeschlossen werden wollte, beugte sich hinüber und las über Thomas' Schulter, während Pickett für Matthews Weiteres erklärte. „Andrew ist ein Lakai. Er war im Untergeschoss, als er hörte, wie Rogers – der Butler – nach ihm schrie, gefolgt von einem lauten Geräusch, wie ein Körper" – seine Stimme bebte bei dem

Wort – „der zu Boden fällt. Er rannte nach oben, wo er Rogers auf dem Boden liegen fand, der aus einer Kopfwunde blutete. Die Vordertür war angelehnt und er rannte hinaus, gerade rechtzeitig, um zu sehen, wie sich die Tür einer Kutsche ohne jedes Kennzeichen schloss und der Kutscher die Pferde mit der Peitsche antrieb. Er begann hinterher zu rennen, doch blieb bald zurück."

Matthews runzelte nachdenklich die Stirn. „Woher weiß er dann, dass sie drinnen war? Was wäre, wenn sie gerade zur gleichen Zeit aus dem Haus gegangen wäre und dieser Andrew das Schlimmste annehmen würde? Vielleicht hatten die Männer in der Kutsche nur darauf gewartet, dass sie das Haus verließ, um es auszurauben, und – was?", fragte er, als Pickett den Kopf schüttelte.

„Es steht alles in der schriftlichen Aussage. Ein Stück Stoff war in der Tür der Kutsche hängengeblieben – hellgrün, mit einem Muster, das cremefarbene Blumen sein mochten. Julia – Mrs. Pickett – besitzt ein solches Kleid."

Und sie trug es mit zunehmender Häufigkeit, erinnerte er sich, da sie gezwungen gewesen war, mehrere ihrer Kleider bis nach der Geburt wegzupacken, da der Schnitt der engen Röcke für die zunehmende Fülle ihres Leibes nicht ausreichte. Sie wäre nie so unvorsichtig gewesen zuzulassen, dass es in der Kutschentür hängenblieb – es sei denn, dass sie nicht in der Lage gewesen wäre, es zu verhindern, weil sie bewusstlos war oder … Schlimmeres. Sein Gehirn scheute vor dem Gedanken zurück. Leider schien es auch vor jedem anderen Gedanken zurückzuschrecken. Er sollte etwas tun, aber er konnte sich nicht vorstellen, was – etwas mehr, als hier zu sitzen und etwas zu trinken, das ohnehin wie Spülwasser schmeckte. Er brauchte einen Plan; warum konnte er nicht *denken*? Es gab etwas, was er Carson zu tun anweisen musste; was war es? Etwas mit Zeitungen …

„Carson, Ihr müsst für mich nach Wells reiten", sagte er zu Harry. „Findet das Büro der Zeitung – des *Wells Journal* – und seht, was Ihr dort über eine Anzeige herausfinden könnt, die vor einer Woche geschaltet wurde, wo jemand gesucht wurde, der hier ein Zimmer für einen Mann namens Edward Gaines Brockton reservieren sollte. Thomas" – er wandte sich an seinen Kammerdiener – „pack meine Taschen und deine eigenen. Wenn du schon dabei bist, packe auch gleich Mr. Carsons. Das könnte uns Zeit sparen."

Matthews räusperte sich diskret. „Bitte um Verzeihung, Mr. Pickett, aber Mr. Colquhoun gab Anweisung, dass Ihr Mr. Carson hier als Verantwortlichen für den Fall zurücklassen solltet."

„Wenn Carson hier bleiben und Phantomen nachjagen will, kann er das gern tun. Aber ich glaube nicht, dass er einen Edward Gaines Brockton finden wird, da ich annehme, dass es keine solche Person gibt." Er wandte sich an Carson und sprach in einem Tonfall zu ihm, der erstaunlich demütig klang bei jemandem, der noch vor Kurzem den Anschein vermittelt hatte, ihn erwürgen zu wollen. „Außerdem wäre ich – wäre ich Euch dankbar, wenn Ihr mit mir kommen wolltet. Ich habe das Gefühl, dass ich alle Hilfe brauchen werde, die ich bekommen kann."

Carson betrachtete seinen Vorgesetzten für einen langen Moment, bevor er seinen Arm über den Tisch streckte. „Alles klar, Chef", sagte er schließlich, „ich bin Euer Mann."

Matthews schaute erschrocken zu, als Pickett in die angebotene Hand einschlug. „Aber – was soll ich Mr. Colquhoun sagen?"

„Ihr könnt ihm sagen, dass Ihr Eure Befehle überbracht habt – und dass ich respektvoll abgelehnt habe, sie zu befolgen."

Matthews hatte sich mit einem Zug aus seinem Krug gestärkt, aber diese Erklärung reichte aus, um sich zu verschlucken und Ale über den Tisch prusten zu lassen. Als Thomas herbeieilte, um es aufzuwischen, stotterte Matthews: „Aber – aber verdammt, Mann, Ihr könnt doch nicht – Ihr könntet Eure Stellung verlieren!"

„Ja. Oder ich könnte meine Frau verlieren."

Harry schob seinen Stuhl zurück. „Wenn wir Dunbury bald verlassen wollen, sollte ich mich besser um eine Kutsche kümmern und dann nach Wells fahren. Wenn ich fragen darf, Chef, was habt Ihr vor zu tun, während ich fort bin?"

Pickett seufzte. „Ich werde der Familie meiner Frau einen Besuch abstatten."

* * *

Als er den Kleiderschrank durchwühlte und die Abendkleidung, die er Thomas widerwillig hatte einpacken lassen, beiseiteschob, konnte Pickett nicht umhin, sich an die Bedenken zu erinnern, die er bei der Vorstellung, sich für ein Diner mit Julias Eltern anzukleiden, gehabt hatte. Jetzt, dachte er, würde er alles, was er besaß, hergeben, um genau das tun zu sollen. Stattdessen kleidete er sich nicht zum Abendessen, sondern zum Reiten, und sein Ziel war nicht das Heim von

Julias Eltern, sondern das ihrer Schwester. Oder genauer gesagt, das ihres Schwagers. Pickett brauchte eine Art Strategie, und er wusste nicht einmal, wo er anfangen sollte. Glücklicherweise kannte er jemanden mit Erfahrung in der Planung und Durchführung von Kampagnen: Major James Pennington, ehemals bei der 7. Kavallerie Seiner Majestät.

Nachdem er sich umgezogen hatte, ging Pickett zum Stall und bat, dass man ihm ein Pferd vermieten möge, vorzugsweise eines von so sanftem Gemüt, dass es einen unerfahrenen Reiter dulden würde. Es sagte viel über seinen Geisteszustand, dass er von dem Grinsen auf den Gesichtern der Stallburschen, die sein ungeschicktes Aufsteigen in den Sattel beobachteten, nichts bemerkte; dass er absichtlich gezögert hatte, bis Harry Carson nach Wells abgefahren war, bevor er seinen eigenen Mangel an Fähigkeit unter den amüsierten Blicken seines Kollegen zur Schau stellen konnte, kam ihm nicht in den Sinn. Stattdessen hörte er wieder Julias Stimme …

Mein lieber John! Bietest du mir wirklich an, zu Pferd zu mir zu kommen? Ich bin überwältigt!

„Oh, Julia", murmelte er laut, „ich würde auf Händen und Knien gekrochen kommen, wenn ich nur …"

Aber daran wollte er nicht denken, nicht jetzt. In gewisser Weise war er dankbar für die Notwendigkeit, sich darauf konzentrieren zu müssen, im Sattel zu bleiben; das verschaffte seinem Gehirn eine andere Beschäftigung, als nur darüber nachzugrübeln, wo Julia war und ob sie sicher und unverletzt wäre. Oder ob sie überhaupt noch lebte.

Auf diese Weise flogen die Meilen vorbei, und er ritt

durch die Tore des Anwesens namens Greenwillows, gerade als die Sonne unterzugehen begann. Er ließ sein Reittier in der Obhut eines Stallburschen, der ihm entgegen kam und ging dann wie benommen zur Vordertür des Hauses, wo er bat, Major Pennington sprechen zu dürfen.

„Ich fürchte, er und Mrs. Pennington sind derzeit bei Tisch", sagte der Butler, der sichtlich bereit war, ihm die Tür vor der Nase zuzumachen. „Wenn Ihr vielleicht Eure Karte hinterlassen wollt, …"

„Bitte – das ist ein Notfall", beharrte Pickett und schob diskret seinen Fuß durch die Tür, falls der Butler sich nicht überzeugen ließe.

„Und wen soll ich melden?", fragte der Butler.

„John Pickett, von …" Er unterbrach sich, als er schon *von der Bow Street* sagen wollte, aus reiner Gewohnheit. „… von London", sagte er stattdessen und fügte hinzu: „Ich bin Mrs. Penningtons Schwager."

„Sehr wohl, Sir."

Der Butler ließ ihn im Foyer stehen und kehrte einen Moment später zurück. „Wenn Ihr mir bitte folgen wollt, Sir?"

Das tat Pickett und wurde eine Treppe hinauf und durch einen Gang geführt. Sie gingen an dem stattlichen, förmlichen Speisesaal zu ihrer Linken vorbei, mit seinen riesigen Gemälden über dem Kamin und dem langen Mahagoni-Tisch, an dem zwanzig Personen Platz fanden, und bogen stattdessen in einen viel kleineren Raum ein, der für gemütliche Essen mit der Familie eingerichtet war. Pickett bemerkte, dass, während Jamie Pennington am Kopf des Tisches saß, seine Frau Claudia ihren rechtmäßigen Platz am anderen Ende abgelehnt hatte, um stattdessen neben ihrem Mann zu sitzen – die gleiche Sitzordnung, die in seinem und Julias Haus in der Curzon Street benutzt wurde. *Julia ...*

„Oh, Mr. Pickett, was für eine angenehme Überraschung!", rief Claudia und blickte von ihrem Teller auf. „Aber ich muss daran denken, dich John zu nennen, nicht wahr? Sag, hast du schon gegessen? Morris, bitte holt noch ein Gedeck ..."

„Nein, nein", sagte Pickett hastig, sein Magen drehte sich bei der Vorstellung, in einer solchen Zeit etwas zu essen, um. „Ich bin gekommen – ich brauche eure Hilfe."

„Was ist passiert?", fragte Jamie stirnrunzelnd.

„Es ist – Julia." Er schluckte schwer. „Sie ist entführt worden."

Zum zweiten Mal an diesem Tag – war es wirklich erst ein paar Stunden her? Es schien eine Ewigkeit zu sein! – erzählte Pickett die Einzelheiten aus Andrews eidlicher Aussage.

„Wie, das ist ja furchtbar!", schrie Claudia entsetzt. „Wer würde so etwas tun?"

„Ich sollte lieber fragen, warum jemand so etwas tun würde", sagte ihr Mann nachdenklich. „Wenn man herausfinden kann, ‚warum', würde man höchstwahrscheinlich auch wissen ‚wer'."

Pickett wandte sich dankbar an seinen Schwager, der, wie er gehofft hatte, einen klaren Kopf und Verständnis für die Situation zu haben schien, soweit sie ihm bekannt war. „Ich denke – das heißt, ich bin sicher, dass ich es weiß."

„Du weißt, warum, oder wer?"

„Beides. Und ich schwöre zu Gott, es war ein Unfall, aber ich konnte es ihm nicht begreiflich machen." Alles kam aus ihm herausgestürzt, Dinge, die er nie jemand anderem als seinem Richter erzählt hatte: der Lake District und wie er den Mann dort zur Rede gestellt hatte; die Ablenkung, die Julias Kommen geboten hatte und der dann folgende Kampf um die Pistole; der laute Knall und das Gesicht der Frau, erstarrt in einem Ausdruck der Überraschung, der hätte komisch sein können, wäre nicht der leuchtend rote Fleck gewesen, der sich auf der Vorderseite ihres Kleides ausbreitete; und schließlich die Drohung, die Pickett noch immer mitten in der Nacht voller Angst und schweißgenässt aufwachen ließ. *Ihr habt eine Frau, eine Frau, die Ihr liebt ... Soll ich ihr antun, was Ihr meiner angetan habt? Nein, nicht heute, sondern eines Tages, eines Tages, wenn Ihr es am wenigsten erwartet, wenn Ihr überzeugt seid, dass es sicher ist, in Eurer Wachsamkeit nachzulassen ...*

„Und während eine solche Drohung über ihrem Kopf hängt, wieso muss Julia dann beschließen, eine Teegesellschaft zu geben! Wie konnte sie so leichtsinnig mit ihrer eigenen Sicherheit umgehen?" Claudia schob ihren Stuhl zurück und begann, in einer Mischung aus Furcht und Frustration durch den Raum zu gehen. „Sie muss doch sicher gewusst haben …"

„Nein."

Claudia hielt in ihrem Herumgehen inne und blinzelte ihn verwirrt an. „Wie bitte?"

„Sie wusste nicht, dass sie in Gefahr war", gestand Pickett kläglich. „Ich habe es ihr nicht gesagt."

„Du – *was*?" Als Verblüffung von Feindseligkeit abgelöst wurde, rötete sich ihr Gesicht – das Gesicht, das Julias so ähnlich war – vor Wut.

„Ich – ich wollte nicht, dass sie sich Sorgen macht", sagte er zu seiner eigenen Verteidigung. Und obwohl dies damals wie eine vernünftige Vorgehensweise geschienen hatte, klang es nun wie die dürftigste Ausrede, sogar in seinen eigenen Ohren. „Ich meine – ihr Zustand – das Baby –"

„Wie *kannst* du es wagen? Wie kannst du es wagen, ihren Zustand als Ausrede dafür zu benutzen, sie in Unwissenheit zu halten? Du hättest ihr wenigstens die Entscheidung überlassen können, ob sie sich Sorgen machen möchte oder nicht!"

Es gab nichts, kein Wort, das er dagegen einwenden konnte. Vielleicht war das der Grund, warum Jamie beschloss, das für ihn zu tun. „Sei nicht so hart zu ihm, Claudia. Ich wage zu behaupten, dass ich in seinem Alter das Gleiche getan hätte."

„Ja, das nehme ich an", stimmte sie bitter zu. „Sag mir, müssen junge Männer sich bemühen, dumm zu sein, oder sind sie es von Natur aus?"

Jamies Stimme wurde härter. „Ich weiß, dass du Angst um sie hast, Claudia – ich genauso – aber es hilft überhaupt nichts, jemandem die Schuld dafür zu geben. Außerdem scheint mir, dass du die Allerletzte bist, die Grund hätte, an Johns Intelligenz zu zweifeln. Ohne ihn wärest du vermutlich noch immer mit seiner Lordschaft verheiratet und würdest dich auf der Halbinsel verstecken."

Pickett war sich nicht sicher, was er schlimmer fand: dass

über ihn gesprochen wurde, als wäre er noch in der Schule (nicht, dass er tatsächlich viel Zeit dort verbracht hätte) oder als wäre er nicht einmal anwesend. Doch wie unbefriedigend er den Wortwechsel auch fand, er konnte an dem Resultat nichts aussetzen. Alles Feuer verließ Claudia sofort und sie kam mit ausgestreckten Armen auf ihn zu.

„Jamie hat recht. Ich bin grässlich zu dir und es tut mir so leid." Sie zog ihn in ihre Arme und nach einem Moment des Unbehagens erwiderte er ihre Umarmung und genoss den Kontakt mit einem anderen menschlichen Wesen, mit dem er durch ihrer beider Liebe zu Julia und der Angst um ihre Sicherheit vereint war. „Es ist nur, ich habe doch meine Schwester gerade erst zurückbekommen; ich kann die Vorstellung, sie wieder zu verlieren, nicht ertragen."

Darin waren sie sich völlig einig. Pickett hätte ihr das vielleicht gesagt, doch ihr kurzes *tête-à-tête* wurde von Jamie unterbrochen. „Heute Nacht scheint der Mond, daher müssen wir nicht bis zum Morgen warten – vorausgesetzt natürlich, du hast eine Idee, wo wir mit der Suche nach ihr beginnen sollten."

„Im Lake District", sagte Pickett, ohne zu zögern. „Ein Dorf namens Banfell. Aber zuerst müssen wir zurück zum *Cock and Boar* in Dunbury. Ich habe einen Kollegen von der berittenen Wache – ich habe ihn mit einem Auftrag nach Wells geschickt, doch bis wir dort sind, sollte er zurück sein. Mein Kammerdiener ist auch dort und packt unser Gepäck zusammen."

„Und während Jamie nach oben geht und seine eigene Tasche packt", meldete sich Claudia energisch zu Wort,

„wirst du, Schwager John, dich hinsetzen und essen."

Pickett schüttelte den Kopf. „Ich kann unmöglich ..."

„Unsinn! Du wirst Julia nichts nutzen, wenn du vor Hunger umfällst, bevor ihr auch nur bei ihr seid."

Pickett konnte die Wahrheit dieser Aussage nicht bestreiten, doch er schmeckte nichts von der ansehnlichen Mahlzeit, die aus den Resten seiner Schwägerin und ihres Mannes zusammengestellt wurde. Er schaffte es, genug zu schlucken, um das Verlangen seines Magens zu befriedigen, und als er damit fertig war, an einem Melassetörtchen zu knabbern, das er zu jeder anderen Zeit mit beträchtlichem Genuss verzehrt hätte, kam Jamie schon wieder in das kleine Esszimmer, einen Umhang über seiner Reitkleidung und eine prall gefüllte Reisetasche in der Hand.

„Bist du dann fertig?", fragte er, als er Picketts leeren Teller sah. „Gut! Machen wir uns auf den Weg."

Claudia folgte ihnen nach unten bis zur Vordertür, wo sie sich liebevoll von ihrem Mann verabschiedete, bevor sie sagte: „Ich werde nicht darum bitten, euch begleiten zu dürfen, denn ich weiß, ich würde euch nur behindern. Trotzdem, wenn es etwas gibt, das ich hier tun kann ..."

„Eigentlich, ja", gestand Pickett. „Ich wäre dir sehr dankbar, wenn du euren Eltern diese Neuigkeit beibringen könntet."

Sie dachte einen Augenblick über diese Bitte nach, bevor sie zustimmte, jedoch mit einer Einschränkung. „Ich werde Mama und Papa alles erzählen, was sie wissen müssen, doch ich glaube nicht, dass ich ihnen gleich etwas sagen werde." Sie stellte sich auf Zehenspitzen, um ihn auf die Wange zu küssen, und fügte dann bebend hinzu: „Es wird schon alles gut werden mit ihr, ja. Wie sollte es anders sein, wenn die beiden besten und klügsten Männer von ganz England zu ihrer Rettung kommen?"

10

In dem Pläne zu Julias Rettung geschmiedet werden

Sie verließen das Haus und gingen zu den Ställen, wo Jamie zur Überraschung von Pickett nicht sein Pferd satteln, sondern die Reisekutsche anspannen ließ. Als der Stallbursche die Pferde aus dem Stall führte, schwang Jamie seine Tasche auf die Kutsche und verschnürte sie sicher.

„Ich – ich habe ein Pferd gemietet", wollte Pickett protestieren, wenn auch nicht mit einem Stich des Bedauerns bei dem Gedanken, einen Platz in einer gut gefederten Kutsche gegen einen ungemütlichen Ritt im Sattel zu tauschen, noch dazu mit nicht mehr Licht als dem des langsam untergehenden Mondes.

„Ich lasse das Tier hinten an der Kutsche anbinden", sagte Jamie. „Wohlgemerkt, ich muss die Kutsche zurückschicken, wenn nicht noch heute Nacht, dann morgen früh als Erstes – ich kann Claudia nicht ohne ein Fahrzeug hier lassen – aber wir können eine Kutsche mieten."

„Ich dachte, du würdest es vorziehen zu reiten",

142

widersprach Pickett schwach.

„Normalerweise würde ich das, und ich schätze, dein Mann von der berittenen Wache auch, doch ich erwarte, du wirst es weit bequemer finden, dich kutschieren zu lassen." Als er das Wechselspiel der Gefühle sah, das sich auf Picketts ausdrucksstarkem Gesicht ablesen ließ, fügte er hinzu: „Ja, ich weiß, dass du dein Gesicht wahren willst, aber es ist keine Schande, seine eigenen Grenzen einzugestehen. Ich denke, wir werden schneller vorwärtskommen, als du es zu Pferd angenehm finden würdest, und wenn wir Julia finden, brauchen wir ohnehin eine Kutsche, um sie nach Hause zu bringen."

Picketts Gesicht hellte sich bei der Verwendung des „wenn" statt „falls" auf. „Ja – natürlich – ich hatte nicht daran gedacht …" Er schüttelte seinen Kopf, als wollte er ihn klar bekommen. „Um die Wahrheit zu sagen, ich scheine nicht gut denken zu können."

Und das, dachte Jamie, war unter diesen Umständen kaum verwunderlich. Er war sich keineswegs eines erfolgreichen Ausgangs so sicher, wie er es seinen Schwager glauben ließ, aber er hatte keine Absicht, seine Zweifel zu verraten, ebenso wenig, wie Pickett in seinem derartigen Gemütszustand zu erlauben, allein in der Kutsche zu sitzen, wo die düstersten Gedanken ihn verzehren könnten. Es war diese Art der Denkweise, die ihn zu einem ausgezeichneten Offizier gemacht hatte und ihn zu einem ebenso ausgezeichneten Pfarrer gemacht hätte, wenn sein Durchbrennen mit Claudia, Lady Buckleigh, diesem letzteren Berufsweg kein Ende bereitet hätte.

„Noch besser", fügte Pickett nachdenklich hinzu, „sollten wir vielleicht ein Fahrzeug mieten, das wir selbst lenken können. Wir könnten uns beim Fahren abwechseln und die Nacht hindurch reisen."

„Denk nach, Mann!", schimpfte Jamie. „Du redest von einer Reise von dreihundert Meilen. Selbst, wenn wir durchgehend fahren würden und nur anhalten, um zu essen und die Pferde zu wechseln, wären wir halb tot, bis wir Banfell erreichten. Nach allem, was du sagst, ist der Kerl, hinter dem wir her sind, gerissen. Wir müssen wach und ausgeschlafen sein, wenn wir hoffen wollen, ihn zu erwischen."

Diese Beschreibung passte perfekt zu Picketts Erinnerungen an den Mann. Dennoch, jede Minute, die sie zögerten, war eine Minute mehr, die Julia sich in der Gnade eines Verrückten befand und wer weiß welche Schrecken durchmachte. Sein Gesichtsausdruck musste für sich sprechen, denn Jamie legte ihm die Hand auf die Schulter und drückte sie ermutigend, um ihn dann kurz zu schütteln.

„Ich weiß, alter Junge", sagte er. „Aber du musst dich zusammenreißen, um ihretwillen. Es wird ihr nichts helfen, wenn wir halb betäubt von Schlaflosigkeit und ohne Plan, was wir tun wollen, dort ankommen." Er wandte sich zu seinem Kutscher. „Alles bereit, Kirby? Gut! Los geht's."

Er gab Pickett einen letzten, kurzen Schlag auf den Rücken, dann schob er ihn durch die Tür der Kutsche, bevor er hinter ihm her einstieg. Kirby kletterte auf den Kutschbock, und die Suche nach Julia war offiziell im Gange.

Es war stockdunkel, bis sie am *Cock and Boar* ankamen.

Wie Pickett vorhergesagt hatte, war Carson von seinem Auftrag in Wells zurück und verlor keine Zeit, seinen Vorgesetzten über seine Erkenntnisse zu informieren.

„Ihr könntet da auf der richtigen Spur sein, Chef", sagte er zu Pickett, nachdem er und Thomas Major Pennington vorgestellt worden waren. „Ich meine damit, dass es vielleicht keinen Mann namens Edward Gaines Brockton gibt. Es hat sich herausgestellt, dass die Anzeige gar nicht von ihm, sondern von einem Mann namens James Sullivan aufgegeben wurde."

„Das sagt Euch etwas?", fragte Jamie, als er sah, wie Pickett aufblickte.

„Den Namen habe ich schon gesehen", sagte Pickett. „Auf einem Brief, den ich in der Rocktasche eines sterbenden Mannes fand." Wie er sich erinnerte, hatte der Brief auch Sullivans Anschrift enthalten. Er durchsuchte sein Gedächtnis danach. „Er wohnt in Dublin, oder wohnte zumindest dort. Mountjoy Square, um genau zu sein."

„Was denkst du dann?", fragte Jamie. „Sollten wir eher dorthin gehen, statt nach Banfell?"

Pickett dachte über die Frage nach. „Ich glaube, Robert Hetherington ist zu schlau, um auf seinen Landsitz nahe Banfell zurückzukehren. Er weiß, dass das der erste Ort sein wird, wo man nach ihm sucht."

Carson runzelte die Stirn. „Ich dachte, Ihr hättet gesagt, der Kerl wäre verrückt."

„Wie ein Märzhase", sagte Pickett schroff. „Aber das heißt nicht, dass er nicht schlau sein kann."

„Aber warum Dublin? Er ist kein Ire, oder?"

„Nein, aber seine Frau – war es." Wieder erinnerte Pickett sich an den Schuss und den Ausdruck auf dem Gesicht des Mannes, als ihm klar wurde, dass seine Frau getroffen worden war. In gewisser Hinsicht konnte er Hetheringtons Entschlossenheit, ihm die Schuld zu geben, verstehen: Die Wahrheit – dass er selbst seine geliebte Frau getötet hatte – war zu schrecklich, um sie sich einzugestehen. Zurückblickend vermutete Pickett, dass Hetheringtons Verstand seit Jahrzehnten an einem dünnen Faden gehangen hatte, bis ihr Tod ihn schließlich in den Abgrund stieß. Pickett bezweifelte, dass ein paar Wochen im Gefängnis irgendwie geholfen hätten, ihn wieder zur Vernunft zu bringen. „Sie wurde von den Engländern – misshandelt – nachdem ihr Vater sich an einem Aufstand im letzten Jahrhundert beteiligt hatte. Von der englischen Armee", fügte er zu Jamie gewandt hinzu, „daher ist es gut, dass du nicht länger in Uniform bist."

„Verzeihung, Sir", warf Thomas ein, der bis hierher mit offenem Mund schweigend gelauscht hatte, „aber das scheint keinen großen Unterschied zu machen."

„Da hast du auch recht", räumte Pickett ein. „Aber ihre Familie hatte ein Anwesen irgendwo in Irland. Es dürfte an die Krone gefallen sein, nachdem ihr Vater wegen Verrats verurteilt wurde, doch wenn es noch leer steht, würde es einen passenden Unterschlupf für jemanden bieten, der sich vor dem Gesetz verstecken will.

„Weißt du, wo es liegt?", fragte Jamie."

Pickett schüttelte den Kopf. „Keine Ahnung. Ich schätze, es muss irgendwo in der Nähe von Carrickfergus sein, weil dort der Aufstand stattfand, aber darüber hinaus ..." Er brach schulterzuckend ab.

„*Du* weißt es vielleicht nicht, aber jemand am Mountjoy Square könnte es wissen", verkündete Jamie und schob seinen Stuhl zurück. „Wenn wir jetzt aufbrechen, sollten wir Bristol um Mitternacht erreichen. Wir können morgen früh aufbrechen und in zwei Tagen in Holyhead sein, dann das Postschiff über den Kanal nach Dublin nehmen."

„In *zwei Tagen?*", wiederholte Pickett bleich und verzweifelt. „In dieser Zeit kann ihr sonst etwas zustoßen!"

„Ich fürchte, dagegen lässt sich nichts tun", sagte Jamie, wenn auch nicht ohne Mitgefühl. „Ich schätze, wir könnten versuchen, in Bristol ein Boot zu mieten – vorausgesetzt, dass die See nicht zu stürmisch ist, könnte die Fahrt über Wasser schneller gehen als zu Lande – doch jeder, der ein Fahrzeug hat, das imstande wäre, diese Reise zu machen, würde fast mit Sicherheit Zahlung im Voraus verlangen und ich habe im Moment nicht genug Geld bei mir."

Diese Bemerkung führte natürlich dazu, dass alle vier Männer ihre Taschen leerten und den Inhalt ihrer Geldbeutel auf den Tisch warfen. Sicher, Pickett war kein Seemann; sein einziger Ausflug auf das Meer in einem Fischerboot vor der schottischen Küste hatte damit geendet, dass er sein Frühstück der See opferte. Doch wenn er Julia zur See auch nur eine Minute schneller erreichen könnte, als dies über Land möglich wäre, würde er es der Unannehmlichkeit wohl für wert halten. Als aber ihre gesamten Mittel gezählt waren, stimmten alle darin überein, dass sie vielleicht einen Seemann finden könnten, der dringend genug Geld brauchte, um sie für diese Summe nach Dublin zu bringen, es jedoch äußerst töricht wäre, am Hafen von Dublin zu landen, ohne einen einzigen Penny übrig zu haben.

„Wenn wir in Bristol ankommen, werden wir an der nächsten Poststation anhalten und fragen, ob sie zwei freie Zimmer haben", sagte Jamie, dessen Gedanken schon zum nächsten Hindernis gingen. „Vielleicht müssen wir uns mit einem begnügen, aber wenn nicht, teilen John und ich uns das eine und Carson und Thomas können das andere nehmen."

Thomas sah bei der Erwähnung seines Namens auf. „Aber ich dachte, ich würde bei den Stallburschen schlafen, so wie hier."

„Wir können viel schneller ein und aus gehen, wenn wir alle zusammen sind – unter demselben Dach, vielleicht sogar im selben Raum."

„Sieht aus, als wäret Ihr gerade befördert worden", sagte Carson dem Kammerdiener. Er hob seinen Krug zu einem Toast. „Oder eingezogen, ich bin mir nicht ganz sicher. Wie auch immer, wir gehören alle zu Major Penningtons Freischärlern."

„Nicht meine", widersprach Jamie, hob aber trotzdem den Krug. „Gentlemen, ich trinke auf Picketts Freischärler."

„Picketts Freischärler", wiederholten die anderen im Chor und schafften es, den Schatten eines Lächelns auf dem Gesicht des Namensgebers ihrer kleinen Bande zu erzeugen. Wenn er diesen wachen Albtraum ertragen musste, hatte er wenigstens Männer um sich herum, denen er vertrauen konnte.

Nachdem sie nun ihre Vorgehensweise beschlossen hatten, schickte Pickett Thomas nach oben, um ihr Gepäck zu holen, während er sich um die Rechnung im *Cock and Boar* kümmerte. Nancy wollte laut den Verlust ihres Verehrers beklagen, doch als Jamie (den sie innerlich als gefühlloses Ungeheuer ohne eine romantische Faser in seinem Körper abtat) ihr befahl, mit dem Heulen aufzuhören, küsste sie Harry zum Abschied und verließ ihren Posten lange genug, um nach draußen zu gehen, wo sie stand und mit ihrem Taschentuch der abfahrenden Kutsche hinterher winkte, bis diese um eine Kurve verschwand.

* * *

Die folgenden Stunden erschienen Pickett wie ein Albtraum, aus dem er nicht erwachen konnte. Die Lampen, die draußen auf der Kutsche angebracht waren, schienen nur dazu zu dienen, die Dunkelheit vergleichsweise noch schwärzer zu machen, was hieß, dass er in der unbekannten Landschaft, durch die sie fuhren, keine Ablenkung finden konnte. Nach ungefähr einer Stunde der Reise hatte Carson den glücklichen Einfall, ihnen die Zeit mit Singen zu vertreiben, und dazu in höchster Lautstärke (wie es Pickett schien) eine Auswahl von unanständigen Gassenhauern von sich zu geben, von der Art, wie man sie in den weniger feinen Wirtshäusern in London zu hören pflegte. Er besaß eine gute, wenn auch ungeübte Tenorstimme, in die Thomas bereitwillig mit seinem eigenen Bariton einstimmte. Jamie schloss sich dem Gesang mit seiner eigenen Stimme an und schließlich Pickett ebenso, wenn auch nur halbherzig; es war leichter, als Carsons ständigem Drängen zu widerstehen oder seinem Beharren darauf, dass es schließlich nichts gäbe, was Pickett in diesem Moment für seine Frau tun könnte – eine Tatsache, der er sich nur zu schmerzlich bewusst war. Zu seiner Überraschung half es tatsächlich, soweit überhaupt etwas helfen konnte; es war schließlich schwierig, schreckliche Gedanken darüber zu hegen, welche Qualen Julia erleiden mochte, solange er damit beschäftigt war, sich an den Text der nächsten Strophe von „Ein Krug Punsch" oder „Trinkt Old England trocken" zu erinnern.

Schließlich erreichten sie Bristol und fanden bald eine Poststation, wo Jamie seine Gefährten nach drinnen schickte, um Zimmer zu besorgen, während er Anweisungen erteilte, dass im Morgengrauen ein Fahrzeug und frische Pferde zur Abfahrt bereitstehen sollten. Inzwischen war es sehr spät und der Wirt war nicht erfreut, zu solcher Stunde aus dem Bett geholt zu werden, aber war dennoch dazu gezwungen; anders als das Dorf Dunbury mit seinem einen Gasthaus war Bristol eine Stadt beträchtlicher Größe und wenn er späte Gäste nicht beherbergen wollte, würden sie unschwer ein einladenderes Haus finden können.

Als Pickett das ruhige Zimmer betrat, das er mit seinem Schwager teilen sollte, stellt er fest, dass es sauber zu sein schien und etwas geräumiger als die Unterkunft, die der *Cock and Boar* geboten hatte. Nicht, dass es Jamie so oder so etwas ausgemacht hätte, stellte Pickett mit einem leisen Stich des Neids fest; nachdem dieser mehr als ein Dutzend Jahre in der Armee verbracht hatte, besaß der Major die Fähigkeit, überall schlafen zu können. Bald wurde die Stille nur von dem rhythmischen Geräusch seines Atems unterbrochen.

Leider kamen die Dämonen, die Pickett bisher noch in Schach gehalten hatte, jetzt, als er nichts mehr hatte, was ihn ablenkte, wieder zu ihm zurück. Doch statt sich zu fragen, wo Julia in diesem Moment sein mochte und was mit ihr geschähe, wanderten seine Gedanken zurück zu der letzten Nacht, bevor er nach Dunbury aufgebrochen war und ihrem Abschied am folgenden Morgen. Sie hatte ihn damit geneckt, dass er formell um ihre Hand anhalten sollte, doch er hatte bemerkt, dass sie nur halb im Scherz gesprochen hatte. Warum hatte er es nicht getan? Teilweise – hauptsächlich, vielleicht – weil er nicht wusste, wie er die Tiefe seiner Liebe zu ihr in Worte fassen sollte. Doch sicher hätte sie sein Dilemma verstanden und anerkannt, dass er es versuchte. Es hätte sie glücklich gemacht und ihn nichts gekostet. Oh, vielleicht wäre er sich etwas albern vorgekommen, wenn er vor einer Frau, die bereits seine Frau und darüber hinaus schon vier Monate mit seinem Kind schwanger war, niedergekniet wäre, doch es wäre ja niemand dort gewesen, der es sah. Selbst wenn dem so gewesen wäre, wenn Rogers oder Thomas unerwartet den Raum betreten und ihn dabei erwischt hätten, nun, es war ja nicht so, dass er sich zuvor noch nie zum Narren gemacht hätte.

Er mochte diese Gelegenheit versäumt haben, ihr einen Gefallen zu tun, doch es wartete eine andere auf ihn in London. Er könnte das Angebot des Prinzen von Wales annehmen. Sicher, er freute sich nicht auf den Verlust von Freiheit, der mit dieser Stellung einherging, doch sicher würde es das Opfer wert sein, wenn er Julia dadurch etwas zurückgeben könnte, das ihrer Lebensweise ähnelte, die sie hätte haben sollen. Zumindest, argumentierte er, war es unwahrscheinlich, dass jemand in der Lage sein würde, in

Carlton House einzudringen und sie zu entführen; er nahm an, dass es Teil seiner Pflichten dem Prinzen gegenüber sein würde, dafür zu sorgen, dass die königliche Residenz sicher war. Jedenfalls würde der innere Friede mehr als wettmachen, welche Demütigungen er dafür hinnehmen musste.

Ach Julia, dachte er, als er herumrutschte, um eine bessere Lage zu finden und den Schlaf anzulocken, von dem er wusste, dass er nicht kommen würde, *bleibe nur gesund und unverletzt, und du kannst haben, was immer du willst.*

11

In dem Julia eigenen Pläne schmiedet

Julia drehte sich um, vage wurde ihr bewusst, dass die Matratze unter ihr weit härter war, als sie hätte sein sollen. Sie streckte eine Hand aus, um sich bei ihrem Mann zu erkundigen, ob er sich dieses seltsamen Umstands bewusst war, oder um zu sehen, ob er (was viel wahrscheinlicher der Fall war) bereits aufgestanden und zur Bow Street aufgebrochen war. Ihre Hand traf nur auf glattes Holz, das leicht mit einer schmierigen Schmutzschicht überzogen war. Als ihr Verstand darum kämpfte, diese Entdeckung zu verarbeiten, wurde ihr klar, dass die harte Oberfläche unter ihr nicht feststand, sondern mit den hüpfenden, schlitternden Bewegungen einer schlecht gefederten Kutsche schwankte.

Sie lag also gar nicht im Bett, sondern in einem fahrenden Wagen. Aber warum lag sie auf dem Boden, anstatt auf dem Sitz zu sitzen? Sie öffnete ihre Augen und fand sich auf die abgestoßenen Spitzen eines Paar Stiefel starren, die so nah an ihrem Gesicht waren, dass sie, um ihren Blick auf sie zu konzentrieren, schielen musste. Sie hatte nicht bemerkt, dass sich die Schuhe ihres Mannes in einem so schäbigen Zustand befanden; sie würde ihn drängen, Hoby aufzusuchen, um sich neue anmessen zu lassen. Obwohl ein Mann, überlegte sie und rieb sich eine schmerzende Stelle am Kopf, der so ungalant war, dass er zuließ, seine Frau vom Sitz rutschen zu lassen, ohne einen Finger zu rühren, um sie festzuhalten, es zweifellos verdiente, mit Löchern im Schuh herumzulaufen. Und das würde sie ihm sagen, sobald sie in – wohin auch immer sie fuhren, ankamen. Sie konnte sich nicht erinnern.

„Aha, Ihr seid wach, ja?"

Die Stimme klang zwar freundlich genug, war aber definitiv *nicht* die ihres Mannes. Johns Ausdrucksweise bestand aus einem Hauch Vornehmheit, der die auf Cockney-Manier verschliffenen Vokale seiner Jugend verdeckte, die trotzdem in Zeiten großer Emotionen wieder hörbar wurden. Diese Stimme, auch wenn sie weniger fein klang als Johns beste Bemühungen, war trotzdem weich und beschwingt, fast melodisch. Und dennoch erfüllte dieser Klang sie mit einer namenlosen Furcht. *Warum?*

Sie wandte den Kopf, um den Sprecher anzusehen. Ein Mann saß auf dem nach hinten schauenden Sitz, ein Mann von ungefähr dreißig Jahren mit rotblondem Haar und leuchtend blauen Augen. Sein grüner Frack, die pflaumenfarbene Weste und die Wildlederreithosen waren schäbige Imitationen der aktuellen Mode und auf der Sitzbank neben ihm lag ein kräftiger Holzknüppel. Bei diesem Anblick kehrte ihr Gedächtnis zurück: die katastrophale Teegesellschaft;

Rogers, der bewusstlos auf dem Boden lag und aus dessen Haaren Blut auf den polierten Marmor sickerte; und dieser Mann, der über ihren gefällten Butler gebeugt stand, mit genau dieser Waffe in seiner Hand ...

„Wer seid Ihr?", wollte sie wissen und tat ihr Bestes, um eher empört als verängstigt zu wirken. „Wohin bringt Ihr mich?"

„Das werde ich Euch alles zu seiner Zeit erzählen, Mrs. Pickett. In der Zwischenzeit denke ich, würdet Ihr Euch zweifellos auf dem Sitz viel wohler fühlen. Erlaubt Ihr?"

Er bot seine Hand an, doch Julia hatte keine Lust, sie zu ergreifen. Stattdessen schob sie sich in eine aufrecht sitzende Position, stützte dann ihre Hände auf der anderen Sitzbank ab und zog sich daran hoch.

„Eure Stimme", sagte sie und konnte sie mit einiger Überraschung jetzt zuordnen. „Ihr seid Ire."

„Ja, das bin ich", sagte er und klang dabei zufrieden. „Dort geboren und aufgewachsen. *Éire go Brách*", fügte er hinzu und Julia hatte den Eindruck, dass eine Schärfe in seiner Stimme lag, die zuvor nicht da gewesen war.

Sie war sich fast sicher, dass sie diesen Ausdruck bereits einmal gehört hatte, doch sie konnte sich nicht erinnern, wo oder in welchem Zusammenhang. In der Tat konnte sie sich nur an zwei Bekannte erinnern, die aus dem Land stammten, das der Dichter William Drennan als „Smaragdinsel" bezeichnet hatte: ein charmanter, wenn auch verarmter junger Mann, den sie einmal als Liebhaber in Betracht gezogen hatte, da es den Anschein gehabt hatte, dass sie nie den Mann würde haben können, den sie wirklich wollte – lieber Himmel! Was *hatte* sie sich dabei gedacht? – und eine ältere Frau, die kürzlich gestorben war.

„Was heißt das?", fragte sie; ihre Stirn legte sich in Falten, als sie versuchte, darüber nachzudenken, unter welchen Umständen einer dieser beiden diesen Satz ausgesprochen haben könnte. „Die Worte, die Ihr gerade gesagt habt, meine ich."

„‚Irland für immer' dürfte den Sinn erfassen, obwohl ‚Irland auf ewig' eine vermutlich wörtlichere Wiedergabe des Gälischen ist. Es ist der aus dem Herzen kommende Schrei all derer, die sich nach der Unabhängigkeit Irlands von Britannien sehnen – ja, so sehr sehnen, dass wir willens sind zu kämpfen, selbst zu sterben, um sie zu erreichen."

„Ist es also das, worum es hier geht?", fragte Julia. Jede Spur der Erleichterung, die sie bei dieser Erklärung empfunden haben mochte, wurde sofort durch eine ebenso große Verzweiflung abgelöst: so berechtigt der Groll gegen die Engländer auch sein mochte, hielt sie die Aussichten, dass die Krone Irland die Unabhängigkeit gewähren würde für gering bis nicht vorhanden. Ihr Entführer mochte durch diese Feststellung alles andere als erfreut sein, was könnte er ihr im Versuch, seine Enttäuschung zu verringern, wohl antun? „Wenn das der Fall ist, fürchte ich, habt Ihr einen taktischen Fehler begangen. Es stimmt, dass mein erster Ehemann eine Person von einiger Bedeutung am Hof war, aber jeder Einfluss, den ich vielleicht einmal gehabt habe, ist mit ihm gestorben. Ich fürchte, es gibt nichts, was ich tun könnte, um Eurer Sache zu helfen."

Sie hatte besänftigend gesprochen, aber das schien auf

taube Ohren zu stoßen.

„Ich denke, Ihr unterschätzt Euch, Mrs. Pickett",
versicherte ihr Entführer ihr. „Wir – meine Landsleute und ich
– erwarten nicht, dass Ihr Wunder vollbringt. Mein Ziel dabei,
Euch aus Eurem Haus zu entführen, ist nicht, die
Unabhängigkeit Irlands zu bewirken – zumindest nicht direkt
– sondern einem von uns zu helfen, ein altes Unrecht zu
rächen. Er ist selbst kein Ire, seht Ihr, doch er unterstützt
unsere Sache aus Liebe zu seiner irischen Frau."

„Oh?" Seine Worte schlugen in ihrer Erinnerung eine
Saite an, doch die Situation, auf die er anzuspielen schien, war
unmöglich – oder?

„Oh ja. Als junges Mädchen wurde sie von einer Gruppe
englischer Soldaten misshandelt – ich erspare Euch die
Einzelheiten, sie eignen sich nicht für die Ohren einer Lady."

„Ich verstehe", sagte sie langsam. „Man hört von solchen
Dingen, obwohl sie jedem fühlenden Menschen ein Abscheu
sein müssen, ganz gleich welcher Nationalität die Täter oder
ihre unglücklichen Opfer angehören. Dennoch, wenn Ihr von
dem Mann sprecht, den ich vermute, kann ich nicht verstehen,
was Ihr Euch von meiner Entführung erhofft. Das Ereignis,
das Ihr beschreibt, fand statt, lange, bevor ich geboren wurde,
und die Lady selbst ist jetzt tot – möge sie in Frieden ruhen",
fügte Julia im Versuch, ihre unverblümte Aussage
abzumildern, hinzu.

„Ja, sie ist tot – durch die Hände eines Engländers, der
sie kaltblütig erschoss."

„Ich fürchte, Sie sind falsch informiert worden, Mr. …"
Zu spät erkannte sie, dass sie den Namen des Mannes nicht

wusste. Als er keine Anstalten machte, ihrer Unwissenheit abzuhelfen, musste sie ohne das weitersprechen. „Es ist wahr, dass sie erschossen wurde, aber ihr Tod war ein – ein tragischer Unfall, die Folge eines Kampfes von zwei Männern um dieselbe Waffe. Außerdem sitzt der Mann, für den Ihr Euch um Rache bemüht, im Gefängnis."

Der Mann auf dem gegenüberliegenden Sitz schüttelte den Kopf. „So schwer es mir fällt, einer Lady zu widersprechen, muss ich sagen, dass er keineswegs dort sitzt."

„Er – er ist *nicht* im Gefängnis, sagt Ihr?" Sie wünschte nur, ihr Kopf würde nicht so schmerzen. Dieser Schmerz machte es ihr schwer zu denken und sie hatte das Gefühl, als würde sie alle ihrer Sinne und ihres Verstands in Höchstform bedürfen, wenn sie hoffen wollte, sich aus dieser misslichen Lage zu befreien. „Aber er wurde des Hochverrats für schuldig befunden!"

„Der Verrat eines Mannes ist der Patriotismus eines anderen", bemerkte ihr Entführer, und obwohl er dabei lässig mit den Schultern zuckte, wurde Julia sich erneut des Hauchs von Stahl bewusst, der in seinen Worten lag. „Ich bestreite ja nicht, dass er von den Geschworenen in Carlisle verurteilt wurde, aber meine Landsleute und ich konnten ihn retten."

„Ihr habt ihm bei der Flucht geholfen." Irgendwie schien es die Worte realer und erschreckender zu machen, dass sie sie laut aussprach.

„Wie Ihr sagt", stimmte er zu und neigte den Kopf. „Und gerade noch rechtzeitig. Sie hatten ihn direkt am nächsten Tag hängen wollen. Das war vor einer Woche."

„Und wo versteckt er sich seither? Wohl kaum auf

seinem Anwesen im Lake District, nicht wahr?"

„Ach, das wäre zu leicht zu erraten." Er zwinkerte ihr zu, als ob sie lediglich über den Scherz eines unartigen Kindes sprächen. „Es muss reichen, wenn ich Euch sage, dass Ihr das bald genug herausfinden werdet."

Und das, überlegte Julia, war genau das, wovor sie sich fürchtete.

* * *

Julia konnte nicht sagen, wie lange sie bewusstlos auf dem Boden der Kutsche gelegen hatte und hatte daher keine Möglichkeit zu erraten, wie lange sie bereits unterwegs waren oder wie weit sie gefahren waren. Sie hatte auch keine klare Vorstellung davon, wo sie waren, obwohl sie dem Weg der Sonne über den Himmel nach zu urteilen dachte, dass sie ungefähr Richtung Nordwesten führen; es schien, dass sie doch in den Lake District fuhren. Und wenn sie ihn erreichten – was dann?

Sie hatte keine Lust, länger in der Gesellschaft dieses Schurken zu bleiben, um es herauszufinden. Irgendwann bemerkte sie, dass seine Augen sich geschlossen hatten und sein Kopf gegen die Wand der Kutsche fiel. Sollte sie es wagen, die Tür zu öffnen und zu springen? Sie war schon einmal aus einer fahrenden Kutsche gesprungen; aber bei jener Gelegenheit hatte das Fahrzeug noch nicht den Hof der Poststation verlassen und war daher in viel geringerem Tempo unterwegs gewesen. Außerdem war John dort gewesen, um sie aufzufangen. Diesmal würde niemand da sein, um das zu tun und es gab keine Möglichkeit, ihren Fall abzumildern. Sie hatte keinen Zweifel daran, dass ihr Entführer sie einholen könnte, also würde sie nur so viel Zeit haben, ihre Flucht zu bewerkstelligen, wie er brauchte, um zu erkennen, dass sie fort war und dem Kutscher zu befehlen, die Kutsche anzuhalten. In einiger Entfernung stand ein Bauernhaus an der linken Straßenseite, wo sie vielleicht um Hilfe bitten könnte. Ob sie ihren Gedanken in die Tat umsetzen könnte, wenn sie direkt daran vorbeifuhren …

Sie rutschte zum Rand des Sitzes und streckte dann die Hand nach dem Türgriff aus. Eins … zwei …

Sie warf einen Blick auf den Mann ihr gegenüber. Er hatte keinen Muskel bewegt, aber seine Augen waren offen und beobachteten sie.

Sie stieß einen langen Seufzer aus, ließ den Türgriff los und sank in den Sitz zurück.

„Sehr klug von Euch, Mrs. Pickett", sagte ihr Entführer und schloss seine Augen wieder.

Julia war zwar entmutigt, gab sich aber noch nicht geschlagen. Selbst der entschlossenste Entführer musste irgendwann einmal anhalten, ganz gleich wie kurz, um die Pferde zu wechseln oder eine Mahlzeit einzunehmen oder schlicht dem Ruf der Natur zu folgen. Sie beschloss, sich bis dahin zu gedulden.

* * *

Nach einer gefühlten Ewigkeit spürte Julia, wie das Rollen der Kutsche langsamer zu werden schien und einen Augenblick später bogen sie von der Straße ab in den geschäftigen Hof einer Poststation. Als die Kutsche mit einem Ruck zum Stehen kam, erhob sie sich etwas steif von ihrem Sitz. Sofort streckte ihr Begleiter ein Bein aus, um ihr den

Weg zur Tür zu versperren.

„Und wo wollt Ihr wohl hingehen?", fragte er, und so angenehm seine Stimme auch klang, lag eine unverkennbare Drohung darin.

„Ich muss den Abort aufsuchen", teilte sie ihm mit. „Wenn Ihr nicht hinter mir aufwischen wollt, würde ich Euch raten, mich gehen zu lassen."

Julia war sich fast sicher, dass seine Lippen zuckten, doch jede Illusion, die sie gehabt haben mochte, dass er sich durch Humor für sie gewinnen ließe, erstarb im nächsten Augenblick. Er sprang aus der Kutsche und streckte die Hand aus, um ihr beim Aussteigen zu helfen. Doch sobald ihre Füße den Boden berührten, wurde der Griff um ihren Arm zu einer schmerzhaften Umklammerung.

„Keine Tricks, Mrs. P., oder es wird für Euch nur umso schlimmer werden."

Zu ihrer Bestürzung ließ er sie nicht los, sondern führte sie in den Gasthof und bestellte Essen für sie beide, zusammen mit einem privaten Salon, wo sie es einnehmen könnten. Offensichtlich würde sie keine Gelegenheit bekommen, einen der anderen Gäste um Hilfe bei ihrer Flucht zu bitten. Was den Abort anging, erkundigte er sich nach der Lage dieser Einrichtung und, nachdem er seine Antwort bekommen hatte, fragte er den Wirt noch, ob er eine Frau oder eine Tochter hätte, die seiner Frau behilflich sein könnte.

„Hübsch wie ein junger Maimorgen, meine Frau, aber ziemlich verrückt", fügte er hinzu, wobei er seine Stimme zu einem verschwörerischen Flüsterton senkte. „Hat sich in den Kopf gesetzt, dass ich sie gegen ihren Willen entführt hätte."

„Es ist aber wahr", versicherte sie der Frau des Gastwirts, sobald die beiden Frauen allein waren. „Er *hat* mich entführt!"

„Schon gut, schon gut", sagte die Frau begütigend, „ich bin sicher, dass ich ein ausreißendes Paar erkenne, wenn ich eines sehe. Keine Sorge, Liebes, es ist nur natürlich, dass man es sich irgendwann anders überlegt. Das heißt nicht, dass Ihr verrückt seid, bei Weitem nicht – und das werde ich Eurem Mann auch sagen! Aber egal; wenn Ihr beide erst zusammengegeben seid, werde Ihr so glücklich sein wie ein Vögelchen und Euch fragen, wie Ihr je Zweifel an Eurem Mann haben konntet."

„Er ist nicht ‚mein Mann'! Er ist ein völlig Fremder!"

„Das sind sie alle, Liebchen", sagte die Frau des Gastwirts und nickte weise. „Meiner Meinung nach kennt keine Frau ihren Mann wirklich, bis sie nicht als Mann und Frau zusammengelebt haben."

„Ich kenne nicht einmal seinen Namen!"

Endlich gelang es Julia, eine Reaktion zu provozieren, wenn auch nicht die, die sie sich erhofft hatte. Die Frau begann, so herzhaft zu lachen, dass ihr Doppelkinn bebte. „Lieber Himmel, Ihr zwei hattet es wohl furchtbar eilig, wie? Trotzdem, wenn Ihr bereit wart, nach so kurzer Bekanntschaft mit ihm durchzubrennen …"

„Wir brennen *nicht* zusammen durch! Ich sage doch, er verschleppt mich!", beharrte Julia, doch sie hätte sich ihren Atem sparen können. Die Frau des Gastwirts war von Natur aus sentimental, doch in den Jahren, seit sie nicht weniger als fünf Töchter aufgezogen und sie alle gut hatte heiraten sehen, fehlte bedauerlicherweise jede Romantik in ihrem Leben.

Stattdessen hatte sie Julia in ihrem Kopf als durchbrennende Braut eingeschätzt, die erfolgreich mit ihrem Verehrer weggelaufen war und jetzt voller Furcht und Zittern den bevorstehenden Verlust ihrer Unschuld bedachte. Nichts, was Julia sagen oder tun konnte, war imstande, dieses schöne Bild zu zerstören.

„Hier ist Eure Lady, perfekt in Ordnung wie ein Vögelchen", trällerte sie, als sie zu Julias Entführer in den privaten Salon zurückkamen. Über die Rückenlehne seines Stuhls gebeugt raunte sie ihm im Bühnenflüsterton zu: „Aber Ihr seid hübsch lieb zu ihr, mein Bester, ja? Das arme Ding ist scheu wie ein junges Reh. Doch ich sehe, dass ich Euch nicht sagen muss, was Ihr zu tun habt, jeder kann sehen, dass Ihr völlig in sie vernarrt seid, Ihr könnt es ja nicht ertragen, sie aus den Augen zu lassen. Erinnert mich daran, als der Meine mir noch den Hof machte", fügte sie mit einem wehmütigen Seufzer hinzu und wandte sich ab, damit sie ihr Essen in trauter Zweisamkeit genießen könnten.

„Wartet!", rief Julia und versuchte eine andere Taktik. „Wenn ein Mann nach mir fragen kommen sollte – ein Mann namens John Pickett – sagt ihm …" Was? Sie hatte keine Ahnung, wo sie war oder wohin sie gebracht wurde. Sie kannte auch den Namen ihres Entführers nicht oder was er durch ihre Entführung zu erreichen suchte.

„Keine Sorge." Die Frau drehte sich wieder zu ihr um und warf ihr ein Lächeln zu, das Julia wohl für beruhigend halten sollte. „Ich weiß schon, wie ich mit Eurem Vater umzugehen habe, wenn er herkommt und seine Nase in etwas steckt, wo er nicht erwünscht ist."

„Er ist nicht mein …"

Doch es war zu spät. Ihre Gastgeberin watschelte bereits von dannen und ihr Entführer schob seinen Stuhl zurück und stand auf, bereit, sie in die Kutsche zurückzubringen, mit oder ohne Essen. Er hatte eindeutig nicht vor, ihr Gelegenheit zu geben, doch jemanden – ganz gleich, wen – davon zu überzeugen, dass sie gegen ihren Willen weggeschleppt wurde. Sie hätte ihn darauf hinweisen können, dass es unwahrscheinlich war, dass jemand ihr diese Geschichte glauben würde; selbst der mitfühlendste Zuhörer würde sie nach Einzelheiten fragen, warum sie entführt worden war und wohin sie gebracht wurde und Julia wusste gar nichts. Vielleicht sollte ihr nächster Schritt darin bestehen festzustellen, soviel sie konnte, wohin er sie brachte und was genau seine Pläne für sie waren, nachdem sie dort ankamen. Was genau sie mit diesen Informationen, wenn sie sie erst erhalten hätte, anfangen sollte, wusste sie nicht; dennoch musste es ihr zum Vorteil gereichen, eine Art Plan zu haben, wenn er auch notwendigerweise unvollständig sein müsste.

„Also", stellte sie laut fest, als sie wieder unterwegs waren, „Mr. Hetherington ist aus dem Gefängnis geflohen mit Eurer Hilfe im Gegenzug zu einem Versprechen, dass er Euch in der Sache der irischen Unabhängigkeit weiterhelfen wird, wenn Ihr – was tut? Mich umbringt? Aber das hättet Ihr in London tun können, mit weit weniger Mühe noch dazu."

Nur Schweigen war die Antwort.

„Es sei denn", fuhr sie fort, „er traut Euch nicht, sondern befürchtet, meine *beaux yeux* könnten Euch überzeugen, Mitleid mit mir zu haben und er will es selbst tun."

Offensichtlich hatte die Unterstellung, er könnte nicht vertrauenswürdig sein (oder anfälliger für weibliche Listen, als er gern zugeben wollte) die Wirkung, seine Zunge zu lösen. „Er vertraut mir", sagte er auffahrend. „Er vertraut mir, dass ich Euch gesund und unversehrt zu ihm bringe."

„,Unversehrt'? Wie schade, dass Ihr daran nicht dachtet, bevor Ihr mir auf den Kopf geschlagen habt", gab sie zurück und rieb sich die wunde Stelle auf ihrem Kopf.

„Aye, das wird ihm nicht so gut gefallen, aber es war die einzige Möglichkeit, Euch in diese Kutsche zu kriegen."

„Ja, ich schätze, ich habe unvernünftigerweise etwas dagegen, am helllichten Tag aus meinem Haus entführt zu werden. Ich sollte mich wohl bei Euch entschuldigen, weil ich Euch solche Umstände bereitet habe, aber ich habe keinerlei Lust dazu. Trotzdem kann ich nicht recht verstehen, warum unser gemeinsamer Freund darauf besteht, dass ich ‚gesund und unversehrt' bleiben soll, wenn er ohnehin plant, mich zu töten.

„Oh, er hat es nicht auf Euch abgesehen. Ihr seid nur der Köder, mit dem er Euren Ehemann anlocken will."

„In diesem Fall, fürchte ich, habt Ihr beide einen großen Fehler begangen. Mein Mann ist in Dunbury." Es schien wie ein seltsamer Traum, dachte sie, die Einzelheiten der eigenen Entführung und eventuell des eigenen Mordes zu diskutieren. Sie konnte sich vorstellen, wie sie bald aufwachen und ihrem Mann am Frühstückstisch die Einzelheiten erzählen würde, wo sie sich dann beide über die Absurdität des Ganzen vor Lachen biegen würden. Zumindest sie hätte gelacht. Doch im Nachhinein erkannte sie, dass John in den Wochen, seit sie aus dem Lake District zurückgekommen waren, nicht viel gelacht hatte. Er lachte ohnehin nicht sehr viel, daher war ihr das nicht so aufgefallen. Hatte er irgendwie geahnt, dass so etwas geschehen könnte? Wenn ja, warum hatte er ihr das nicht anvertraut?

Die nächsten Worte des Iren ließen sie diese Frage rasch vergessen. „Na klar ist er in Dunbury. Was glaubt Ihr, wer ihn dahin geschickt hat?"

„*Ihr*?"

Er zuckte mit den Schultern. „Der Brief wurde von unserem gemeinsamen Freund geschrieben, aber ich bekam den Auftrag, ihn zur Post zu geben."

„Aber – aber er war mit ‚Edward Gaines Brockton' unterschrieben!"

Wieder dieses lässige Achselzucken, als ob sie über nichts Wichtigeres als das Wetter sprächen. „Edward Gaines Brockton – E.G.B.– *Éire go Brách*." Als er sah, wie es ihr kurz die Sprache verschlug, fügte er hinzu: „Es war notwendig, Mr. Pickett für ein paar Tage aus London wegzuschicken, und mit einem Kollegen im Schlepptau, nur um sicherzustellen, dass er Euch nicht so mitbringen konnte, wie er es im Lake District getan hat. Jetzt muss man nur abwarten, wie lange er braucht, um zu entdecken, dass er auf die Jagd nach einem Phantom geschickt worden ist."

Und ganz schnell wurde ihr absurder Traum zu einem Albtraum. Bei dieser Entführung ging es gar nicht um sie; nein, es war ein detailliert geplanter und sorgfältig ausgeführter Rachefeldzug gegen jemanden, der nichts getan hatte, um das zu verdienen. „Verratet mir", sagte sie langsam und versuchte, ihre Stimme nicht zittern zu lassen, „habt Ihr meinen Butler getötet?"

Er machte eine verächtliche Handbewegung. „Pah! Natürlich nicht! Ich schätze, der Kerl war schon wieder wach, bevor wir auch nur am Hyde Park waren."

Und wenn er aufgewacht war, würde Rogers, ohne Zeit zu verlieren, Andrew in die Bow Street geschickt haben, folgerte sie. Würde Mr. Colquhoun John in Dunbury benachrichtigt oder irgendeinen gerade verfügbaren Läufer losgeschickt haben in der Hoffnung, sie noch auf der Straße einzuholen? Sie hoffte auf Letzteres – ihre Entführer würden aussehen wie ein hübscher Haufen Trottel, wenn der falsche Fisch den Köder schluckte! – aber sie fürchtete, das Erstere wäre wahrscheinlicher. Das Band zwischen ihrem Mann und seinem Richter war tief und stark, umso mehr durch die Notwendigkeit, so zu tun, zumindest vor den anderen Männern unter Mr. Colquhouns Kommando, dass es nicht existierte. Sie hatte keinen Zweifel daran, dass Mr. Colquhoun seinen schnellsten Kurier mit der Nachricht nach Dunbury schicken würde. Und wenn John sich an die Verfolgung machte, dann – was?

Wenn ihre Entführung – und vermutlich ihr Tod – Mr. Hetheringtons Rache sein sollten, dann musste sie überlegen, welche Gestalt diese Rache würde haben sollen. Sie versuchte, sich an den Ablauf der Ereignisse zu erinnern, die zum Tode Brigid Hetheringtons geführt hatten, doch ihr Gedächtnis war lückenhaft. Sie hatte die Wahrheit gesagt, als sie ihrem Entführer erzählte, dass der Tod der Frau kein Mord, sondern ein tragischer Unfall gewesen war; Brigid

Hetherington war erschossen worden, als die beiden Männer um den Besitz der Pistole gekämpft hatten. Darüber hinaus wusste Julia jedoch nur sehr wenig. John schwieg meist über dieses Thema, obwohl sie den Verdacht hatte, dass es ihm auch nach einem Monat noch auf der Seele lag. Es schien außerdem, dass Robert Hetherington John für den Tod seiner Frau verantwortlich machte, obwohl er die Waffe in seiner eigenen Hand gehabt hatte. Wollte er John zwingen, Zeuge des Mordes an ihr selbst zu werden, bevor er auch getötet würde? Noch grausamer, wollte er John zwingen, die Tat mit eigener Hand zu begehen und ihn dann mit seiner Schuld zu leben?

So oder so, eines war sicher: Dieses Mal musste sie sich selbst retten, statt darauf zu warten, dass ihr Mann das tat. Denn sie beide würden nur so lange sicher sein, wie er in Dunbury blieb, oder in London – oder sonst wo, egal, solange er weit, weit fort war.

12

In dem John Pickett
ein höchst unwillkommenes Geschenk erhält

Pickett und seine Freischärler, wie Carson die kleine Gruppe getauft hatte, standen am nächsten Morgen bei Tagesanbruch auf und bereiteten sich auf ihren ersten vollen Reisetag vor. Die Mietkutsche, die Jamie bestellt hatte, fuhr in den Hof der Poststation ein, als Pickett noch erfolglos versuchte, eine Schüssel Porridge herunterzuwürgen. Die Ankunft dieses Gefährts enthob ihn der Notwendigkeit, diese Aufgabe zu vollenden, daher schob er die Schüssel nicht wenig erleichtert von sich.

„Thomas, Carson", rief Jamie nach ihnen, als ob er noch immer Offizier der Kavallerie wäre und sie beide Soldaten unter seinem Kommando, „sorgt dafür, dass unser Gepäck verstaut wird, während ich unsere Rechnung hier begleiche. Du" – er wandte Pickett seine Aufmerksamkeit zu, der sich vom Tisch erhoben hatte – „setzt dich wieder hin und isst das auf."

„Ich kann nicht ..."

„Du kannst und du wirst das essen", sagte Jamie in einem Tonfall, der keinen Widerspruch duldete.

„Ich will losfahren", beharrte Pickett. „Gott weiß, was mit Julia passiert, während ich hier sitze und frühstücke!" Er funkelte die Schüssel böse an, als ob ihre bloße Existenz ihn beleidigte.

„Na schön." Jamie schnappte sich die Schüssel vom Tisch und verschwand aus dem Raum. Pickett fühlte sich etwas verwirrt; er hatte nicht erwartet, dass sein Schwager so schnell nachgeben würde. Doch der Grund für Jamies strategischen Rückzug wurde ein paar Minuten später klar, als er mit einer braunen Steingutschüssel zurückkam, an der ein großes Stück des Randes fehlte.

„Ich habe der Köchin zwei Penny für den ältesten Teller gegeben, den sie hatte, damit du ihn mitnehmen und unterwegs essen kannst."

Pickett warf einen Blick hinein und entdeckte nicht nur den Rest seines Frühstücks, sondern, wie er vermutete, noch gut ein paar Löffel mehr. „Ich weiß, du meinst es gut, aber ..."

„Kein aber, lieber Schwager. Du hast mich auf diesen kleinen Ausflug eingeladen und ich weigere mich, dich als Vogelscheuche bei Julia abzuliefern."

Jamies ruhige Annahme, dass es nur eine Frage der Zeit wäre, bis sie Julia gesund und munter wiederfänden, hatte den erwünschten Effekt, obwohl Pickett sich fragte, ob sein Schwager das wirklich glaubte oder nur ihm zuliebe gute Miene machte. Am Ende entschied er, dass es besser wäre, es nicht zu wissen; er würde allen Trost nehmen, den er bekommen konnte.

Nachdem Jamie seine Geschäfte mit dem Wirt abgeschlossen hatte, begleitete er Pickett nach draußen, wo Carson und Thomas schon warteten und die vier Männer bestiegen die Kutsche. Der Bristol-Kanal war an dieser Stelle bereits zu breit, um ihn zu durchqueren, daher mussten sie ihm eine Weile nach Nordosten folgen, bis der Kanal schmaler wurde und den Fluss Severn bildete. Hier hielten sie in Gloucester lange genug an, um die Pferde zu wechseln und sich mit einer herzhaften Mahlzeit zu stärken – erneut eine Mahlzeit, auf die Pickett keinen Appetit hatte. In der Tat hatte er diesen ersten Teil ihrer Fahrt besonders nervenaufreibend gefunden, da sie jetzt wahrscheinlich weiter von Julia entfernt waren als sie es bei ihrer Abfahrt in Bristol am Morgen gewesen waren, doch, wie Jamie erklärte, war daran nichts zu ändern, außer er wollte durch den Kanal schwimmen.

Als sie ihre Mahlzeit beendet hatten und frische Pferde angespannt bereitstanden, fuhren sie wieder los, überquerten die Brücke über den Severn und fuhren nach Nordwesten weiter. Dieser Teil der Reise, eine Entfernung von mehr als zweihundert Meilen, wäre unter den besten Umständen zermürbend gewesen. Und es wurde bald klar, dass die Bedingungen, unter denen sie reisen mussten, bei Weitem nicht die besten waren. Die Straßen wurden immer kurvenreicher, als sie weiter nach Norden kamen, und die Landschaft wurde so bergig, dass die Gipfel unter einer Decke aus tief hängenden Wolken versteckt waren. In tieferen Lagen lag Nebel im Tal, ließ die Landschaft weich und verschwommen erscheinen und gab ihr ein seltsam abgeflachtes Aussehen wie in einem Gemälde von Turner oder Constable in besonders melancholischer Stimmung.

In der Tat erinnerte die Umgebung Pickett so sehr an den Lake District, dass er, ohne sich an jemand Bestimmten zu wenden, fragte: „Wo sind wir hier?"

„Wales", war Jamies Antwort.

Wales, dachte Pickett, *Wales, wie in „Prinz von".* Verbrachte der Prinz viel Zeit in diesem Teil des Reiches, von dem sein aktueller Titel abgeleitet wurde, oder war die Bezeichnung eine bloße Formalität? Er war sich nicht ganz sicher, worauf er hoffen sollte. Einerseits könnte es eine angenehme Flucht aus der Stadt sein, vorausgesetzt natürlich, Julia würde ihn begleiten dürfen; auf der anderen Seite könnte die Landschaft, die so an den Lake District erinnert, ihm wie ein ständiger Vorwurf vorkommen und ihn an seinen Aufenthalt dort und das katastrophale Ende erinnern.

Plötzlich tauchte eine große, dunkle Gestalt aus dem Nebel auf, eine Gestalt, die sich, als sie näher kamen, als der zinnengeschmückte Turm einer Burg oder das, was von einer übrig war, erwies. Sein Auftauchen stellte Pickett vor ein neues Problem: was, wenn Julia nicht in einem eleganten Landhaus gefangen gehalten wurde, wie er es sich vorstellte, sondern in einer Festung, wie diese einmal gewesen sein musste? Wenn er gezwungen wäre, eine Zitadelle zu erstürmen, um sie zu retten, wäre dieser Versuch möglicherweise von Beginn an zum Scheitern verurteilt; er fürchtete, er würde einen schlechten Ritter abgeben.

In diesem Moment, als wollte der Himmel seinen düsteren Gedanken zustimmen, öffneten sich die Wolken und der Regen strömte herab und verwandelte die Straßen schnell zu kurvigen Flüssen aus Schlamm und reduzierte die Sicht so sehr, dass sie volle dreißig Meilen früher, als sie beabsichtigt hatten, für die Nacht anhalten mussten. Eine bleiche Sonne begrüßte sie am nächsten Morgen, jedoch hatte der Regen seine Spuren hinterlassen in Form von Schlamm, der die Kutschenräder einsinken ließ und tiefe Rillen aufwies, wo andere Kutschen sich bereits vor ihnen durchgeschlagen hatten. Infolgedessen waren ihre Fortschritte nicht viel besser als am Tag zuvor. Eine raue, jedoch gnädigerweise kurze Überfahrt brachte sie zur Insel Anglesey, wo sie als Erstes eine Poststation ausfindig machen mussten, um eine Kutsche zu mieten, die die ersetzen sollte, die sie auf dem Festland hatten zurücklassen müssen. Leider schien jeder, dem sie begegneten, mit einem starken Akzent zu sprechen, der in London selten, wenn überhaupt, zu hören war, und der ein beträchtliches Hindernis für ihre Kommunikation darstellte. Bis sie es geschafft hatten, ihre Bedürfnisse für ein Transportmittel genügend verständlich zu machen, damit ihnen jemand zeigen konnte, wo diese zu erfüllen wären, konnten sie es nicht weiter als bis Holyhead schaffen, wo sie gezwungen waren, bis zum nächsten Tagesanbruch zu warten, wenn das nächste Postschiff nach Dublin segeln würde. Thomas, der einen großen Teil der Reise mit der Nase an die Scheibe gepresst verbracht hatte, erinnerte sich daran, in der Nähe des Hafens einen vielversprechenden Gasthof gesehen zu haben, und daher zogen sie sich zu diesem Haus zurück, wo sie müde, steif und wund von Stunden der Inaktivität abstiegen.

Während Thomas und Carson das inzwischen schlamm-
bespritzte Gepäck abluden und Jamie zum Hafen ging, um die
Überfahrt für sie vier auf dem Postschiff nach Dublin zu
buchen, ging Pickett in den Gasthof und bat um zwei Zimmer.
Als er seinen Namen in das Register eintrug, bemerkte er, dass
die Eigentümerin sich über die Theke beugte, um genauer
hinzuschauen. Das war allein für sich nicht ungewöhnlich,
denn er schrieb mit der linken Hand und hatte sich in seiner
Jugend hartnäckig gegen jeden Versuch geweigert, diesen
Umstand zu ändern. Er wollte schon eine vage Entschul-
digung für diese Abweichung von der akzeptierten Normalität
seiner Schreibkunst von sich geben – schließlich gab es Leute,
die dies für ein Zeichen des Teufels hielten – als sie ihn
ansprach und er erkannte, dass es nicht die Tatsache war, *wie*
er schrieb, sondern *was*, das ihre Aufmerksamkeit erregt hatte.

„Also Ihr seid John Pickett, oder?“

Wie ihre Landsleute sprach sie mit einem so starken
Akzent, dass sie fast unverständlich war, selbst für Ohren, die
an die vielen verschiedenen Stimmen in London gewöhnt
waren. Dennoch erkannte Pickett seinen eigenen Namen, und
so, wie sie ihn benutzte, schloss er daraus, dass sie eine
Nachricht für ihn hätte. Nach drei Tagen, in denen er das
Gefühl gehabt hatte, im Dunkeln zu tappen, konnte jedes Wort
von oder über Julia nur willkommen sein.

„Ja“, sagte er hoffnungsvoll und schaute vom Schreiben
seiner Londoner Anschrift auf der dafür vorgesehenen Linie
auf.

Sie senkte den Kopf, um in dem Fach unter der Theke zu
suchen. „Jemand kam neulich vorbei mit einem Brief, den er

uns Euch zu geben bat. Ich werde ihn gleich haben – ha! Hier ist er!"

„Danke." Das Päckchen war klein und etwa zylindrisch und in schweres braunes Papier verpackt, um das eine Schnur gebunden war. Pickett nahm es und ging durch den Raum, wo seine Begleiter warteten. Jamie war gerade in den Gasthof getreten, nachdem er seine Geschäfte im Hafen erledigt hatte, während Thomas den Rest des Gepäcks hereingebracht hatte und auf Anweisungen wartete, wohin es gebracht werden sollte. Carson schien sich dafür auszusprechen, für einen heißen Grog in der Gaststube zu bleiben, um sich nach den Unannehmlichkeiten der Reise zu stärken.

„Was ist das?", fragte Carson und unterbrach seine Aufzählung der Vorzüge dieses Planes.

„Ich weiß nicht", sagte Pickett und zog an einem Ende der Schnur, bis sich der Knoten löste. „Die Wirtin sagte, es wäre hier für mich abgegeben worden. Zumindest nehme ich an, dass es das war, was sie sagte."

„Wer kann denn gewusst haben, dass wir hierher kommen würden?", fragte Thomas sich laut. „Wir auf keinen Fall, nicht bis vor zwei Tagen."

Pickett äußerte keine Meinung zu diesem Thema. Er rollte das braune Papier ab, bis er den Inhalt sehen konnte – woraufhin sein ausdrucksstarkes Gesicht die Farbe wechselte. Er stieß einen erstickten Laut aus, ließ den Gegenstand und seine Umhüllung auf den Boden fallen, als er aus dem Gasthof hinausrannte.

„Was – oh, verdammt!", rief Thomas aus und sein Gesicht wurde grünlich, als Carson sich bückte, um den

Gegenstand aufzuheben und zur genaueren Betrachtung hochhielt.

Er war etwas mehr als zwei Zoll lang und wie seine Umhüllungen ungefähr zylindrisch geformt. Er war von schmutzig grauer Farbe, obwohl er einmal eher rosig gewesen sein musste.

Es handelte sich in der Tat um einen menschlichen Finger.

* * *

„Und den hat jemand hier für ihn hinterlassen", sagte Carson nachdenklich. Er senkte seine Stimme, obwohl es unwahrscheinlich war, dass Pickett ihn hören konnte, da er noch nicht von dort, wohin er geflohen sein musste, zurückgekehrt war.

„Mit anderen Worten, jemand wusste, dass wir früher oder später hier auftauchen würden", stellte Jamie fest. „Zumindest wissen wir, dass wir auf der richtigen Spur sind."

Thomas starrte ihn an. „Das ist eine verdammt gefühllose Art und Weise, das zu betrachten! Wenn Ihr mir verzeihen wollt, dass ich das sage, Sir", fügte er hastig hinzu, nur zu bewusst, dass seine Worte respektlos gewesen waren und nicht nur einem Höhergestellten gegenüber, sondern zu einem der nächsten und liebsten Verwandten seiner Herrin.

„Wenn es tatsächlich ihr Finger wäre, hättet Ihr recht", sagte Jamie zu ihm. „Aber das ist er nicht. Kann er nicht sein."

Als Thomas sah, dass der Major nicht die Absicht hatte, ihm Vorwürfe zu machen, fühlte er sich ermutigt, nach einer Erklärung zu fragen. „Warum nicht? Wenn Ihr nichts dagegen habt, dass ich frage", fügte er hastig hinzu.

„Wem auch immer dieser Finger gehört, er war tot, bevor er abgeschnitten wurde. Wenn Ihr Euch das Ende hier anseht, werdet Ihr erkennen, dass es kein Anzeichen für eine Blutung gibt."

Thomas zwang sich, sich vorzubeugen, um genauer hinzuschauen. „Zumindest" – er schluckte schwer – „zumindest hatte er sie schon getötet, bevor er es tat – das hier."

„Es ist sehr wahrscheinlich, dass sie einen natürlichen Tod starb – vielleicht Krankheit oder Geburt. Ich versichere Euch, dies ist nicht Julias – Mrs. Picketts – Finger. Kann er nicht sein."

„Woher wisst Ihr das?"

„Wenn Mrs. Pickett getötet worden wäre, könnte das nicht länger als einer Woche her sein – und das unter der Annahme, dass sie am Tag ihrer Entführung ermordet worden wäre. Diese Frau jedoch, wer immer sie auch gewesen sein mag" – er deutete auf den abgetrennten Finger – „ist um einiges länger tot."

„Seid Ihr Euch dessen sicher?"

„Ich war in Schlachten auf der Halbinsel und in den Niederlanden", sagte Jamie und seine Stimme wurde bei dem Aufflammen lang unterdrückter Erinnerungen hart. „Tote können nicht immer rechtzeitig begraben werden. Sagen wir nur, dass ich weiß, wie eine Leiche in den verschiedenen Stadien des Verfalls aussieht."

Thomas nickte nur und war nicht geneigt, um weitere Erleuchtung zu bitten.

„Also wollt Ihr sagen", warf Harry Carson ein, „dass sich jemand die Mühe gemacht hat, die Leiche einer Frau auszugraben, ihr den Finger abzuschneiden und hierher an Mr. Pickett zu schicken, wohl wissend, dass der Mann annehmen würde, dass die Kerle ihren Finger abgehackt hätten? Dazu braucht man eine besondere Art von Irrsinn."

„Oder eine besondere Art von Hass. Der Mann, der hinter der Entführung steckt, macht Mr. Pickett für den Tod seiner eigenen Frau verantwortlich, und dies scheint seine Vorstellung von Rache zu sein." Jamie warf einen Blick zur Tür, durch die Pickett geflüchtet war. „Und jetzt, wenn Ihr mich entschuldigen wollt, sollte ich wohl besser nach ihm schauen."

Er überließ Carson und Thomas der Aufgabe, herauszufinden, welche Zimmer für sie bestimmt waren, während er auf der Suche nach seinem Schwager nach draußen ging. Pickett war nicht schwer zu finden; Jamie musste nur den schluchzenden, knurrenden Geräuschen folgen, die eher tierisch als menschlich waren und von hinter einer Ecke des Gasthauses kamen. Er kam an dieser Ecke des Gebäudes an und entdeckte seinen jungen Schwager an die Fachwerkwand gepresst, das Gesicht in einem angewinkelten Arm verborgen, während er mit der anderen Faust gegen die Wand schlug, bis seine Fingerknöchel bluteten. Eine ziemlich sauer riechende Pfütze zu seinen Füßen bestand aus dem, was von dem Porridge übrig war, das Jamie ihn an diesem Morgen zu essen gezwungen hatte.

„Es ist nicht ihrer, alter Junge." Jamie legte ihm eine Hand auf die Schulter und drückte sie beruhigend, während er die ganze Zeit in leisem, besänftigendem Ton auf ihn einsprach. „Es ist ein grausamer Streich, aber nicht mehr. Es ist nicht ihr Finger."

Langsam begann die Bedeutung dieser Worte in Picketts Gehirn einzusickern. Schließlich wandte er sich zu seinem Schwager um, das Gesicht von einem Hoffnungsschimmer erhellt. „Glaubst du?"

„Ich *weiß* es." Zum zweiten Mal erklärte Jamie seine Argumentation und schloss: „Aber die Tatsache, dass er ihn dir hierher geschickt hat, statt, sagen wir, nach London oder in den Lake District, scheint dafür zu sprechen, dass wir auf der richtigen Spur sind."

Pickett riss sich mit Mühe zusammen. „Ja – ich weiß, dass du recht hast – es ist nur – es ist nur so, dass ich mich so verdammt *hilflos fühle!* Julia ist in den Klauen eines Wahnsinnigen und es gibt verdammt nichts, was ich dagegen tun kann!"

Jamie nickte. „Ich weiß", sagte er schlicht und Pickett erkannte, dass Major Pennington vermutlich der einzige Mann in seiner Bekanntschaft war, der es verstehen konnte. Denn er war auch gezwungen gewesen, hilflos daneben zu stehen, als die Frau, die er liebte, in Gefahr war. In Jamies Fall war die Gefahr von Claudias eigenem Ehemann ausgegangen, einem Mann, der nicht nur Alter und Erfahrung, sondern auch Macht, Stellung und sogar das Gesetz auf seiner Seite gehabt hatte. Und doch hatte Jamie am Ende gewonnen, und das, ohne einen Schuss abzugeben: zuerst, als er Claudia, Lady Buckleigh unter der Nase ihres Mannes fortbrachte und dann wieder ein Dutzend Jahre später, als die Gerechtigkeit seine Lordschaft schließlich einholte.

„Aber", fuhr Jamie, jetzt etwas fester, fort, „ich bin nicht der Meinung, dass es nichts gibt, das du tun kannst. Es gibt sehr wohl etwas – und du tust es. Und jetzt scheint mir, dass es noch etwas gibt, was du tun kannst."

„Was?", fragte Pickett begierig.

„Nach drinnen gehen und zusehen, so viel Schlaf wie möglich zu bekommen, bevor wir morgen früh in See stechen."

Wenn es ein Transportmittel gab, das Pickett noch mehr hasste als einen Pferderücken, war es, in einem Boot aufs Meer hinauszufahren. Jedoch hatte er keine Absicht, Julias Rettung seinen Gefährten zu überlassen, während er geduldig an Land wartete. Er holte tief Luft, biss die Zähne zusammen und folgte Jamie zurück ins Haus.

* * *

Die Frage, wie sie ihrem Mann eine Nachricht zukommen lassen könnte, war eine, die Julia beträchtliches Kopfzerbrechen bereitete. Ihr Entführer weigerte sich, sie für länger als eine Minute allein zu lassen, außer, wenn sie für die Nacht anhielten und er sie entweder in ihrem Zimmer einschloss und den Schlüssel behielt oder den Griff seines eigenen Schlafzimmers mit dem des ihren verband – eine Tatsache, die sie sehr bald auf ihrer Reise entdeckt hatte, als sie versuchte, mitten in der Nacht, als ihr Entführer schlief, einen Fluchtversuch zu unternehmen.

Erst in der dritten Nacht bot sich eine neue und unerwartete Gelegenheit. Oder vielleicht war es die vierte Nacht; ihre Kopfschmerzen hatten nachgelassen, doch es gab noch große Zeiträume, die in ihrer Erinnerung fehlten, so viel, dass sie den Mann verdächtigte, ihr etwas ins Essen gegeben zu haben.

Sie konnte sich an mehrere Pausen erinnern, in denen sie Mahlzeiten eingenommen hatten, während die Pferde gewechselt wurden und sie hatte eine schwache Erinnerung daran, auf ein Schiff gebracht worden zu sein, jedoch wie lange die Reise gedauert hatte und in welche Richtung sie gereist waren, war undeutlich. Sie hatten wieder für die Nacht Halt gemacht – oder sogar zweimal? – und obwohl ihr Kopf endlich klar schien, hatte sie keine Ahnung, wo sie war. Da sie in nordwestliche Richtung gereist waren, hielt sie es für unwahrscheinlich, dass sie den Kanal nach Frankreich überquert hätten – ein Verdacht, der sich bestätigte, als die Eigentümerin des Hauses auf Englisch fragte, was sie für sie tun könnte. Und nicht nur irgendwie auf Englisch, erkannte Julia mit wachsender Sicherheit, sondern in einem Englisch, das mit dem gleichen melodischen Akzent gesprochen wurde, den auch ihr Entführer hatte. Das hieß, dass sie in Irland sein mussten – obwohl, wo genau in Irland, musste sie erst noch feststellen. Die gerahmten Drucke, die die Wände schmückten, boten keine Anhaltspunkte, zumindest bei den flüchtigen Blicken, mit denen Julia sich begnügen musste. Sie konnte auch nicht hoffen, Informationen zu erlangen, indem sie andere Gäste belauschte, da ihr Entführer gefragt hatte, ob er einen privaten Salon mieten könnte, um dort ihre Mahlzeit fern von neugierigen Augen einzunehmen.

Wenn ihre Wirtin in dieser Bitte etwas Ungewöhnliches gesehen hatte, ließ sie es sich nicht anmerken. Sie hatte sie in einen kleinen Raum geführt, wo sie, wie sie ihnen versicherte, nicht gestört werden würden, und dann ein herzhaftes, wenn auch bescheidenes Mahl aus Schinken und Kohl serviert, zu dem eine dicke, weiße Soße mit einem Zweig Petersilie gehörte. Sie hatten mit ihrer Mahlzeit etwa eine halbe Stunde abgeschirmt in dem privaten Salon verbracht, als diese Zurückgezogenheit von einem Mann unterbrochen wurde, der einen Friesenmantel mit großem Kragen trug, dessen abgenutzter Zustand ihn als echten Kutscher erkennen ließ, nicht als einen jener Gentlemen, die solche Mäntel in Mode gebracht hatten und trugen.

„Bohannan?" Ihr Begleiter zog ein finsteres Gesicht. „Was zum Teufel wollt Ihr denn?"

Die Leichtigkeit, mit dem ihr Entführer den Neuankömmling identifizierte, gab Julia zu verstehen, dass dies ihr Kutscher war. Bis zu diesem Moment hatte sie sich über diese Person keine Gedanken gemacht; er war nur eine stämmige, anonyme Gestalt auf dem Kutschbock gewesen, kaum mehr als ein breiter Rücken mit einem tief herabgezogenen, etwas unförmigen Hut. Als sie nun ihrem Gespräch zuhörte, erkannte sie, dass hier endlich die Gelegenheit war, auf die sie gewartet hatte.

„Ich dachte, wir waren uns einig, dass du in den Ställen bleiben solltest."

Der unglückliche Bohannan hatte seinen Hut abgenommen und drehte jetzt den Rand in den Händen, eine Geste, die sehr viel seines schlechten Zustands erklärte.

„Ich weiß, und es tut mir leid, dass ich Euren Wünschen nicht nachkomme." Bohannans Stimme verriet seine irische Herkunft ebenso deutlich wie die ihres Entführers. „Aber es is' wegen der Vorderachse."

„Gebrochen?" Ein wütendes Stirnrunzeln begleitete das einzelne Wort.

„Noch nicht. Aber es wird knapp, wenn wir bis – wohin wir fahren wollen – ohne einen Bruch ankommen wollen." Während sein Passagier über die Folgen des Gesagten nachdachte, fügte Bohannan eindringlicher hinzu: „Ich weiß, Flynn, Ihr habt es eilig, aber Er wäre sicher nicht erfreut, wenn wir einen Unfall auf der Straße hätten. Außer dass es noch länger dauern würde, sie dorthin zu bringen, könnte sie verletzt oder sogar getötet werden. Und dann ..."

„Du musst es mir nicht ausmalen", unterbrach ihr Entführer – Flynn, dachte Julia, erfreut, dass sie jetzt wenigstens seinen Namen kannte. Er stieß etwas aus, das Julia für einen gälischen Fluch hielt. „Ich schätze, ich schaue mir das besser einmal an."

Er schob seinen Stuhl zurück, stand auf und schaute sie an. „Bevor Ihr auf Ideen kommt, Mrs. Pickett, solltet Ihr wissen, dass man aus dem Stall einen guten Blick auf die Vorderseite des Gasthofs hat. Wenn Ihr flüchten wollt, müsstet Ihr das durch die Küche tun – und das würde einen solchen Aufruhr geben, dass wir sicher im Stall davon hören würden."

Julia ließ anscheinend besiegt den Kopf hängen, doch ihre Gedanken rasten. Sie wartete nur lange genug, bis sie die Tür sich hinter ihnen schließen hörte, bevor sie nach ihrer Wirtin suchte.

„Ich frage mich, ob ich Euch um Hilfe bitten dürfte", sagte sie leise und schaute ängstlich über ihre Schulter zu der Tür, durch die die beiden Männer hinausgegangen waren. „Ihr habt vielleicht erraten, dass wir – mein Begleiter und ich – zusammen durchbrennen." Julia segnete in Gedanken die Eigentümerin eines früheren Gasthauses, wo sie Rast gemacht hatten, und fand es überaus befriedigend, dass Flynn, indem er jener Frau vorspielte, sie würden zusammen ausreißen, ihr selbst das Mittel in die Hand gegeben hatte, mit dem sie jetzt ihren wirklichen Ehemann würde warnen können.

Die Augen der Frau wurden schmal vor Misstrauen. „Aye, ich dachte mir schon, dass an Euch beiden etwas Seltsames war."

„Uns dreien, eigentlich, denn sein Cousin hilft ihm, indem er die Kutsche lenkt. Doch für uns wird es keine Hochzeit am Amboss geben. Ich habe einen Ehemann, seht Ihr, und ich fürchte, dass er genau jetzt dabei ist, uns zu verfolgen."

Dies entsprach sogar der Wahrheit. Doch ihre Wirtin war offensichtlich nicht von der Idee erfreut, dass sie einer ehebrecherischen Beziehung Vorschub leisten sollte. „Na, und vielleicht solltet Ihr froh darüber sein", riet sie der vermeintlichen Ausreißerin. „Ich bin sicher, es ist nicht ungewöhnlich für ein Ehepaar, sich hin und wieder zu streiten."

„Ja, aber so ist es nicht", sagte Julia völlig wahrheitsgemäß. „Leider können manche Ehemänner grausam und bösartig sein, und welche andere Wahl hat eine Frau in einem solchen Fall, als zu fliehen?

„Aye, schätze, damit habt Ihr wohl recht", kam das zögerliche Eingeständnis. „Aber was kann man auch von den Engländern erwarten? Euer Mann ist doch Engländer, nicht wahr?“

„Das ist er, aber Mr. Flynn, mein …“ Sie brachte es nicht fertig, ihn ihren Liebhaber zu nennen, nicht einmal, um das Leben ihres Mannes zu retten. „… dieser Gentleman, mein Freund, ist Ire.“

„Flynn, sagt Ihr?“, fragte die Frau mit neuem Interesse. „Aye, das ist ein guter alter Name aus Westmeath! Die Schwester meines verstorbenen Mannes wollte einen Flynn heiraten, obwohl – aber das ist jetzt egal! Ihr sagt, Ihr wolltet meine Hilfe?

„Ja! Ich möchte meinem Mann einen Brief schreiben, den ich hierlasse, falls er kommt, um mich zu suchen. Ich will ihn anflehen, uns – Mr. Flynn und mich, heißt das – nicht zu verfolgen, da das nur zu weiteren Schmerzen führen könnte.“

Ihre Wirtin fasste diese Behauptung offenbar wörtlich auf. „Meint ihr, einer könnte den anderen in einem Duell töten?“, fragte sich, gleichermaßen aufgeregt und entsetzt bei der Aussicht auf ein solches Ergebnis.

Julia hatte das nicht so gemeint, zögerte aber nicht, ein solches Szenario zu nutzen, nachdem es ihr in den Mund gelegt worden war. „Ja, sollten sie aufeinander treffen, fürchte ich, würde es genau dazu kommen.“

„Was braucht Ihr denn dann? Papier und Tinte in Euer Zimmer nach oben, schätze ich, und eine Feder?“

„Ja, und ich wäre dankbar, wenn Ihr mir auch eine Tasse Tee und Milch, Zucker und Zitrone bringen könntet. Ich finde, Tee ist wunderbar beruhigend, wenn man sehr aufgeregt ist, meint Ihr nicht auch?“

Dem stimmte die Frau bereitwillig zu und daher fand sich

Julia ermutigt, fortzufahren. „Ich fürchte, ich muss Euch um einen weiteren Gefallen ersuchen. Mr. Flynn darf hiervon nichts erfahren. Er – er ist sehr eifersüchtig auf meinen Mann, wisst Ihr. Der Himmel weiß, wie er reagieren würde, wenn er entdeckt, dass ich mit ihm Verbindung aufnehme, auch wenn es für einen solchen Zweck ist."

Die Frau des Gastwirts runzelte darüber die Stirn und äußerte ihre Meinung, dass das klänge, als käme Julia wohl vom Regen in die Traufe.

„Ich schätze, es muss sich so anhören", bestätigte Julia, fügte dann aber völlig ehrlich hinzu: „Aber wenn Ihr die beiden nur kennen würdet, könntet Ihr sehen, dass es kein Vergleich ist."

„Und was werdet Ihr mit diesem Brief tun, nachdem Ihr ihn geschrieben habt?"

Julia warf einen weiteren heimlichen Blick über ihre Schulter, eine Geste, die nur halb gespielt war. „Ich wage nicht, ihn nach unten zu bringen, aus Angst, Mr. Flynn könnte ihn sehen. Stattdessen werde ich ihn aus dem Fenster meines Schlafzimmers fallen lassen. Gibt es hier ein Küchenmädchen oder einen Stallburschen, dem Ihr zutrauen würdet, ihn für mich einzusammeln?"

„Das werde ich selbst tun", sagte die andere Frau verschwörerisch und legte zur Bestätigung eine Hand auf ihr Herz.

„Ihr seid eine großartige Frau! Ich wünschte, ich könnte Euch ein Zeichen meiner Anerkennung geben, doch ich war gezwungen, nur mit den Kleidern, die ich auf dem Leib habe, fortzulaufen."

„Das wundert mich nicht, Ma'am, wenn Euer Mann so brutal ist, wie Ihr behauptet. Aber wie soll ich ihn erkennen? Wie heißt er? Wie sieht er aus?"

Er ist schön, dachte Julia. *Schön, brillant und tapfer, und wenn er bei dem Versuch, mich zu retten, getötet werden sollte, würde ich vor Kummer sterben.* Laut sagte sie nur: „Sein Name ist John Pickett. Er ist ziemlich groß, hat braune Augen und braune Haare mit Locken und eine bescheidene Art, die dazu führt, dass viele Leute ihn unterschätzen."

„Verzeihung, Ma'am, aber der Mann, den Ihr beschreibt, hört sich nicht so an wie der brutale Kerl, als den Ihr ihn darstellt."

„Nein", gab Julia zu und improvisiert schnell. „Normalerweise ist er der netteste und sanfteste Mensch. Nur, wenn er betrunken ist, ändert sich sein Temperament." Damit, wusste sie, tat sie ihm sehr unrecht, denn bei der einen Gelegenheit, als sie ihn wirklich berauscht gesehen hatte, war sein Verhalten doch nicht weniger das eines Gentlemans gewesen.

Etwas in ihrem Gesicht musste den Verdacht ihrer Mitverschwörerin geweckt haben, denn die Augen der Frau wurden schmal. „Mir scheint, dass Ihr ihn trotz allem noch liebt."

„Ich denke, ich werde ihn lieben, bis ich sterbe", sagte sie und unterdrückte die Tränen ob der bitteren Ironie, dass das Letzte, was sie für ihn tun konnte, war, seinen Charakter zu verleumden, um sein Leben zu retten.

13

In dem Julia einen „Lieber John"-Brief schreibt

In ihr Zimmer im Obergeschoss eingesperrt verlor Julia keine Zeit, Milch und Zucker in die dampfende Tasse Tee zu geben, die ihre Wirtin ihr gebracht hatte. Die Zitronenschnitze, die dabei gewesen war, blieb jedoch unberührt, auch als sie die Tasse an ihre Lippen setzte, und einen langen, befriedigenden Zug nahm; sie hatte nichts anderes als die Wahrheit gesagt, als sie das Getränk wegen seiner beruhigenden Eigenschaften lobte. Sie nahm noch zwei Schlucke und stellte dann die Tasse beiseite, um Platz auf dem Schreibtisch für das Papier und die Tinte zu schaffen, um die sie gebeten hatte. Es würde nicht leicht werden, diesen Brief zu schreiben, sie würde ihre Nachricht in die Worte einer bedauernden Liebenden fassen müssen, falls ihre Mitverschwörerin der Versuchung nicht widerstehen könnte, den Brief zu öffnen und ihn zu lesen. Zum Glück hatte sie begonnen, den Inhalt ihrer Botschaft zu formulieren seit dem Augenblick, als ihr klar geworden war, dass eine solche

Korrespondenz notwendig sein würde, daher brauchte sie nicht so lange, wie es sonst vielleicht der Fall gewesen wäre.

Mein liebster John, schrieb sie, *ich sitze hier mit meiner Tasse Tee neben mir - Zucker, Milch und vor allem auch Zitrone, genau so, wie ich ihn liebe - und denke über unsere Vergangenheit und meine eigene Zukunft nach. So sehr ich Dich liebe (und immer lieben werde), kann ich nicht in einer Ehe weiterleben, die mir zu gleichen Teilen Verzweiflung und Glückseligkeit gebracht hat. Eine Ehe soll dauern, „bis der Tod uns scheidet", das weiß ich, aber Du wirst sicherlich meiner eigenen Ansicht zustimmen, dass es besser wäre, keine kostbare Zeit zu verschwenden, um zu versuchen, unsere zu reparieren, die längst Vergangenheit ist. Und daher muss ich Dich bitten, Deine Kräfte nicht auf eine Verfolgung zu verschwenden, sondern mich aufzugeben. Etwas anderes zu tun, könnte nur für uns beide schmerzlich sein. Bitte wisse, dass, auch wenn ich Dir Lebewohl sagen muss, ein Teil meines Herzens immer Dein sein wird.*

Alles in ihr verlangte danach, mit einer Erklärung ewiger Liebe zu schließen, doch sie wagte nicht, weiter zu gehen, um nicht alles zu riskieren, was sie mit ihrem Schreiben erreichen wollte. Und daher, nachdem sie mit Schwung ihren Namen darunter gesetzt hatte, hob sie den Saum ihres Kleides und wischte sorgfältig die Spitze der Feder an ihrem Unterrock ab, um diese dann in die bisher vernachlässigte Zitronenschnitze zu tauchen.

* * *

Nachdem Julia den Brief beendet hatte, fächelte sie ihn, um sicherzugehen, dass er trocken war, dann siegelte sie ihn und schrieb „Mr. John Pickett" auf die äußere Seite. Als sie sicher war, dass auch diese Worte getrocknet waren, ging sie zum Fenster, schob den unteren Teil hoch und ließ den Brief in die Leere fallen und beugte sich über den Fenstersims, um zuzusehen, wie er zu Boden flatterte. Sie schloss das Fenster und zuckte beim Kreischen des verzogenen Holzrahmens zusammen. Fast sofort ertönte ein Klopfen an ihrer Tür; offensichtlich hatte das Geräusch die Aufmerksamkeit Flynns, ihres angeblichen Liebhabers, erregt. Sie räumte schnell die Schreibutensilien weg und warf dann einen raschen Blick durch das Zimmer, um zu sehen, ob etwas anderes sie verraten könnte. Als sie nichts sah, was seinen Verdacht erregen könnte, schob sie das Schreibzeug unter das Bett und ging dann zur Tür, um sie zu öffnen.

„Ja?", fragte sie, wenig überrascht, dass Flynn im Flur direkt vor ihrer Tür stand. „Was gibt es?"

„Nur nachschauen, ob Ihr nichts Leichtsinniges tut", sagte er und sein Blick wanderte von ihrem Gesicht zu einem Punkt hinter ihrer Schulter – dem Fenster, zweifellos.

„Nein. Ich habe nur das Fenster geöffnet, weil ich dachte, ein wenig frische Luft wäre schön, doch der Wind ist etwas zu frisch, daher musste ich es wieder schließen."

„Aye, und es gibt keinen Baum, an dem Ihr hinabklettern könntet, nicht wahr?", fragte er mit vorgetäuschtem Mitgefühl. „Wenn das alles ist, dann wünsche ich jetzt eine gute Nacht. Seht am besten zu, dass Ihr etwas Schlaf bekommt, Mrs. P. Wir haben am Morgen einen weiten Weg vor uns."

Und das war es dann wohl, nahm sie an. Eindeutig hatte er keinen anderen Verdacht, als dass sie nach einer

Gelegenheit suchen könnte, um zu fliehen. Und das tat sie auch, aber sie würde sich Zeit lassen, bis sie sicher sein konnte, dass ein solcher Versuch eine vernünftige Chance auf Erfolg hätte. Bis dahin gab es nichts, was sie tun konnte, außer, wie er sagte, zu versuchen, ein wenig Schlaf zu finden. Sie zog ihre Schuhe, Strümpfe und Kleid aus – letzteres leider zerdrückt von mindestens drei Tage ständigen Tragens – dann löschte sie die Kerze und legte sich in ihrem Unterkleid hin.

Sie hätte mit sich selbst ziemlich zufrieden sein müssen; sie hatte es geschafft, eine kleine rebellische Handlung direkt unter Flynns Nase auszuführen. Noch wichtiger, sie hatte für Johns Sicherheit gesorgt. Bestenfalls würde er ihre Nachricht entziffern und demgemäß handeln; schlimmstenfalls (was sie aber für unwahrscheinlich hielt) würde er ihren Brief wörtlich nehmen und annehmen, dass sie ihn verlassen hätte, dann nach London zurückkehren, ohne einen weiteren Versuch zu machen, seine weggelaufene Frau zu finden. Auf jeden Fall würde es seinen Zweck erfüllen. Ja, sie sollte zufrieden sein.

Und doch war das einzige Gefühl in ihr Einsamkeit. Noch in den Tagen nach dem Mord an ihrem ersten Ehemann, noch bevor die Liebe zwischen ihr und dem überraschend jugendlichen Bow Street Läufer aufblühte, der den Auftrag hatte, Lord Fieldhursts Mörder zu entdecken, hatte sie gewusst, dass sie sich auf ihn verlassen konnte, dass sie nur nach ihm schicken musste und er da sein würde. Jetzt gab es hier nichts und niemand, worauf sie sich hätte verlassen können, nur ihren eigenen Verstand, und sie war nicht so sicher, dass er dem allen gewachsen wäre. Sie hatte sich in ihrem ganzen Leben noch nicht so völlig allein gefühlt.

Doch kaum hatte sich dieser Gedanke in ihrem Kopf geformt, als sie ein leicht flatterndes Gefühl in ihrem Unterleib spürte, fast, als hätte sie einen Schmetterling verschluckt. Sie hatte das Baby sich zuvor noch nicht bewegen fühlen, doch sie bemerkte es sofort und erkannte, dass ein Teil von John immer noch bei ihr war und bei ihr bleiben würde, ganz gleich, was am nächsten oder über-nächsten Tag geschähe. Sie legte die Hand auf die leichte Schwellung ihres Leibes und schloss die Augen.

Sie war nicht mehr allein.

* * *

Pickett und seine Freischärler standen am nächsten Morgen auf und legten die kurze Strecke zum Hafen zu Fuß zurück. Drei der vier hatten sich mit einem reichhaltigen Frühstück gestärkt, bevor sie sich zu einem voraussichtlich langen Tag auf See begaben – selbst eine problemlose Überfahrt würde nicht weniger als siebzehn Stunden benötigen – doch bei dieser Gelegenheit wehrte Pickett sich standhaft gegen das Drängen seines Schwagers. Trotz seiner Kindheit, die er am Ufer der Themse auf der Suche nach Strandgut im Schlamm verbracht hatte und seiner Jugend, in der er Kohle von den Schleppkähnen, die fast täglich aus Newcastle in London ankamen, abgeladen hatte, war Pickett erst einmal zuvor in seinem Leben auf dem Meer gewesen – und dieser Ausflug hatte damit geendet, dass er mit dem Kopf über dem Dollbord hing. In der Tat, seine einzige angenehme Erinnerung an dieses Erlebnis war das, was unmittelbar darauf gefolgt war, als Julia (besser, Lady Fieldhurst, die sie damals noch gewesen war) seinen erbärmlichen Zustand bemerkt und darauf bestanden hatte, ihn zur Erholung in ihr eigenes Bett zu stecken. Obwohl sie damals bedauerlicherweise nicht auch darin gewesen war, war die Erinnerung doch angenehm genug, dass Pickett, nachdem er und seine gegenwärtigen Begleiter ihre Fahrkarten gekauft, an Bord des Schiffs gegangen und ihre beiden winzigen Kabinen gefunden hatten, sich auf der schmalen Koje ausstreckte, die Augen schloss und versuchte, sich vorzustellen, dass sie jeden Moment hereinkommen und eine sanfte Hand auf seine Stirn legen könnte.

Der Wind im St. George's Kanal war frisch, doch weder Carson noch Thomas waren je zuvor auf See gewesen, daher waren beide entschlossen, ungeachtet etwaiger Unbequemlichkeit an Deck zu bleiben, um keine Minute dieses Erlebnisses zu verpassen. Was Jamie anging, war er mit den Truppenschiffen bestens vertraut, die ihn und seine Soldaten von den heimischen Küsten abtransportiert hatten, um Boney auf dem Kontinent zu bekämpfen, daher war es nicht die Neuheit des Erlebnisses, die ihn von der Kabine fernhielt, sondern das Wissen, dass sein junger Schwager lieber unbeobachtet leiden würde. Und daher wurde Pickett allein unter Deck gelassen, wo er zwischen Schlaf und Wachen lag und zwischen Ungeduld, die irische Küste zu erreichen und der Furcht vor dem, was ihn dort erwarten mochte, wechselte. Doch es war besser, nicht darüber nachzudenken. Es war sicher besser, hier zu liegen und sich auf das Heben und Senken des Schiffsrumpfs unter ihm zu konzentrieren; es gab Leute, fiel ihm ein, als er sich stöhnend umdrehte, die diese Bewegungen tröstlich fanden. Andererseits gab es auch Leute, die es genossen, auf Pferden zu reiten. Die konnte Pickett auch nicht verstehen.

„John?" Pickett wurde von einer gedämpften Stimme und einer Hand, die ihn an der Schulter schüttelte, aus einem unruhigen Schlaf geweckt. „Tut mir leid, dich zu wecken, alter Junge, aber wir werden bald anlegen."

Pickett öffnete die Augen und fand die Kabine in Halbdunkel getaucht. Hinter dem Bullauge kreischten Möwen und Männer brüllten Befehle und plötzlich gab es einen Ruck, als ihr Schiff die zum Kai geworfenen Leinen straffte.

„Wir werden bald von Bord gehen dürfen", fuhr Jamie fort. „Ich dachte, du hättest vielleicht gern einen Augenblick, um dich zu sammeln."

„Oh ja, danke."

„Mr. Pickett, Sir?" Thomas erschien in der niedrigen Tür. „Soll ich jetzt Euer Gepäck mitnehmen?"

„Ja, danke", sagte Pickett erneut.

Als Jamie seine eigene Tasche unter der Koje herauszerrte, rappelte sich Pickett mühsam hoch und die drei Männer kletterten die kurze Leiter hinauf, um sich Carson auf Deck anzuschließen. Der Wind hatte Harrys Wangen kräftig gerötet und sein goldenes Haar war attraktiv zerzaust. *Das muss ja sein*, dachte Pickett angeekelt.

Er schaute sich um und erkannte, dass sie nicht in einem Hafen am Meer festgemacht hatten, wie es in Holyhead gewesen war, sondern den Liffey-Fluss direkt bis Dublin hinauf gesegelt waren. Obwohl ein paar Schiffe hier an ihren Leinen zerrten, als wären sie ungeduldig, wieder in See zu stechen, schien es wenig Aktivität zu geben, und die Kräne, die an beiden Ufern errichtet waren, um Ladungen aus- und einzuladen, standen still. In einiger Entfernung flussaufwärts wurde das nördliche Ufer von einem großen Gebäude beherrscht, dessen stattliche Säulen und Kuppeldach mit allem, was in London zu sehen war, hätten mithalten können.

„Also, was jetzt, Chef?", fragte Carson.

„Wir suchen nach dem Montjoy Square", sagte Pickett.

Jamie zog seine Uhr aus der Tasche und prüfte die Zeit. „Ich hasse es, Befehle zu ändern, doch wir sollten besser eine Unterkunft für die Nacht suchen und morgen früh frisch beginnen." Da er zweifellos Picketts Einwände vorhersah, fügte er hinzu: „Denke daran, dass im Sommer die Sonne immer später untergeht, je weiter du nach Norden kommst. Es ist fast zehn Uhr. Wie ich es sehe, werden wir von Tür zu Tür gehen müssen, um nach diesem Mann zu suchen, und ich bezweifle, dass du dich bei den Anwohnern beliebt machen wirst, wenn du sie zu dieser Zeit herausklopfst."

Pickett musste widerwillig zugeben, dass Jamie sicher recht hatte. Und so machten sie, nachdem sie die Gangway hinuntergegangen waren, das ansehnlichste der Gasthäuser ausfindig, das am Flussufer stand, und gingen hinein. Wieder einmal bat Pickett um zwei Zimmer, und als er seinen Namen eingeschrieben hatte, löste das bei der Frau hinter der Theke einen Ausruf aus.

„Sagt mir nicht, dass *Ihr* dieser Mr. John Pickett seid! Nun, ich muss sagen, ich hatte erwartet – aber egal! Ich habe etwas für Euch."

Sie griff unter die Theke und Pickett bereitete sich auf das Schlimmste vor. Was würde es dieses Mal sein – ein weiterer Finger oder würde sein Peiniger etwas anderes versuchen? Vielleicht ein Zeh, oder ein Ohr? Aber nein, sie hielt ihm ein gefaltetes und versiegeltes Papier der billigeren Sorte hin. Pickett erhaschte einen Blick auf seinen eigenen Namen, von vertrauter Hand geschrieben, und es bedurfte all seiner Selbstbeherrschung, der Frau nicht den Brief aus der Hand zu reißen.

„Wann wurde das hier hinterlassen?", fragte er und versuchte, lässig zu klingen, wobei er doch kaum seine eigene Stimme hören konnte, so laut schlug sein Herz gegen seine Rippen.

„Vor zwei Tagen – oder waren es drei? Aye, ja, ich glaube, vor drei Tagen."

Pickett nahm seine Beute mit zum Fenster, wo das letzte Sonnenlicht des Tages vom Wasser gespiegelt wurde und genug Helligkeit gab, um zu lesen. Vor drei Tagen. Vor drei Tagen war sie noch am Leben gewesen und hatte in diesem Raum gestanden und einen Brief für ihn hinterlassen. Er holte tief Luft, erbrach dann das Siegel und entfaltete das Papier. Er las bis zum Ende und schaute auf, wo er drei Gesichter sah, die ihn erwartungsvoll musterten.

„Von ihr." Er reichte den Brief dem nächsten seiner Begleiter, der zufällig Carson war. „Sie ist am Leben, zumindest war sie es vor drei Tagen noch."

„Wollt Ihr mir sagen", wollte Harry wissen, nachdem er den Brief bis zum Ende gelesen hatte und das wenig befriedigende Schreiben an Jamie weiterreichte, „dass das hier gar keine Entführung ist, sondern sie durchgebrannt ist? Das wir durch das ganze Land hinter einer Frau herjagen, die nicht gefunden werden will?"

„Natürlich nicht", sagte Pickett verächtlich und wandte sich dann ab, um die Wirtin um eine Kerze sowie Papier, Tinte und Feder zu bitten.

„Ich muss sagen, er nimmt es verdammt gut auf", bemerkte Carson zu den beiden anderen Männern. „Es sei denn, natürlich, dass er völlig den Verstand verloren hat."

„Er ist etwas auf der Spur, wartet ab und schaut zu", vorhersagte Thomas zuversichtlich und schaute von dem Brief auf, den er gerade von Jamie bekommen hatte. „Mrs. Pickett würde ihn nicht freiwillig verlassen, egal was sie gezwungen werden könnte, zu Papier zu bringen." Er konnte das besser wissen als jeder von ihnen, nachdem er mehr als einmal unerwartet einen Raum betreten hatte, um seinen Herrn und dessen Frau in einer leidenschaftlichen Umarmung vorzufinden.

„Ihr meint, jemand hat sie gezwungen, das zu schreiben ..."

Carsons Frage wurde dann durch Picketts Rückkehr unterbrochen, der eine Talgkerze in einem Zinnleuchter trug und eine Hand schützend um die Flamme hielt. Er stellte sie auf einen kleinen Tisch unter dem Fenster und wandte sich an seinen Kammerdiener.

„Gib mir den Brief, Thomas."

Thomas gehorchte schnell, und Pickett nahm den Brief von ihm entgegen und hielt ihn ein paar Zentimeter über die Flamme.

Carson wandte sich an Thomas, um ihn leise zu fragen: „Wenn sie nicht weggelaufen ist und ihn verlassen hat, warum verbrennt er ihren Brief?"

Niemand machte sich die Mühe, ihm zu antworten, denn ihre Aufmerksamkeit galt nur dem Papier in Picketts Hand. Er verbrannte nicht, aber als das Papier von der Flamme darunter erwärmt wurde, tauchten langsam dunkle Linien auf, die bestimmte Buchstaben oder Wörter unterstrichen.

Nachdem Pickett kürzlich eine weitaus komplexere Nachricht entschlüsselt hatte, die im selben Code geschrieben war, stellte er fest, dass es die Arbeit eines Augenblicks war, diese kurze Mitteilung zu entziffern. „,Hetherington ist geflohen und will dich töten'", las er laut vor. „,Suche nicht nach mir.'"

„Na, verdammt will ich sein!", rief Carson aus und beugte sich vor, um genauer hinzuschauen.

„Vermutlich", stimmte Pickett zu.

„Aber – woher wusstet Ihr das?"

„Ich habe einen solchen Code erst letzten Monat, im Lake District, entschlüsselt." Natürlich war das reines Glück gewesen, als er dort gesessen hatte und den Brief in der Hand hielt, damit Julia ihn über seine Schulter lesen konnte; die Kerze hatte den Rest erledigt. Das würde er trotzdem Harry Carson gegenüber nicht zugeben.

„Ja, ich habe alles darüber gehört", sagte Carson ungeduldig. „Aber woher wusstet Ihr, dass Ihr überhaupt danach suchen musstet?"

Pickett legte die Feder beiseite und schaute zu ihm auf. „Julia trinkt ihren Tee nicht mit Zitrone." Als Carson über diese Enthüllung nachdachte, fügte er hinzu: „Wisst Ihr, es hat Vorteile, wenn man lange genug mit einer Frau zusammen ist, um etwas über sie zu erfahren."

14

In dem Julia der Hausgast eines Wahnsinnigen wird

Die Kutsche bog von der Hauptstraße ab und Julias Magen krampfte sich zusammen; es schien, dass sie wohl endlich ihr Ziel erreichten. Die Bäume, die die lange Auffahrt säumten, hätten dringend beschnitten werden müssen; ihre Äste wuchsen ineinander und bildeten einen grünen Tunnel, der das Innere der Kutsche in Düsternis tauchte. Unter ihnen war langes Gras über den Weg gewachsen, der einmal mit Kies bestreut gewesen sein musste, und das erzeugte jetzt ein streifendes Geräusch, als es sich unter der Kutsche, die darüber hinweg fuhr, beugte, und die Ähren ihren Samen verstreuten.

Schließlich hob sich die Dunkelheit der Bäume und enthüllte etwas, das einmal ein sehr schönes, aus grauem Stein erbautes Haus gewesen sein musste. „Schön" wäre nicht das Wort gewesen, mit dem sie es jetzt beschrieben hätte. Mehrere Fenster waren herausgebrochen und an großen Stellen des Daches fehlten die Schindeln. Der Park, wenn auch üppig, war so lange vernachlässigt worden, dass die Hecken vor dem Haus fast die Fenster des Erdgeschosses bedeckten. Julia war sich sicher, nie auf diesem Anwesen gewesen zu sein – sie war tatsächlich nie in Irland gewesen – und dennoch schien es ihr seltsam vertraut.

Und dann erinnerte sie sich. Sie war nie hier gewesen, aber sie hatte einmal ein Gemälde desselben Hauses in besseren Tagen gesehen, das im Schlafzimmer einer Frau hing, die in ebendiesen Wänden aufgewachsen war. Denn dies war das Elternhaus von Mrs. Brigid Hetherington, der in Irland geborenen Frau Robert Hetheringtons, des verurteilten Verräters und entflohenen Verbrechers. Ein halbes Jahrhundert, bevor ihr Mann erfolglos die Einnahme von Carlisle Castle plante, hatte der Vater der jungen Brigid ein ähnliches Verbrechen begangen, sein Schicksal an das eines französischen Piraten geknüpft, dem es zumindest zeitweise gelungen war, die Festung von Carrickfergus zu erobern. Das Vermögen von Verrätern, so viel wusste Julia, fiel an die Krone – die es offenbar zugelassen hatte, dass das Haus verfiel. Sie fragte sich, ob ein ähnliches Schicksal auf Robert Hetheringtons Eigentum im Lake District wartete. Es schien, dass er, da er es nicht wagen konnte, so bald nach seiner Flucht auf sein Anwesen zurückzukehren, sich stattdessen in dem verlassenen Haus seines längst verstorbenen Schwiegervaters niedergelassen hatte.

Auf jeden Fall schien es, als würden ihre Fragen gleich beantwortet werden. Der Kutscher – Bohannan, wie Flynn ihn genannt hatte – parierte die Kutsche vor der großen zweiflügligen Tür durch und einen Augenblick später wurde der Schlag der Kutsche aufgerissen.

„Wir sind da", verkündete Bohannan unnötigerweise, bevor er zurücktrat, um ihnen Platz zum Aussteigen zu geben.

Flynn rutschte vom Sitz, zog den Kopf ein und sprang aus der Kutsche, dann klappte er die Stufen aus. „Mrs. Pickett", sagte er und streckte seine Hand aus, um ihr beim Aussteigen zu helfen.

„Ich werde hier bleiben, danke", sagte sie mit einem Selbstbewusstsein, das sie keineswegs empfand.

Sein Gesicht wurde dunkel vor Wut. „Ihr kommt mit nach drinnen, und wenn ich Euch wie einen Mehlsack über die Schulter werfen und eigenhändig hineintragen muss."

Seinem Gesichtsausdruck ließ keinen Zweifel daran, dass er seine Drohung wahr machen würde. Sie schaute an ihm vorbei zu dem unheimlichen Gebäude und beschloss, dass sie, was auch immer in diesen verfallenden Mauern auf sie warten sollte, mit so viel Würde ertragen würde, wie sie aufbringen konnte; schließlich war ihre Würde alles, was ihr an diesem Punkt noch geblieben war. Ohne weiteren Widerspruch nahm sie die ausgestreckte Hand und stieg aus der Kutsche mit aller Anmut und Eleganz, die ihre leidgeprüfte Gouvernante ihr eingebläut hatte.

„Eine sehr kluge Entscheidung, Mrs. Pickett", sagte Flynn und zog ihre Hand durch seinen Arm.

Sie hatte nicht vorgehabt, seine Stütze weiter anzunehmen, nachdem ihr Fuß zum ersten Mal den Boden berührte. Sie war überrascht und ein wenig bestürzt, als sie entdeckte, dass sein Arm unter ihren Fingern zitterte; offensichtlich war ihr Entführer genauso nervös wie sie. Dieser Gedanke war nicht beruhigend. Wenn er, der Hand in Hand mit Mr. Hetherington arbeitete, Angst vor dem Mann hatte, welche Hoffnung hatte sie dann?

Sie befürchtete sehr, dass sie es gleich herausfinden würde. Bohannan war vor ihnen die Treppe zum Portikus hinaufgegangen und riss die Tür auf, als sie sich näherten. Zumindest vermutete sie, dass dies seine Absicht war. Aber die Scharniere waren vor Nichtgebrauch rostig, und ihr Kutscher musste den verzierten Griff mit beiden Händen packen und mit aller Kraft daran ziehen, bevor die schwere Holztür aufging und dabei aus Protest gegen die Eindringlinge stöhnte.

Die drei traten ein und trotz der vernachlässigten Hecken, die das Sonnenlicht nicht hereinließen, konnte Julia erkennen, dass sie in einer Halle standen mit einem marmorgefliesten Boden aus abwechselnd weißen und schwarzen Fliesen, wie ein übergroßes Schachbrett. *Schach oder Schachmatt?*, fragte sie sich, während sie blinzelte, um ihre Augen an die Düsternis zu gewöhnen.

„Ich gehe davon aus, dass Er oben wartet", vermutete Bohannan und Julia konnte nicht umhin zu bemerken, dass Flynn, obwohl er zustimmte, dass dies wahrscheinlich wäre, ebenso wenig wie der andere Mann begierig darauf schien, die Treppe hinaufzusteigen.

Wenn es etwas gab, das die Ehe mit dem verstorbenen Lord Fieldhurst sie gelehrt hatte, dann, der Welt ein tapferes Gesicht zu zeigen, auch wenn alles um sie herum in Trümmer fiel. Bei dieser vor langer Zeit gelernten Lektion suchte sie jetzt Halt. „Mit ‚ER' meint Ihr wohl Mr. Hetherington", sagte sie lebhaft und fand ein perverses Vergnügen darin, weniger Furcht zu zeigen als ihre beiden Entführer. Aber schließlich, vermutete sie, hatte sie weniger zu verlieren als die beiden. Was immer sie sagte oder tat, am Ende würde es für sie vermutlich auf das Gleiche hinauslaufen; die zwei Männer andererseits mussten immer noch nach der Pfeife eines Verrückten tanzen. „Wenn er uns erwartet, schlage ich vor, dass wir ihn nicht warten lassen."

Sie marschierte quer durch das Foyer zum Fuß der Treppe und legte eine Hand auf das Geländer. „Iih!" Mit der besten Imitation der Art und Weise ihrer Mutter ließ sie das Geländer wieder los und musterte mit Abscheu ihre schmutzige Hand. „Muss geputzt werden", erklärte sie, raffte dann ihre Röcke und stieg die Treppe hinauf.

„Flynn?", brüllte eine Stimme, als sie den Boden oben erreichte. „Bohannan? Seid Ihr das?"

„Nein", rief sie. „Hier ist Mrs. Pickett. Ich vermute, Eure Lakaien werden gleich nachkommen."

Sie war im Sprechen dem Klang der vertrauten Stimme den Gang hinab gefolgt, und stand nun in der Tür des Raumes, aus dem diese Stimme gekommen war. Hier erlitt ihr sorgfältig vorgetäuschtes Selbstbewusstsein einen Rückschlag. Der Mann, der in einem verblassten Ohrensessel vor dem Kamin saß, war derselbe Mann, mit dem sie im Lake District diniert hatte, doch er schien in den wenigen Wochen, seit sie ihn zuletzt gesehen hatte, um zehn Jahre gealtert zu sein. Sein Haar war weißer als in ihrer Erinnerung und ungekämmte Strähnen standen in alle Richtungen von seinem Kopf ab. Sein Gesicht schien herabgesackt zu sein, als ob es aus Wachs gestaltet und dann dem Feuer zu nahe gekommen wäre.

„Mr. Hetherington", sagte sie und achtete darauf, dass sich in ihrer Stimme kein Hauch von Abscheu zeigt. „Wie nett, Euch wiederzusehen."

Es war natürlich eine Lüge; sie wäre durchaus glücklich gewesen, hätte sie den Rest ihres Lebens verbringen können, ohne ihn je wiederzusehen. In der Tat hätte sie das weitaus vorgezogen, sowohl um ihres Mannes als auch um ihrer selbst willen. Doch hier war er und hier war sie – wenn auch gegen ihren Willen – also blieb ihr nichts anderes übrig, als zu versuchen, den Mann so lange wie möglich ruhig zu halten.

„Es ist auch eine Freude, Euch zu sehen, meine Liebe", sagte er und winkte ihr, näher zu treten. „Jedoch, so charmant Eure Gesellschaft sein mag, ich muss gestehen, dass meine Freude darüber verblasst im Vergleich zu der Dringlichkeit, mit der ich die Ankunft Eures Mannes erwarte."

„Ach, tatsächlich?" Julia setzte sich auf das Sofa, auf das er gezeigt hatte und versuchte, nicht zu niesen, als dabei eine Staubwolke aus seinen Polstern aufstieg. „Dann schmerzt es mich, Euch sagen zu müssen, dass er uns keine Gesellschaft leisten wird."

„‚Nicht', sagt Ihr?" Er musterte sie mit einiger Bestürzung und einen Augenblick fragte sie sich, ob sie einen taktischen Fehler beginge, indem sie ihn provozierte.

„Ich fürchte, so ist es. Er ist zu einer Ermittlung unterwegs, seht Ihr." Sie machte eine Pause, um größere Wirkung zu erzielen, und fügte dann hinzu: „In Dunbury."

„Ach so!" Seine Stirn glättete sich sofort. „Dann jagt er

einem Phantom nach. Denn, seht Ihr, ich war es, der ihn nach Dunbury geschickt hat."

Ja, offensichtlich ein Schachspiel, dachte sie und erinnerte sich an die weißen und schwarzen Marmorquadrate im Foyer unten. Doch jetzt war sie am Zug, und sie führte ihn aus. „Das sagte Mr. Flynn bereits, doch ich muss gestehen, dass ich nicht begreife, warum Ihr ihn, wenn Ihr ihn hier sehen wollt, dreihundert Meilen in die entgegengesetzte Richtung zu einem vorgetäuschten Auftrag geschickt habt."

„Ich brauchte Euch ungeschützt", erklärte er. Er schaute an ihr vorbei in die Richtung zu der Tür, durch die sie gekommen war, und sie wusste ohne hinzuschauen, dass Flynn und Bohannan sich ihnen angeschlossen hatten. „Meine Lakaien, wie Ihr sie nennt, waren zu allem bereit, doch ich befürchtete, dass selbst ihre größten Anstrengungen es nicht mit einem entschlossenen, frisch verheirateten Ehemann hätten aufnehmen können – noch dazu einem, der die Autorität der Bow Street zur Unterstützung hat. Doch da wir von Mssrs. Flynn und Bohannan sprechen, ich hoffe, sie haben Euch gut behandelt? Ich wäre andernfalls sehr ungehalten." Das letzte wurde in einem bedrohlicheren Ton gesagt, an einen Punkt hinter ihrer Schulter gerichtet.

Die Unterstellung, dass man auf eine Art und Weise entführt werden könnte, die man akzeptabel fände, war empörend genug, dass es Julia dazu brachte, schärfer zu reagieren, als vielleicht klug war. „Wenn ich davon absehe, dass sie mich auf den Kopf geschlagen und mit Gewalt aus meinem Heim gerissen haben – etwas, wofür ich absolut kein Verständnis habe – hatte ich keinen Grund, mich zu beklagen.“

„Das haben sie getan?“ Robert Hetherington funkelte die Männer hinter ihr böse an. „Welcher von ihnen hat diese schreckliche Tat begangen?“

„Es war Mr. Flynn“, sagte sie und fühlte sich seltsamerweise dabei wie eine Verräterin. „Und dennoch, ich vermute, dass seine Behandlung neben Euren eigenen Plänen verblassen wird.“

„Nun, ja“, gestand Hetherington reuelos. „Doch meine Befehle lauteten, dass sie Euch nichts antun sollten, was den jungen Mr. Pickett dazu bringen könnte, sich angeekelt von Euch abzuwenden – kein ‚Schicksal, schlimmer als der Tod‘, wenn ich so unverblümt sprechen darf. Und Euer Ehemann sollte auch nicht den Trost haben zu glauben, dass Ihr von jedem irdischen Leid erlöst worden wäret. Nein, er soll den ganzen Schmerz erleben, eine geliebte Frau vor seinen Augen getötet zu sehen.“

Er sprach, als wäre dies der vernünftigste Plan der Welt und sie fand sein rationales Auftreten weit beängstigender, als wahnsinniges Toben gewesen wäre.

„Warum hasst Ihr ihn so?“ Ihre eigene Stimme war nicht mehr als ein Flüstern.

„Warum?“ Er schien wirklich überrascht von dieser Frage. „Weil er mir genau das angetan hat.“

„Mr. Hetherington, ich bedauere den Verlust Eurer Frau wirklich sehr. Ich mochte sie sehr gern und wünschte, ich hätte sie besser kennenlernen können. Aber Ihr wisst doch sicher, dass ihr Tod ein Unfall war.“

„Wenn das so ist – eine Vermutung, die Ihr mir zu

bezweifeln erlauben wollt – dann war es ein Unfall, für den er verantwortlich war."

Sie erkannte, dass nichts, was sie sagen könnte, ihn von seinem Standpunkt abbringen würde, daher versuchte sie es auf andere Weise. „Aber ist es gerecht, einen unschuldigen Menschen für Handlungen leiden zu lassen, an denen er oder sie nicht beteiligt war?"

„Nein, natürlich nicht." Hetherington räumte den Punkt bereitwillig ein. „Und doch erlitt meine Frau, damals nur ein Kind, unsägliche Grausamkeiten als Vergeltung für die Taten ihres Vaters. Eine Frau kann ihren Mann wählen, aber kein Kind kann seinen Vater wählen. Ihr habt Euch Euren Mann ausgesucht, Mrs. Pickett, daher ist Euer Schicksal mit seinem verbunden."

Sie hatte sich geirrt; dies war kein Schachspiel, sondern eine Whist-Partie – und ihre einzige Chance zu gewinnen, lag darin, ihre Trumpfkarte auszuspielen. Sie holte tief Luft und legte sie sozusagen auf den Tisch. „Ich habe mich in der Tat für Mr. Pickett entschieden, und ich würde es wieder tun. Ich weiß nicht, ob Eure Frau es Euch gesagt hat oder nicht, aber Mr. Pickett und ich erwarten im Dezember unser erstes Kind." Sie gab ihm einen Moment, um über die Bedeutung dieser Aussage nachzudenken, und fügte sanft hinzu: „Wie Ihr selbst gesagt habt, kann kein Kind sich seinen Vater aussuchen."

Einen langen Moment starrte er sie in verblüfftem Schweigen an. Dann legte sich ein breites Grinsen über sein verwüstetes Gesicht. „Wie, nein, Brigid hat mir nichts davon gesagt. Aber das – das ist *großartig*!"

„Ja, es ist wunderbar", sagte Julia mit aller ihr zur

Verfügung stehenden Aufrichtigkeit. In der Tat hätte sie sich nicht träumen lassen, dass es so leicht sein würde. „Danke, Sir. Ich wusste, Ihr könntet nicht …"

„Jetzt wird er nicht nur um seine Frau trauern müssen, sondern auch um sein Kind!"

Das Entzücken in seiner Stimme bei dieser Aussicht ließ ihr Blut in den Adern gefrieren. „Aber …"

„Viermal" – er legte den Daumen an und hielt ihr die restlichen vier Finger ins Gesicht – „viermal hat meine Brigid ein Kind verloren, dank der inneren Verletzungen, die sie durch die Hände von Engländern wie Eurem Mann erlitten hatte! Ich bedaure nur, dass ich lediglich eines von seinen töten kann!"

„Mr. Hetherington, keine Frau sollte durchmachen müssen, was Eure Frau erduldet hat, aber mein Mann war damals noch nicht einmal geboren! Das müsst Ihr doch einsehen!"

Sie hatte diese Worte noch nicht ausgesprochen, als sie erkannte, dass sie völlig umsonst waren; er war jenseits jeglicher Vernunft oder rationalen Denkens. Hilfe kam jedoch überraschend von der letzten Seite, von der sie sie erwartet hätte.

„Oh nein, dabei mache ich nicht mit." Julia drehte sich um und erkannte, dass es Bohannan war, der gesprochen hatte, der Kutscher, den sie während der langen Reise von London nur einmal hatte sprechen hören. „Ich weiß, Mr. H., Ihr habt versprochen, uns zu helfen, und denkt nicht, dass ich dafür nicht dankbar bin. Aber mir scheint, wenn Irland schwangere Frauen ermorden muss, um seine Freiheit zu gewinnen, dann verdienen wir es vielleicht nicht, frei zu sein."

Julia hielt den Atem an, als Hetheringtons Aufmerksamkeit sich von ihr ab und dem Mann in ihrem Rücken
zuwandte. „Als Ihr Euch im Gefängnis von Carlisle an mich
gewendet habt, sangt ihr noch ein ganz anderes Lied", sagte
er. „Trotzdem möchte ich Euch nicht zu etwas zwingen, was
Ihr moralisch anstößig findet. Wenn Ihr gehen wollt, könnt Ihr
das jederzeit tun."

„Glaubt nicht, ich würde das nicht tun", antwortete
Bohannan, wandte sich ab und ging auf die Tür zu.

Er hatte noch kaum zwei Schritte gemacht, als
Hetherington eine Pistole zog und ihn direkt in den Rücken
schoss. Julia konnte nur entsetzt starren, zuerst auf den Mann
mit der noch rauchenden Waffe in der Hand, dann auf den
Haufen von Fleisch, Blut und Knochen, der noch Augenblicke
zuvor ein lebendes, menschliches Wesen gewesen war.

Eines war klar. Robert Hetherington hatte völlig den
Verstand verloren, soweit er noch welchen gehabt hatte, und
obwohl sie den Grund für seinen Fall in den Wahnsinn
verstand, durfte sie doch nicht den Fehler begehen, ihn zu
bemitleiden.

Nicht, wenn sie hoffen wollte, zu überleben.

15

In dem John Pickett in Dublin ermittelt

Pickett stand mit seinen Begleitern an der Ecke des Montjoy Square und musterte das unvollständige Viereck, an
dem vor fast zwanzig Jahren mit Bauarbeiten begonnen
worden war. Irgendwann, vermutete er, würde der Platz
vollständig von schönen Backsteinresidenzen umsäumt sein,
die überall an seinem Rand aufwuchsen, jede mit vier
Stockwerken und einem breiten, fächerförmigen Fenster über
der Tür; vorläufig zumindest bedeutete der unvollendete
Zustand, dass es weniger Häuser gab, in denen sie nach Mr.
James Sullivan würden suchen müssen.

„Lasst uns jeder eine Seite übernehmen", sagte er. „Ich
nehme den Süden." Es war die erste Seite, auf der mit dem
Bauen begonnen worden war und daher der Fertigstellung am
nächsten.

Die Nord- und die Westseite gingen an Carson und
Jamie; sein Schwager hatte keine Erfahrung in Ermittlungen,
aber Jamie ließ sich nichts vormachen, und Pickett vertraute

darauf, dass er wissen würde, was zu tun war, ohne lange Erklärungen zu erhalten. Dann blieb für Thomas nur die Ostseite des Platzes, um dort nachzufragen, wo erst ein paar Häuser bisher gebaut worden waren.

„Ich?", fragte sein Kammerdiener, dessen Stimmung sich aufhellte, weil er aktiv an den Ermittlungen teilhaben durfte. „Ich soll eine Straße ganz allein übernehmen?"

„Das wird uns Zeit sparen", erklärte Pickett. „Vier Straßen; vier Männer. Die Häuser sind noch im Bau, manche davon könnten leer stehen. Wenn jemand die Tür öffnet, frage, ob sie wissen, wo du einen Mr. James Sullivan finden kannst. Erwähne nicht, dass er in ein Verbrechen verwickelt sein könnte. Deute überhaupt nicht an, dass irgendetwas Unerfreuliches vor sich geht."

„Ich habe vier Jahre im Dienst seiner verstorbenen Lordschaft verbracht", antwortete Thomas ziemlich würdevoll. „Er pflegte mich Nachrichten ins Außenministerium bringen zu lassen. Ich weiß, wie man diskret ist, Sir."

Pickett schlug ihm auf die Schulter. „Guter Mann!"

„Aber seht mal", widersprach Carson, „wäre es nicht besser, ihnen gleich reinen Wein einzuschenken? Mir scheint, dass Zeit von entscheidender Bedeutung ist, und wer weiß, was …"

„Daran müsst Ihr mich nicht erinnern, Harry", unterbrach Pickett ihn. „Glaubt mir, ich bin mir dessen wohl bewusst. Aber wir fragen hier nach einem Nachbarn, vielleicht nach einem Freund. Bestenfalls machen sie den Mund zu und weigern sich überhaupt, mit uns zu reden; schlimmstenfalls könnten sie uns mit falschen Informationen von der Spur abbringen."

„Ja, aber wenn man eine mögliche Belohnung für Beweise erwähnt …"

Pickett seufzte. Er vermutete, dass er zu seiner Zeit bei der Fußpatrouille von einer ähnlichen Annahme ausgegangen wäre, aber das war vorbei. „Schaut Euch um", sagte er zu Carson und machte eine ausholende Bewegung mit seinem Arm, die den ganzen Platz und die stattlichen Residenzen an seinem Rand umfasste. „Sieht das aus, als ob diese Leute hier Geld bräuchten?"

„Ich schätze, da habt Ihr recht", sagte Carson und räumte diesen Punkt zögernd ein.

„Was sage ich, wenn er dort wohnt oder wenn sie mir sagen, welches Haus ihm gehört?", fragte Thomas voller Eifer, weil er einen Bow Street Läufer spielen durfte, zumindest für eine Weile.

„In diesem Fall entschuldige dich für einen Moment, damit du deine Begleiter holen kannst", sagte Pickett zu ihm. „Wir treffen uns an der Sonnenuhr, oder?" Er deutete in Richtung einer Granitstruktur in der Mitte des Platzes.

Die vier Männer stimmten zu und trennten sich dann, um ihre jeweilige Aufgabe zu erfüllen. Pickett schritt über den Platz zum ersten Haus am Ende des Blocks, trat dann auf den Portikus und klopfte an. Es wurde einen Moment später von einem Butler geöffnet, der so steif aussah wie jeder, den man in Mayfair hätte finden können.

„Das Haus von Mr. Sullivan?", fragte Pickett. „Mr. James Sullivan?"

Er hatte nicht wirklich erwartet, bei seinem ersten

Versuch Glück zu haben, und war daher nicht enttäuscht, als der Butler ihm mitteilte, dass niemand dieses Namens dort wohnte.

„Ich verstehe. Könnt Ihr mir sagen, in welchem dieser Häuser" – er hob einen Arm zu einer Bewegung, die den ganzen Platz umfasste – „ich ihn finden könnte?"

„Nein, Sir, ich fürchte, das kann ich nicht. Wenn Ihr warten wollt, könnte ich jedoch Mr. Walsh fragen."

„Danke", sagte Pickett und war aufrichtig dankbar für eine Höflichkeit, mit der er nicht gerechnet hatte. „Ich wäre Euch sehr verbunden."

Der Butler erlaubte ihm auch einzutreten – mehr unerwartete Rücksicht – und Pickett wartete im Foyer, während der Mann sich auf die Suche nach seinem Herrn machte. Eine Minute später kehrte er zurück, allerdings mit enttäuschenden Nachrichten.

„Mr. Walsh bedauert, doch er sagt, ihm fällt keine solche Person ein und ganz sicher kein Anwohner dieses Platzes, der so heißt. Jedoch gibt es einen Mr. James Donovan in Mountjoy West, wenn Ihr Euch vielleicht im Namen geirrt habt?"

Pickett schüttelte den Kopf. „Nein, ich fürchte, es kann keinen Irrtum geben. Ich danke Euch, dass Ihr Euch die Mühe gemacht habt und bitte, richtet Mr. Walsh meinen Dank aus."

Dies war leider nur die erste von vielen solchen Enttäuschungen. Bis er am Ende der Südseite des Montjoy Squares angekommen war – insgesamt neunzehn Häuser – hatte er nicht einen Menschen gefunden, der je von Mr. James Sullivan gehört hatte, geschweige denn wusste, wessen Haus es sein könnte. In der Tat bildete sich in Picketts Kopf ein nagender Verdacht – ein Verdacht, der sich anscheinend bestätigte, als die kleine Gruppe sich an der Sonnenuhr auf dem Rasen traf.

„Kein Glück, Sir", berichtete Thomas. Da auf seiner Straßenseite weniger Häuser standen, war er der erste gewesen, der seinen Auftrag erledigt hatte und dann auf die drei anderen gewartet, während sein Gefühl der Hoffnung, dass diese mehr Glück gehabt haben könnten, sich mit der Enttäuschung mischte, dass nicht er es war, der die gesuchte Information ausfindig gemacht hatte. „Nicht nur lebt Mr. Sullivan nicht in einem der Häuser auf der Ostseite, aber es scheint auch niemand je von ihm gehört zu haben."

„Das gleiche hier", warf Carson ein, während Jamie nur nickte.

Pickett seufzte resigniert. „Ein falscher Name also. Das hatte ich befürchtet."

Wurde Julia irgendwo hier hinter einer dieser eleganten Backsteinfassaden gefangen gehalten, oder hatte man sie an einen ganz anderen Ort gebracht? Und wenn ja, wohin? Wie die Dinge jetzt standen, hatte er keine Ahnung, wohin er gehen oder was er als Nächstes tun sollte. Er erinnerte sich wieder an den Brief, den er aus der Tasche eines Sterbenden gezogen hatte, auf dem gefalteten und gesiegelten Papier hatte Name und Anschrift des Mannes gestanden, den sie jetzt suchten – einen Mann, der, wie es jetzt schien, nicht existierte und vermutlich nie existiert hatte. Wenn er sich nur an die Hausnummer erinnern konnte, würde er an die Tür klopfen und Antworten von dem verlangen, der sie öffnete, unabhängig von dem Namen, den sie angaben. Doch ohne selbst diesen groben Plan, was nun? Erneut überkam ihn dieses Gefühl absoluter Hilflosigkeit.

„Wenn jemand eine Idee hat", wandte er sich an seine drei Begleiter, „würde ich sie sehr gern hören."

Das darauffolgende Schweigen war vielsagend.

Schließlich meldete sich Carson zu Wort. „Ich denke immer wieder an diesen Finger."

Pickett schloss die Augen, als wollte er das Bild vertreiben. „Ich versuche, das nicht zu tun."

„Nein, hört erst mal zu. Wenn jemand eine Leiche ausgegraben und verstümmelt hätte, meint Ihr nicht, jemand wüsste davon? Ich meine, selbst, wenn sie es geschafft haben, die Leiche bis zum Morgen wieder zu vergraben, hätte doch jeder sehen können, dass die Erde bewegt wurde."

„Sehr wahrscheinlich", stimmte Pickett übertrieben geduldig zu. „Aber das wurde möglicherweise, sogar wahrscheinlich, irgendwo anders als in Wales gemacht."

„Ja, aber versteht Ihr denn nicht?", beharrte Carson. „Wenn jemand herumginge und Gräber entweihte – oder auch nur ein Grab – wäre das nicht wichtig genug, dass darüber geredet würde – oder, sagen wir, dass es in einer Zeitung erwähnt würde?"

Pickett öffnete die Augen und betrachtete seinen Kollegen mit wachsendem Respekt. „Harry, ich denke, da könntet Ihr auf etwas gestoßen sein."

„Ihr müsst nicht so überrascht klingen", erwiderte Carson beleidigt. „Ihr seid nicht der Einzige, der etwas von Ermittlungen versteht."

* * *

Bürger von Dublin, die sich über die Ereignisse in der ganzen Welt auf dem Laufenden halten wollten, konnten unter mehreren Publikationen wählen – mehr als dreißig, in der Tat – um nach Informationen zu suchen. John Pickett, der mehr Grund hatte als die meisten, um sich über kürzlich stattgefundene Ereignisse zu informieren, war entschlossen, sie alle durchzusehen, wenn es nötig wäre, um zu finden, was er suchte. Das *Freeman's Journal*, wie der Name schon sagte, nahm besonderen Anteil an der Frage der irischen Unabhängigkeit; wenn ein Fall von Grabraub zufällig damit verbunden sein sollte, wie entfernt auch immer, um diese Sache zu fördern, war es wahrscheinlich, dass dieser Vorfall wenig Aufmerksamkeit erhalten, er vielleicht sogar ignoriert werden würde, statt das Risiko einzugehen, die Befürworter dieser Frage in einem negativen Licht erscheinen zu lassen. Die *Dublin Gazette* andererseits war die einheimische Ausgabe der englischen *London Gazette* und würde sicher die Ansichten ihres englischen Gegenstücks wiedergeben. Eine kleinere, wöchentliche Zeitung widmete sich den Interessen der Katholiken, eine andere denen der Protestanten; beide von diesen hätten sich durch die Entweihung eines Grabes und die Zerstückelung einer Leiche ausreichend verletzt fühlen können, dass sie über eine solche Tat berichten würden, ganz gleich, wo sie stattgefunden hatte und wer dafür verant- wortlich sein mochte. Schließlich gab es noch eine Reihe von Blättern, die sich insbesondere mit Handel, Produktion oder Landwirtschaft befassten. Diese, beschloss Pickett, könnten sie ignorieren, bis alle anderen Versuche vergeblich unternommen worden waren.

Nachdem er das Feld auf die vier vielversprechendsten Möglichkeiten eingeengt hatte, beauftragte er jeweils einen Mann, sich einer davon zu widmen. Er selbst würde die *Dublin Gazette* übernehmen, während Carson das *Freeman's Journal* besuchen und Jamie die protestantische Zeitung durchschauen sollte. Dies ließ die katholische Variante – die kleinste und daher die einfachste der vier, wenn man sie von der ersten bis zur letzten Seite durchlesen musste – für Thomas.

„Wie weit zurück soll ich suchen, Sir?", fragte dieser junge Mann, entschlossen, diese Arbeit gründlich auszuführen.

„Nicht sehr weit", versicherte Pickett ihm, ohne zu ahnen, dass dies genau das war, was sein Kammerdiener am wenigsten hören wollte. „Dieses Blatt erscheint wöchentlich, nicht täglich, daher sollten die beiden letzten Ausgaben – höchsten die drei letzten – ausreichen. Achte nur darauf, dass du dir die Zeit nimmst, sie gründlich durchzulesen."

„Die – die ganze Zeitung, Sir?", protestierte Thomas schwach und versuchte, die Geschichten über Gefahren und Tapferkeit, die Mr. Carson erzählt hatte, mit der Aussicht, Stunden über gedruckte Seiten gebeugt zu verbringen, in Einklang zu bringen. „Die Überschriften allein …"

„Das ganze Blatt", wiederholte Pickett fest. „Vielleicht wird es in den Schlagzeilen nicht erwähnt. Vielleicht gibt es nicht mehr als eine Erwähnung – vergraben in einem anderen Artikel über, sagen wir, Gräueltaten, die von Protestanten gegen Katholiken verübt wurden, oder der Katholiken gegen ähnliche Vorwürfe von Protestanten in Schutz nimmt, oder ein Artikel über allgemeine Gesetzlosigkeit."

„Ja, Sir", sagte Thomas mit einem deutlichen Mangel an Begeisterung.

„Ich weiß, es klingt langweilig", sagte Pickett, nicht ohne Mitgefühl. „Es *ist* langweilig. Es ist, wie ich dir bereits sagte: Neun Teile jeder Untersuchung sind langweilig, egal was Carson Gegenteiliges sagt. Und im Moment ist dieser Hinweis unsere beste Hoffnung, um herauszufinden, wohin Ju – Mrs. Pickett vielleicht gebracht wurde, also werde ich ihm folgen, bis er mich zu ihr führt. Oder nichts ergibt oder mich in eine andere Richtung schickt. Was immer zuerst eintritt."

„Ja, Sir", sagte Thomas erneut, diesmal energischer.

Die vier Männer trennten sich, und nachdem sie sich nach dem Standort der Zeitungsbüros erkundigt hatten, machte sich Pickett auf den Weg zur Druckerei des Zollhauses in der Crane Lane, einer engen Durchgangsstraße in der Nähe der Dame Street, und fragte, ob er einen Blick ins Archiv werfen dürfte.

„Sucht Ihr nach etwas Bestimmten?", fragte der Angestellte, der ihn die Treppe hinab und in einen dunklen, höhlenartigen Kellerraum führte, wo die früheren Ausgaben der Zeitung aufbewahrt wurden.

„Ich habe mich gefragt, ob Ihr – der Herausgeber, meine ich – in letzter Zeit eine Geschichte über Grabschändung veröffentlicht habt."

„Durch die Anatomiestudenten, meint Ihr?"

„Eigentlich nicht", sagte Pickett. „Ich glaube nicht, dass diese Grabräuber daran interessiert waren, die medizinischen

Berufsstände mit Leichen zu versorgen, sondern eher, dass sie eine Leiche – die einer Frau – für ihre eigenen Zwecke suchten."

„Au backe!", hauchte der Angestellt mit weit aufgerissenen Augen.

„Nein, nicht so etwas", warf Pickett rasch ein, da er erkannte, dass der Mann sich Bilder von abstrusen orgiastischen Riten vorstellte, zweifellos um einen Scheiterhaufen unter Vollmond. „Eher so etwas wie ein – ein schlechter Streich."

„Das wäre aber ein Streich!"

„Genau. Erinnert Ihr Euch, ob die Zeitung einen Artikel über so etwas gedruckt hat?"

Der Angestellte schüttelte den Kopf. „Nein, Sir, Ich fürchte, nicht. Und wenn es Euch nichts ausmacht, dass ich das sage, mir scheint, das wäre nichts, was ich so einfach vergessen würde!"

„Das bezweifle ich nicht. Doch wenn Ihr nichts dagegen hättet, würde ich doch gern selbst die Zeitungen durchsehen, nur, um sicherzugehen."

Zu seiner großen Erleichterung zeigte der Angestellte sich über diesen offenen Mangel an Vertrauen in sein Gedächtnis nicht gekränkt, sondern zündete nur eine Lampe an einem Tisch an und gab Pickett einen groben Überblick darüber, welche der willkürlich an den Wänden aufgestapelten Kisten zu welchen Daten gehörten. Pickett dankte ihm in einer Art und Weise, die, wie er hoffte, ihm auch als Zeichen diente, dass er sich entfernen könnte; er hatte keine Lust, seine Suche durchzuführen, während er gleichzeitig

Fragen eines Mannes beantworten musste, der erkennbar gierig auf die Details dieses vandalistischen Tuns war, das Pickett an seine Tür gebracht hatte.

Die *Dublin Gazette* war seit mehr als einem Jahrhundert in Druck und ihr Archiv war dementsprechend riesig. Pickett, der die Stapel von Kisten und Schachteln musterte, war froh, dass er nicht weiter als die letzten paar Wochen würde zurückgehen müssen; selbst diese abgekürzte Suche würde vermutlich den ganzen Tag in Anspruch nehmen, vielleicht sogar mehr. Und in dieser Zeit war Julia – wo? Und hatte was zu erdulden? Die falschen Annahmen des Angestellten waren fast erheiternd gewesen, auf ihre Art, doch sie hatten Befürchtungen bei Pickett wieder belebt, die er mit wechselndem Erfolg seit dem Moment, als er von ihrer Entführung erfuhr, zu unterdrücken versucht hatte.

Jedoch hatte er darauf bestanden, dass Thomas jede Ausgabe genau durchlesen sollte, ohne Rücksicht auf die Zeit, die eine solche Suche erfordern würde, und er weigerte sich, weniger von sich zu verlangen als von seinem Kammerdiener. Mit einem tiefen Seufzer zog er die Kiste, die die neuesten Ausgaben der Zeitung enthielt, zum Tisch, zog sich einen Schemel heran und begann zu lesen.

Es stellte sich bald heraus, dass die *Dublin Gazette* wenig mehr war als ein Sprachrohr für sein englisches Gegenstück. Das Motto war „Veröffentlich von amtlichen Stellen", und es wurde klar, dass diese Stellen hier die englische Regierung meinten. Viele, wenn nicht die meisten der Artikel, waren ein paar Tage zuvor in der *London Gazette* erschienen und die wenigen, die original waren, schienen dazu gedacht, mehr oder weniger subtil den untergeordneten Status der irischen Leser zu betonen. Pickett griff nach einer weiteren Ausgabe und bezweifelte sehr, dass entweihte Gräber überhaupt erwähnt würden, es sei denn, der Vorfall würde als Beweis für die Unfähigkeit der Iren dargestellt, sich selbst zu regieren.

Und gerade als er bereit war, die Suche in der *Dublin Gazette* als verlorene Mühe aufzugeben, entdeckte er, wonach er suchte. Es war kein langer Artikel; tatsächlich handelte es sich überhaupt nicht um einen Artikel, sondern um einen Brief an den Herausgeber im Sinne von „junge Leute in diesen Tagen", in dem der Verfasser mehrere Beschwerden auflistete, angefangen mit gängigen Formen des Vandalismus bis hin zu schockierenden Gräueltaten – darunter als Beispiel für Letzteres die kurze Erwähnung einer illegalen Exhumierung im Schutz der Dunkelheit und zu keinem anderen Zweck als der Entstellung der irdischen Überreste einer unglücklichen jungen Frau. Der Brief war angeblich von einem Gerald Reilly geschrieben, wohnhaft in einem Ort namens Summerhill im County Meath.

Es war nicht viel als Anhaltspunkt – es hätte sogar von einer anderen Entstellung einer völlig anderen jungen Frau handeln können – doch im Moment war es alles, was er hatte. Pickett warf einen Blick durch den Raum, um sicherzugehen, dass er allein im Raum war, zog dann ein Taschenmesser aus der Tasche seines Mantels und schnitt den Brief vorsichtig aus der größeren Seite heraus. Er faltete den Brief in der Mitte, faltete ihn dann noch einmal und steckte ihn zusammen mit dem Messer in seine Tasche. Nachdem er den Zeitungsstapel in die Kiste gelegt und die Kiste in das richtige Regal zurückgebracht hatte, stieg er die Treppe hinauf, dankte dem Angestellten für seine Hilfe und versicherte ihm, dass er glaubte, gefunden zu haben, was er gesucht hatte.

Dann traf er sich mit seinen drei Reisebegleitern an ihrem festgelegten Treffpunkt und teilte ihnen mit, dass sie im Morgengrauen ins County Meath aufbrechen würden.

16

In dem Julia Informationen sammelt und abwartet

Als sie Summerhill erreichten, erwies es sich als ein bescheidenes Dorf, das sich nur durch die beiden in der Nachbarschaft stehenden Herrenhäuser auszeichnete: Summerhill House, das gewaltige Gebäude im palladianischen Stil des vorigen Jahrhunderts, das auf dem Gipfel eines Hügels über dem Dorf thronte; und, einige Meilen weiter im Norden, Dangan House, das Elternhaus von Sir Arthur Wellesley, der vor Kurzem zum Befehlshaber der englischen Truppen in Portugal ernannt worden war und von dem man, wenn man Jamie glauben durfte, noch großes erwarten durfte.

Im Gegensatz dazu war das Haus, das Pickett aufsuchte, ein bescheidenes Heim, eines einer Reihe aneinander gebauter Häuser, die die Straße gegenüber der Kirche säumten. Ein Flecken bloßer Erde im Kirchhof ließ auf ein kürzliches Begräbnis – oder vielleicht ein erneutes Begräbnis – schließen. *Kein Wunder, dass er sich so für eine ausgegrabene Leiche interessierte,* dachte Pickett, als er den kurzen

Weg zur Tür des Cottages entlang ging. *Die Exhumierung hatte praktisch direkt vor seiner Tür stattgefunden.*

Er war diesmal allein, da er seine Gefährten zu Recht darauf hingewiesen hatte, dass der Anblick von nicht weniger als vier Engländern, die auf der Türschwelle standen, einen Iren wohl kaum zu Redseligkeit veranlassen würde. Und daher hatte er, nachdem er sich in einem Wirtshaus erkundigt hatte, wo Mr. Gerald Reilly zu finden wäre, Jamie, Carson und Thomas dort gelassen, um sich nach der Reise an den Früchten des Kellers des Gasthauses zu erfrischen, während er dem Autor des Leserbriefs an die *Dublin Gazette* einen Besuch abstattete.

„Mr. Reilly?", fragte er, als die Tür von einem älteren Mann mit dicken weißen Haaren und blauen Augen unter buschigen weißen Augenbrauen geöffnet wurde. Tatsächlich hatte er eine so große Ähnlichkeit mit Picketts Richter, Mr. Colquhoun, dass Pickett beschloss, nach seiner Rückkehr in die Bow Street zu fragen, ob sein Mentor Verwandte in Irland hatte. „Mr. Gerald Reilly?"

„Ja, das ist mein Name, einmal hätte gereicht."

Es war nicht die ermutigendste Begrüßung, aber nachdem Pickett so weit gekommen war, wollte er nicht so leicht aufgeben.

„Ihr habt einen Brief geschrieben", sagte er und tastet in der Innentasche seines Rocks, „an die *Gazette.*"

Wenigstens hatte er die Befriedigung, dass die Stirnfalten seines Gegenübers sich glätteten. „Ja, das habe ich, kann ich nicht leugnen. Was ist damit?"

Als Pickett das aus der *Gazette* ausgeschnittene Stück

Papier gefunden hatte, zeigte er es dem Mann. „Ihr erwähnt eine ‚illegale Exhummierung im Schutze der Dunkelheit, ohne anderen Zweck als die Entstellung der sterblichen Überreste einer unglücklichen jungen Frau‘." Inzwischen hatte Pickett diese Zeilen so oft immer wieder gelesen, dass er sie jetzt wörtlich zitieren konnte. Er fand es überflüssig, die Tatsache zu erwähnen, dass es nur ein „m" in „Exhumierung" gab.

Gerald Reillys Blick wanderte von Pickett zu einem Punkt über seine Schulter – dem Flecken nackter Erde auf dem Kirchhof, vermutete er.

„Ihr seid deshalb gekommen, ja?", fragte Reilly eifrig. „Habt Ihr vor, dem Einhalt zu gebieten, hoffe ich?"

„Ähm, nicht direkt", gestand Pickett und war sich schmerzlich bewusst, dass dieses Eingeständnis seine Sache erheblich behindern könnte. „Ich glaube zu wissen, warum es geschah, wenn es die Leiche ist, die ich annehme."

„Wie viele glaubt Ihr denn, dass es gibt?"

„Nur die eine, hoffe ich. Könnt Ihr mir etwas darüber – über sie – sagen?"

Reilly bemerkte, wie Pickett sich selbst berichtigte und nickte befriedigt. „Aye, jetzt habt ihr es. Sie war einmal ein lebendes, atmendes menschliches Wesen und ihr Körper hätte mit Respekt behandelt werden müssen, aus Achtung vor der Person, die sie einmal war."

„Und wer war sie?"

„Die Tochter meiner Schwester. Im Kindbett gestorben ist sie, und das Kleine mit ihr." Wieder wanderte sein Blick zu etwas hinter Picketts Schulter. „Haben keine Zeit verloren, ihren Körper wieder unter die Erde zu bringen, wohlgemerkt, aber jedes Mal, wenn ich aus meiner Tür trete oder aus dem vorderen Fenster schaue, sehe ich die blanke Erde, wo die arme Moira ausgegraben wurde, und muss an sie denken. Es war, als würden wir sie noch einmal verlieren, wie sie so ausgegraben wurde."

„In Eurem Brief erwähnt Ihr eine Entstellung", erinnerte Pickett ihn sanft und versuchte, respektvoll und mitfühlend zu klingen, während er gleichzeitig die Unterhaltung wieder zu seinem Grund des Hierseins lenkte. „Wenn es Euch nichts ausmacht – wenn Ihr nichts dagegen habt …"

Als Reilly sah, dass sein Besucher hilflos ins Stottern geriet, nahm er die Angelegenheit selbst in die Hand. „Was sie mit ihr gemacht haben, meint Ihr? Das könnt Ihr wohl fragen! Haben ihr einen Finger abgeschnitten, diese Bastarde!"

Picketts Herz begann derart heftig zu schlagen, dass es ihn überraschte, dass Mr. Reilly seine Brust nicht zucken sehen konnte. „Einen ihrer Finger abge…"

„Aye, den kleinen Finger der rechten Hand. Seht, es wäre schlimm genug gewesen, sie an diese Anatomiestudenten zu verlieren, aber wir hätten uns wenigstens damit trösten können, dass dabei vielleicht eine neue Entdeckung in der Medizin herausgekommen wäre. Aber das hier" – er machte eine vage Geste in Richtung des Kirchhofs und des neuen Grabs – „warum würde jemand so etwas tun?"

„Ein Streich vielleicht …", begann Pickett.

„Ein *Streich*?", wiederholte der Ire ungläubig. „Wollen Sie mir sagen, dass jemand das *lustig* fand?"

„Also eine Warnung. Vielleicht auch eine Drohung." *Oder Hohn,* fügte er innerlich hinzu. *Eine Art zu sagen: „Ich habe Eure Frau und es gibt nichts, was Ihr dagegen tun könnt."* Ja, Hetherington fände das sicher lustig. Doch vielleicht, nur vielleicht, würde er es sein, der zuletzt lachte. „Sagt, kennt Ihr hier in der Gegend einen Landsitz der – ich fürchte, ich kenne den Namen nicht, aber er soll vor ungefähr fünfzig Jahren von der Krone beschlagnahmt worden sein, nach der Schlacht um Carrickfergus. Der Eigentümer …"

„Ah, Ihr denkt an das alte Lynch-Haus. Fairacres hieß es, obwohl es in diesen Tagen nicht mehr so schön aussieht, wie man sagt."

„Könnt Ihr mir sagen, wie man dorthin kommt?"

Etwas von Picketts Eifer musste in seinem Gesicht gestanden haben, denn Reilly runzelte die Stirn. „Aye, aber Ihr werdet niemanden dort finden. Es steht seit fast fünfzig Jahren leer."

„Ich verstehe." Pickett nickte zustimmend, obwohl er den Verdacht hatte, dass es längst nicht so leer war, wie Reilly vermutete. „Ich muss nur – es gibt – Gründe – dass ich den Ort finden muss."

Der ältere Mann tat Pickett den Gefallen, die notwendige Wegbeschreibung zu geben, während er diesen jedoch misstrauisch beobachtete, als ob er den armen Kerl verdächtigte, seinen Verstand verloren zu haben. Was durchaus der Fall sein könnte, entschied der Ire, wenn jemand ihm abgeschnittene Finger als eine Art Witz geschickt hatte.

Pickett dankte Reilly für seine Hilfe und fügte sein verspätetes Beileid für den Verlust des Mannes hinzu –

obwohl es schwierig war, angemessen nüchtern und mitfühlend zu klingen, wenn alles in ihm singen und schreien und lachen und tanzen wollte und schließlich aus purer Erleichterung zusammenzubrechen und zu schluchzen.

Julia war weniger als fünf Meilen entfernt.

Und er würde sie zurückholen.

* * *

Waren es drei Tage gewesen oder vier?, fragte Julia sich, als sie einen verstohlenen Blick über den Tisch auf ihre Begleiter warf. Die Zeit, die sie auf der Reise verbrachten, war von den verschiedenen Posthäusern geprägt worden, wo sie am Ende jeden Tages ihre Fahrt unterbrochen hatten und Julia hatte ihr Bestes getan, um diese zu zählen, damit sie eine Ahnung hätte, wohin sie gebracht wurde. Doch seit sie ihr Ziel erreicht hatten – von dem sie wusste, dass es irgendwo in Irland liegen musste – hatten die Tage begonnen, verschwommen zu wirken, wie ein Aquarell, das in den Regen geraten war.

Sie konnte sich über die Behandlung, die sie erhielt, nicht beschweren; man gewährte ihr alle Rücksicht, die man bei einem Ehrengast walten lassen würde. Und doch war klar, dass sie das Haus nicht verlassen durfte. Als sie gleich am ersten Tag einen Erkundungsspaziergang über das Gelände unternommen hatte, um einen möglichen Fluchtweg zu suchen – obwohl sie als verspätete Ausrede den Wunsch geäußert hatte, ihre Beine zu strecken, nachdem sie so lange in der Kutsche eingesperrt gewesen war –, hatte Flynn sie entdeckt und zurück zum Haus eskortiert, und beim Essen an diesem Abend hatte ihr Gastgeber sie sanft gescholten.

„Ihr hättet hinfallen können, Euch vielleicht den Knöchel verstauchen, und niemand hätte gewusst, wo Ihr seid oder was Euch geschehen ist", hatte er erklärt, als ob er ein liebender Onkel wäre und sie ein kleines und nicht besonders intelligentes Kind. „Wenn Ihr ausgehen wollt, müsst Ihr nur fragen, und entweder Flynn hier oder ich werden Euch begleiten."

Sie hatte seine fürsorgliche Art ausgesprochen beängstigend gefunden. Der freundliche Gastgeber und der Mann, der nicht gezögert hatte, Bohannan in den Rücken zu schießen, hätten zwei völlig verschiedene Menschen sein können.

Während sie es nicht über sich brachte, Mr. Hetherington um seine Begleitung zu bitten, war sie mehr als einmal verzweifelt genug gewesen, ihrem Gefängnis zu entkommen, dass sie Flynn gebeten hatte, sie auf einem Spaziergang durch das vernachlässigte Gelände zu begleiten. Einer dieser Spaziergänge hatte sie in die Nähe des Stalls geführt und Flynn war ungehalten gewesen zu entdecken, dass eine der breiten Flügeltüren leicht offen stand und sanft in der Brise schwang.

„Bleibt hier", befahl Flynn. „Ich behalte Euch im Auge, falls Ihr auf dumme Ideen kommen solltet." Mit dieser Warnung schritt er zum Stall hinüber.

Bis zu diesem Augenblick hatte Julia nicht an die Pferde gedacht, die die Kutsche gezogen hatten. Ob sie auch an den Sattel gewöhnt waren? Selbst, wenn sie ungesehen aus dem Haus käme, hatte sie weder Reitkleid noch Gerte und wäre zweifellos gezwungen, ihr eigenes Pferd zu satteln, doch diese Umstände, auch wenn sie bei Weitem nicht ideal wären, sollten keine unüberwindlichen Hindernisse darstellen; Papa war entschlossen gewesen, dass seine Töchter fähig sein sollten, unter jeden Umständen reiten zu können, und war sogar so weit gegangen, dass er seine kleinen Töchter rittlings und in Pantoffeln in den Sattel gesetzt hatte, völlig taub für Mamas schockierte und entsetzte Proteste. Nein, keine Tochter von Sir Thaddeus Runyon würde davor zurückschrecken, auf dem bloßen Pferderücken zu entkommen, auch wenn sie das engste Kleid trug, das sie besaß, wenn das ihr einziger Ausweg wäre.

Doch jetzt, als Julia sich hektisch bemühte zu sehen, was sie von dem Stall durch die offene Tür erkennen konnte, wurde sie enttäuscht, da sie keine Spur von Pferden oder Kutsche erspähen konnte. In der Tat schien der Stall – oder zumindest der Teil, den sie sehen konnte – leer zu sein bis auf eine Reihe von Kisten, Fässern und Säcken, die alle beliebig direkt hinter den Türen gestapelt waren. Und dann konnte sie nichts mehr sehen, denn Flynn drückte erst den einen, dann den anderen Flügel der Tür zu und versperrte ihr den Blick, bevor er sich umwandte und zu ihr zurückkam.

Sie hätte ihn zu gern nach dem Inhalt der Behältnisse gefragt, doch wagte es nicht, ihr Interesse merken zu lassen. Und selbst, wenn sie das tat, würde er sie vermutlich abwimmeln und erklären, dass es nur Hafer für die Pferde wäre – eine Antwort, die einen Sinn ergeben hätte, wäre es September statt Juni gewesen, wo es genug Futter auf den Wiesen gab, um solche große Futtervorräte überflüssig zu machen – ja, sogar unerwünscht, da jede hier hausende Ratte sich an den Vorräten würde gütlich tun können, bevor die

Pferde sie wieder brauchten.

Daher sagte sie nichts, sondern hielt ihre Augen und Ohren für alle Kleinigkeiten offen, die ihrer Flucht, wenn sie es schaffte, größere Aussicht auf Erfolg gewähren würde. In der Zwischenzeit stellte sich ein unerwarteter Vorteil ihrer vorgetäuschten Resignation für ihren Status als Gefangene heraus. Denn da sie keine Anstalten zu einem Fluchtversuch machte, wurden ihre Tischgenossen weniger vorsichtig bei ihren Worten als sie es am ersten Abend gewesen waren.

„Ich dachte, ich sollte am Morgen ins Dorf gehen", sagte Flynn zu Hetherington. Er klang unsicher, als ob er eigentlich um Erlaubnis bäte, und es kam Julia in den Sinn, dass er auf seine Art ebenso viel Angst vor dem Mann hatte wie sie selbst. „Sehen, ob ich einen Karren und ein Gespann mieten kann, um die Ladung abzuliefern."

Hetherington griff in die Innentasche seines Rocks und zog eine Rolle Banknoten heraus, die er über den Tisch zu Flynn warf. „Das sollte reichen, denke ich."

„Soll ich ein paar Jungs suchen, die mit mir zurückkommen und beim Aufladen helfen?", fragte Flynn und steckte das Geld ein.

Hetherington schien über die Frage nachzudenken, schüttelte aber dann den Kopf. „Ich denke nicht. Wir brauchen keine unnötigen Risiken einzugehen, nicht, wo wir so nahe dran sind."

„Ich nehme nicht an ...?" Der Rest der Frage blieb unausgesprochen, doch Flynns Blick wanderte recht deutlich zu ihr und dann wieder zu Hetherington.

„Lasst mich Euch daran erinnern, dass Mrs. Pickett unser

Gast ist", sagte Hetherington streng. „Wir werden sie nicht wie eine Sklavin schuften lassen. Sie kann in ihrem Zimmer bleiben, bis die Ladung unterwegs ist. Ihr und ich können uns gut darum kümmern, zumindest, bis Ihr die Stadt erreicht."

Flynn zuckte mit den Achseln und nahm Hetheringtons Tadel anscheinend gutwillig auf. „Aye, ich habe keinen Zweifel, dass ich bei Nelsons Säule jede Menge Jungs finden kann, die nichts dagegen hätten, eine Arbeit zu finden, die ihnen etwas besser gefällt. Wenn wir in der Burg fertig sind, können wir uns um die Kais kümmern und sie werden rechtzeitig in Sackville Street zurück sein, dass sie ihre Löhne abholen können."

Julia achtete darauf, kein Interesse an ihrem Gespräch zu verraten, aber ihre Gedanken rasten. Die Tatsache, dass Flynn ein Fahrzeug mieten wollte, schien dafür zu sprechen, dass ihre Annahme, dass keine Pferde im Stall stünden, richtig war; anscheinend waren die Kutschpferde, die sie hierher gebracht hatten, auch gemietet gewesen. Vielleicht von Bohannan? Und welche Art von „Ladung" benötigte nicht nur einen Karren und ein Gespann, um ausgeliefert zu werden, sondern fünf oder mehr Männer – Flynn, Hetherington und Flynns „paar Jungs" – um sie abzuladen? Eines war sicher: Sie würde nichts herausfinden, wenn sie brav in ihrem Zimmer bliebe.

„Wenn meine Hilfe gebraucht wird, hätte ich nichts dagegen ...", begann sie, nur um von Hetherington unterbrochen zu werden.

„Nicht doch, Mrs. Pickett, Ihr wollt doch nicht Euer hübsches Kleid beschmutzen. Wir können doch nicht zulassen, dass Euer Mann kommt und euch wie einen

Schornsteinfeger vorfindet, nicht wahr?"

Da sie ihr „hübsches Kleid" bereits seit mehr als einer Woche trug, soweit sie sich erinnerte, fand Julia, dass sie kaum etwas würde tun können, das es noch schlimmer machte, als es ohnehin schon aussah. Aber woraus bestand die Ladung, die sie wie einen Schornsteinfeger aussehen lassen könnte? Kohle vielleicht? Sie dachte, die Iren benutzten Torf für die Feuer. Hinterließ er die gleichen schwarzen Spuren? Sie hatte keine Ahnung und wusste nicht einmal, welche Fragen sie stellen sollte, die die anderen vielleicht beantworten würden.

„Wenn ich bei Tagesanbruch losgehe", fuhr Flynn fort, „kann ich einen Karren mit Gespann mieten und zu Mittag zurück sein. Wir können dann aufladen und es als Erstes am nächsten Morgen in Dublin abliefern."

Hetherington schaute ihn mit finsterem Blick an. „Ich kann unmöglich in zwei Tagen hier weg! Was, wenn Mr. Pickett mich nicht vorfindet, wenn er kommt?"

Wenn die Auslieferung bis nach Johns Ankunft warten muss, dachte Julia mit einer gewissen Genugtuung, *dann werden die Leute in Dublin noch sehr lange auf ihre Ladung warten müssen.* Denn er musste inzwischen mit Sicherheit ihre Botschaft erhalten haben und umgekehrt sein. Seltsamerweise kam sie nie auf die Idee, dass er vielleicht die Spur verloren haben könnte und am falschen Ort nach ihr suchte – im Lake District eventuell, wo er und Hetherington sich zuerst begegnet waren. Nein, er würde ihr sicher bis nach Dublin folgen, wo er die Warnung erhalten müsste, nicht weiter hinter ihr her zu kommen.

Eines war sicher: wenn Flynn fort war, würden sie und Hetherington vom frühen Morgen bis zum Mittag allein im Haus sein. Wenn sie es schaffen könnte, ungesehen aus dem Haus zu kommen, würde sie vielleicht sogar in der Lage sein, vor dem älteren Mann davonzulaufen, sollte er sie von einem der Fenster erblicken und ihr nachjagen.

Also musste es am nächsten Tag sein. Eine bessere Gelegenheit würde sich ihr nicht bieten.

17

*In dem John Pickett und sein Schwager
eine überraschende Entdeckung machen*

Hier!", rief Jamie dem Kutscher zu und klopfte an das Dach des Wagens, um sicherzustellen, dass er gehört wurde. „Setzt uns hier ab."

Der Kutscher der Mietkutsche gehorchte, schaute sich aber zweifelnd um. Es würde bald Nacht werden, und hier gab es weder Häuser noch überhaupt Gebäude, nur Bäume und Trockenmauern, die sich im Zickzack über die Hügel schwangen und Felder umschlossen, wo erst vor Kurzem geschorene Schafe weideten. Es gab auch keine Geräusche, die auf menschliche Bewohner schließen ließen, nichts, als das Schwirren nächtlicher Insekten, das von gelegentlichem Schafsblöken oder dem missbilligenden Schnauben eines der Pferde unterbrochen wurde. Er neigte dazu, dem Pferd zuzustimmen.

„Hier ist aber nichts", wies er den Mann darauf hin, der der Anführer der Vierergruppe von Passagieren zu sein schien

– ein Soldat, oder ein ehemaliger, wenn er sich nicht irrte. „Es wird bald dunkel, wo bleibt Ihr dann?"

„Im Dunklen, schätze ich", sagte Jamie mit einem Lächeln. „Aber der Mond ist noch immer hell genug, daher können wir uns zurechtfinden."

Der Kutscher zuckte mit den Achseln und ließ dem Kerl seinen Willen. Sobald der letzte Mann ausgestiegen war, ließ er seine Peitsche über die Flanke des vorderen Pferdes schnippen und die Kutsche fuhr davon.

„Na, das gefällt mir", sagte Carson mit einer Stimme, die genau das Gegenteil sagte. „Wie zum Teufel sollen wir wieder in das Dorf zurückkommen können?"

„Wir marschieren", sagte Jamie und machte sich auf den Weg entlang eines verunkrauteten Pfades.

„*Marschieren!*", klagte Carson, der sich mühte, mit den anderen drei Schritt zu halten. „Aber es müssen fünf Meilen sein!"

„Es sind weniger als vier", sagte Pickett, der gern die doppelte Strecke gelaufen wäre, wenn er Julia retten konnte. „Man merkt, dass Ihr von der berittenen Wache seid. Die Fußpatrouille kann bis zum Mittag diese Strecke zurücklegen", fügte er hinzu, da er selbst fünf Jahre seines Lebens in dieser Truppe verbracht hatte, bevor er zum oberen Beamten befördert wurde.

„Reißt Euch zusammen, Mr. Carson", tadelte Jamie. „In der Armee ist es nicht unüblich, zwanzig Meilen am Tag zu marschieren."

„Ich dachte, Ihr wäret von der Kavallerie", sagte Carson, keineswegs beschwichtigt.

„Das war ich auch", räumte Jamie mit einem Nicken ein. „Dreizehn Jahre lang. Zweimal wurde mein Pferd unter mir erschossen und beim dritten Mal scheute das Tier, warf mich ab und ging durch. Glaubt mir, ich war froh genug, mit heiler Haut davonzukommen, egal, wie weit ich laufen musste! Nun, da das Geheimnis eines erfolgreichen Kundschaftergangs darin besteht, nicht entdeckt zu werden, schlage ich vor, dass wir mit dem Geschwätz aufhören."

Da Carson derjenige war, der am meisten redete, war recht deutlich, an wen sich diese Warnung richtete. So sehr Pickett den Anblick genoss, wie Carson zurechtgewiesen wurde, war er doch zu ungeduldig, zu Julia zu kommen, als dass er den Augenblick so hätte genießen können, wie er es sonst getan hätte. Er sah Jamie an und nickte ihm dankbar zu. Aus diesem Grund hatte er seinen Schwager ja geholt: um die Rettungsmission zu planen und die Durchführung zu überwachen, während er selbst zu verstört war, um klar denken zu können.

Nachdem dieser Augenblick jetzt gekommen war, fand Pickett jedoch, dass sein Verstand noch nie schärfer gewesen wäre. Er hielt an und deutete auf den Boden, dann schaute er auf, um sicherzugehen, dass seine Begleiter es auch sahen und verstanden. Der Weg war stark überwuchert, doch das lange Gras war gebeugt und gebrochen, als ob es unter Kutschenrädern oder Pferdehufen oder beidem zerquetscht worden wäre. Jemand war vor Kurzem auf diesem Weg gefahren, und vermutlich mehr als einmal. Jamie und Carson nickten beide. Thomas sah nur verwirrt aus, aber er war so klug, nicht um Erleuchtung zu bitten.

Pickett erbarmte sich seiner, legte die Hand auf die Schulter seines Kammerdieners und beugte sich dicht zu seinem Ohr, um ihm zuzuflüstern: „Jemand ist hier gewesen. Siehst du, wie das Gras zerdrückt ist?"

Thomas nickt in verspätetem Verständnis und die vier setzten ihren Weg fort. Schließlich kamen sie um eine Kurve und auf einen Hügel, von wo aus sie in mittlerer Entfernung ein Haus sehen konnten, ein großes, stattliches Gebäude aus grauem Stein. Als sie näher kamen, dabei die Bäume als Deckung benutzten, wurden auch hier Zeichen der Vernachlässigung sichtbar. An manchen Stellen des Daches fehlten Schindeln, und obwohl die letzten Sonnenstrahlen sich in den meisten Fenstern spiegelten, verriet die Abwesenheit dieser Spiegelung in anderen die Tatsache, dass dort die Glasscheiben zerbrochen waren. Hinter einem der Fenster im Erdgeschoss brannte ein Licht und ein weiteres im Zimmer darüber.

Noch während Picketts Gehirn diese Tatsache registrierte, bewegte sich am oberen Fenster eine weibliche Gestalt und zog einen Vorhang vor, wonach nur noch ein sehr schwacher Lichtschimmer zu erkennen war. *Julia!*

Er musste eine instinktive Bewegung in ihre Richtung gemacht haben, denn Jamie packte seinen Ärmel und formte mit seinen Lippen nur ein Wort: *Morgen.*

Pickett nickte und merkte sich die Lage des Fensters im Verhältnis zu den anderen. Zumindest wusste er, wo er nach ihr suchen sollte, falls – nein, *wenn* sie Zugang zum Haus erlangten.

„Wenigstens wissen wir, dass sie sie nicht auf

irgendeinem Dachboden oder im Keller angekettet haben",
beugte sich Jamie näher zu ihm, um zu flüstern. „Das ist gut
zu wissen, falls wir das Haus anzünden müssen, um sie
auszuräuchern."

Picketts Magen verknotete sich bei der Vorstellung, das
Haus in Brand zu setzen, solange Julia noch darin war. Nach
allem, was sie wussten, könnte sie in diesem Raum
eingeschlossen sein und Hetherington und seine Kumpane
könnten beschließen, ihre Verluste zu reduzieren, indem sie
das Feuer alle Beweise ihrer Verbrechen vernichten ließen.
Das Ergebnis wäre dasselbe: Julias Tod. Mit ein wenig Glück
sollten sie imstande sein, sie zu retten, ohne zu diesem Schritt
greifen zu müssen. Nun, sie müssten es einfach, dachte Pickett
und biss die Zähne zusammen. Die Alternative war
undenkbar.

Danach gab es nicht mehr viel, was sie tun konnten, bis
das Haus ganz dunkel war, was darauf hindeutete, dass alle
Bewohner zu Bett gegangen waren. Auch nachdem das letzte
Licht erloschen war, machte Jamie keine Anstalten, aus den
Bäumen hinauszugehen. Sie saßen schweigend ungefähr eine
halbe Stunde in der Dunkelheit (obwohl es Pickett vorkam,
als hätten sie den größten Teil des Tages gewartet), dann
öffnete Jamie den Sack, den er getragen hatte und holte zwei
abdunkelbare Laternen heraus. Er drehte sich so um, dass sein
Körper verhindern würde, dass Licht vom Haus aus zu sehen
wäre, zündete die beiden Laternen an und stellte ihre Klappen
so ein, dass nur ein schmaler Lichtstreifen herausfiel, gerade
genug, um die Träger sicher weitergehen zu lassen, ohne
gegen einen Baum zu laufen oder über einen Felsen zu

stolpern.

Jamie reichte Pickett eine der Laternen und die andere Carson, dann griff er erneut in den Sack und zog vier Pistolen heraus. Diese waren keine Überraschung für Pickett, denn darüber war ausgiebig diskutiert worden, bevor die Männer zu ihrer Mission aufgebrochen waren. Thomas' Pistole war nicht geladen, denn er hatte nie gelernt, wie man eine Schusswaffe benutzt, und Jamie wollte kein Risiko eingehen.

„Aber sie werden das nicht sehen", hatte er dem Kammerdiener versichert. „Die meisten Männer, die den Lauf einer Waffe auf sich gerichtet sehen, nehmen sich nicht die Zeit, um Fragen zu stellen."

Die drei anderen Pistolen waren alle geladen und gesichert, doch Jamies Anweisungen waren klar. „Schießt nicht, wenn es nicht unbedingt nötig ist", hatte er sowohl Pickett wie auch Carson gesagt. „Denkt daran, ein Schuss wird nur das ganze Haus aufwecken und wir wissen noch nicht, wie viele Männer dort drinnen sind."

Als er jedem Mann seine Waffe übergab, musterte Jamie seine Waffenbrüder mit einem eindringlichen Blick, der sie an diese Anweisungen erinnern sollte, ohne dass er ein Wort sagen musste. Als sie alle bewaffnet waren, gab er Thomas und Carson ein Zeichen, das Haus im Uhrzeigersinn zu umrunden, während er und Pickett in die andere Richtung gingen. Pickett nahm seine Befehle mit leichtem Unbehagen entgegen. Hieß es nicht, dass es Unglück brächte, ein Gebäude gegen den Uhrzeigersinn zu umrunden? Falschherum war es genannt worden, bevor die Uhren erfunden wurden. Oder galt das nur für das Umrunden einer Kirche, wie Burd Ellen in dem

Märchen? Vor allem, warum konzentrierten sich seine Gedanken auf solche unwichtige Einzelheiten, wenn doch Julia nur ein paar hundert Fuß von ihm entfernt war und jeder Schritt, den er machte, ihn näher zu ihr brachte?

Langsam und vorsichtig näherten sie sich dem Haus, Pickett hielt seine abgedunkelte Laterne so tief, dass sie nur den Boden vor ihren Füßen erhellte. Inzwischen war der Himmel völlig dunkel und das Haus eine große, schwarze Masse, die direkt zu ihrer Linken aufragte. Als sie an der Stelle unter dem Fenster ankamen, hinter dem er Julia gesehen hatte, hielt Pickett das Licht nur einen Moment auf eine Stelle mit Kieseln, von denen jeder die perfekte Größe gehabt hätte, um ihn an ihre Scheibe zu werden.

„*Morgen*."

Jamies Flüstern war kaum mehr als ein Hauch an seinem Ohr. Pickett seufzte, nickte und bewegte sich weiter. Niemand trat aus den Schatten ihnen entgegen und er begann zu hoffen, dass doch nicht so viele Männer hier wären. Außer Hetherington selbst müssten es mindestens zwei sein – der Mann, der Julia verschleppt hatte und der Kutscher des Fahrzeugs, das sie und ihren Entführer fortgebracht hatte – doch vielleicht auch noch ein paar mehr. Mit Sicherheit gab es keine Spur von einer kleinen Armee von Iren, die entschlossen waren, die Unabhängigkeit durch jedes ihnen verfügbare Mittel zu erreichen, einschließlich der Entführung einer unschuldigen Frau. Andererseits machte Hetheringtons schwankender Geisteszustand ihn so gefährlich unvorhersehbar wie eine beliebige Anzahl von Männern unter seinem Befehl.

Sie hatten inzwischen das Haus an dieser Seite umrundet und eine dunkle Silhouette in einiger Entfernung zur Rechten zeigte den Standort eines Nebengebäudes an. Jamie berührte Picketts Arm und deutete in diese Richtung, eine Geste, die Pickett so verstand, als sollten sie es untersuchen. Er kämpfte gegen das irrationale Gefühl an, dass er Julia im Stich ließe, und richtete die Laterne so aus, dass sie ihren Weg beleuchtete.

Das zweiflüglige Tor war breit genug, um eine Kutsche hindurchzufahren, was darauf schließen ließ, dass das Gebäude eine Remise oder ein Stall oder vielleicht beides war – oder doch zumindest in der Vergangenheit einmal gewesen war. Und dennoch fehlten der üblicherweise zu Pferden gehörenden Gerüche: kein Geruch von Hafer oder Heu, kein Gestank von Mist. Wenn immer noch Pferde hier gehalten wurden, dann nicht oft oder für sehr lange.

Jamie griff nach einer der Türen, um sie aufzuziehen, doch sie gab nicht nach. Pickett riskierte es, die Klappe der Laterne ein wenig weiter zu öffnen und sah, dass sie anstatt wie üblich mit Balken und Riegel, wie man es bei einem Wirtschaftsgebäude erwartet hätte, mit einem Schloss gesichert war, wie man es normalerweise in einem Haus fand. Wortlos reichte Pickett Jamie die Laterne und tastete dann in der Innentasche seines braunen Serge-Rocks nach der Haarnadel, die er seit seiner Heirat dort aufbewahrte. Im Gegensatz zu Harry Carson hatte Jamie Kenntnis von dem einzigartigen Talent seines Schwagers, nachdem er einmal eine ordentliche Summe gewonnen hatte, indem er darauf gewettet hatte, ohne zuvor etwas davon gesehen zu haben.

Angesichts dieser Erfahrung war er nicht überrascht, als nur Sekunden, nachdem Pickett sich auf ein Knie niedergelassen hatte, der große Türflügel aufschwang und dabei leise in den Scharnieren ächzte.

Mit bereitgehaltenen Pistolen schlüpften Pickett und Jamie hinein, öffneten die Tür nur so weit, wie es unbedingt nötig war, damit nicht das Quietschen ihre Anwesenheit verriete. Als sie drinnen waren, zog Jamie die Tür hinter ihnen zu und Pickett öffnete die Klappe und hielt die Laterne hoch. Wie er vermutet hatte, waren keine Pferde da, überhaupt keine Tiere, und keine Fahrzeuge. In der Tat schien das höhlenartige Gebäude leer zu sein bis auf eine Reihe von Säcken, Kisten und Fässern.

„Was haben wir denn hier?", fragte Jamie leise. Er sicherte seine Pistole und schob sie in seinen Hosenbund, dann zog er ein Messer aus seiner Rocktasche und schnitt einen der Säcke auf. Feines, schwarzes Pulver lief in einem gleichmäßigen Strom heraus.

Picketts Inneres zog sich zusammen, als er zusah, wie sich zu Jamies Füßen ein kleiner Haufen bildete. „Ist das …"

„Wenn ich mich nicht sehr irre …" Jamie verrutschte den Sack, um den Strom abzubrechen, dann kniete er nieder, um ein wenig des verschütteten Materials in die Hand zu nehmen. Er schnupperte daran, dann ließ er es wieder zu Boden fallen und stäubte sich die Reste von den Händen. Es hinterließ schwarze Flecken. „Schießpulver. Es sieht aus, als würde dein Freund ein ziemliches Fest planen."

„Mein Gott", hauchte Pickett.

Julia war an einem Ort gefangen, der eigentlich fast ein

Pulverlager war.

Sie zu retten war gerade weit schwieriger geworden.

Und weit gefährlicher.

18

In dem Julia einen Fluchtversuch unternimmt

W as immer wir tun, wir müssen ihn – sie – vom Stall fernhalten", sagte Jamie leise und schaute über die Karten in seiner Hand hinweg, um zu der kleinen Gruppe zu sprechen, die um den Tisch im Schankraum von Summerhills einzigem Gasthaus saß.

Sie hatten den Tisch zunächst des Kamins mit Beschlag belegt, da das Knistern des Feuers – was selbst Mitte Juli so weit im Norden noch für Licht und Wärme nötig war – ihnen etwas Deckung bot, sollte einer der anderen Gäste zum Lauschen neigen. Trotzdem sprachen sie mit gedämpften Stimmen und erhoben sie nur, um auf einzelne Züge im Kartenspiel hinzuweisen.

Zugegeben, das alles mochte unnötig sein; ihr Kundschaftergang hatte im Ergebnis darauf hingedeutet, dass Hetherington nur wenige Verbündete hatte, die in diesen Minuten in ihrer Nähe sein könnten, um sich mit Mr. Guiness' Feinstem zu stärken. Dennoch war es durchaus möglich, dass die Einheimischen sich rasch zur Unterstützung jedes Planes, der die irische Unabhängigkeit zum Ziel hatte, sammeln könnten, wenn ein unvorsichtiges Wort ihrerseits die Tatsache verriete, dass ein solcher Plan existierte. Besser, auf Nummer sicher zu gehen und sich als nichts anderes als vier zu Besuch weilende Engländer zu zeigen, die eine freundschaftliche Partie Whist spielten.

„Eine verirrte Kugel könnte das Gebäude in die Luft jagen und jedem darin den Untergang bereiten", fuhr Jamie fort und unterstrich diese Aussage, indem er den Herzkönig ausspielte.

Pickett stöhnte, eine vorgebliche Reaktion auf den Zug seines Gegners, die nur teilweise vorgetäuscht war.

Carson, der nichts Vielversprechenderes in der Hand hatte, warf eine Drei ab und fragte: „Wie sollen wir das machen? Ich meine, diesen Kerl und seine Leute vom Stall fernhalten?"

„Ihr und Thomas sagtet, es gäbe eine Tür an dieser Seite des Hauses, gegenüber dem Stall", erinnerte Jamie ihn, während Thomas eine Karte ausspielte. „Wir drei werden uns in einiger Entfernung dazu aufstellen und genug Lärm machen, um Hetherington herauszuholen – nicht so ganz offensichtlich, wohlgemerkt. Nur drei Männer, die versuchen, einen heimlichen Angriff zu unternehmen und sich dabei nicht besonders geschickt anstellen."

Carson runzelte die Stirn. „Ich würde meinen, dass das genau die entgegengesetzte Wirkung hätte und ihn dazu bringen würde, durch eine der anderen Türen zu fliehen.

„Es besteht immer die Möglichkeit, dass er versucht, uns

in den Rücken zu fallen", gab Jamie zu. „Aber das halte ich für unwahrscheinlich."

„Warum?", fragte Thomas, fügte aber hastig hinzu: „Verzeihung, Sir."

„Weil das ein Manöver ist, das man benutzt, wenn ein Frontalangriff fehlschlagen würde. Man zählt auf das Überraschungselement, um auszugleichen, wenn man in der Unterzahl oder schlechter bewaffnet ist. Doch Hetherington hat, oder glaubt das zumindest, einen Vorteil, den wir nicht ausgleichen können."

„Oh?", fragte Carson. „Und das wäre? Was soll sein ganzes Arsenal ihm nützen, wenn er an uns vorbei muss, um es zu erreichen?"

„Ein guter Punkt, Mr. Carson, aber das ist nicht der Vorteil, von dem ich sprach." Jamie warf seinem Bruder einen mitfühlenden Blick zu. „Er hat einen anderen."

„Eine Geisel", sagte Pickett mit hohler Stimme. „Solange er Julia hat, ist er im Vorteil – und das weiß er." Daher der abgetrennte Finger, um Pickett daran zu erinnern, wie machtlos er war.

„Aus welchem Grund", fuhr Jamie fort und nahm den Faden seiner Ausführungen wieder auf, „Mr. Pickett sich dem Haus von der anderen Seite nähern wird, während wir Hetherington hinten beschäftigen, um durch die Vordertür hineinzuschlüpfen, nach oben zu gehen und Julia zu holen. Wenn er sie aus dem Haus geholt und in Sicherheit gebracht hat, kann er zurückkommen und uns so weit unterstützen, wie es vielleicht …"

„Schaut", unterbrach Carson, „es scheint mir, dass wir es

völlig falsch anfangen."

„Oh?" Jamie war weit davon entfernt, Anstoß zu nehmen, und schien wirklich daran interessiert zu sein, Carsons Einwände zu hören. „Inwiefern?"

„Ihr geht davon aus, dass Hetherington nicht gleichzeitig Mrs. Pickett und seinen Sprengstoff bewachen kann, aber was, wenn *doch*? Was ich meine, ist, wir wissen, dass zumindest noch zwei Männer für ihn arbeiten; was, wenn einer oder beide Mr. Pickett auf der Treppe überraschen oder etwas dieser Art? Dann hätte Hetherington immer noch seine Geisel und wir könnten nicht auf Verstärkung rechnen."

Jamie seufzte. „Das ist ein guter Einwand, Mr. Carson und es tut mir leid, Euch keine bessere Antwort geben zu können. Es wäre nett, wenn wir genau wüssten, wie vielen Männern wir gegenüberstehen werden, aber das lässt sich leider nicht feststellen. Wir müssen das Beste aus den Informationen machen, die wir bekommen haben. Wenn Mr. Pickett sich in Bedrängnis finden sollte, bin ich sicher, dass er sich etwas einfallen lassen wird."

Carson musterte Pickett zweifelnd. „Ihr werdet mir verzeihen, wenn ich nicht voller Zuversicht bin."

Pickett hatte die Karten in seiner Hand studiert, doch bei dieser Beleidigung seines Improvisationstalents schaute er auf.

Jamie legte ihm besänftigend die Hand auf den Arm, wandte sich aber an Harry. „Wenn ich in der Armee eines gelernt habe, Mr. Carson, dann, dass die am sorgfältigsten ausgetüftelten Pläne innerhalb von Minuten nach dem Beginn der Schlacht auseinander fallen. Der größere Teil der

Kriegsführung besteht daraus, Entscheidungen je nach Situation zu treffen. Und Ihr werdet nicht viele finden, die besser darin sind als dieser Mann hier."

„Danke, lieber Schwager", sagte Pickett, legte sein Ass ab und gewann den Stich.

* * *

Julia saß allein mit ihrem Gastgeber und Gefängniswärter am Tisch und sah ihn über den ganzen langen Tisch des Speisesaals an, während sie versuchte, so zu tun, als könnte ihr nichts ferner liegen, eine Flucht zu planen. Von Flynn war keine Spur zu sehen; hatte er sich schon auf den Weg gemacht, überlegte sie, oder gab es eine andere Erklärung für seine Abwesenheit? Das Bild von Bohannan, wie sie ihn zuletzt gesehen hatte, stieg unwillkürlich vor ihrem inneren Auge auf, wie der große Körper, der gerade noch lebendig gewesen war, in einem unordentlichen Haufen auf dem Boden des Salons gelegen hatte, nur, weil er etwas zu ihrer Verteidigung gesagt hatte ...

Hör auf, ermahnte sie sich streng. *Du musst einen klaren Kopf bewahren und Informationen sammeln, dich nicht mit vergangenem Schrecken befassen.* Laut sagte sie: „Wie frisch die Scones heute Morgen sind! Mr. Flynn wird es leidtun, dass er sie sich hat entgehen lassen."

„Ah, aber hier irrt Ihr, Mrs. Pickett", teilte Hetherington ihr mit. „Er hat sie sich keineswegs entgehen lassen. Er ist heute Morgen bei Tagesanbruch zu einer Besorgung aufgebrochen und seine Frau hat sie früh genug gemacht, dass er ein paar davon essen konnte, bevor er ging. In der Tat könntet Ihr sagen, dass wir hier Flynns Reste essen."

„Dann kocht also seine Frau unsere Mahlzeiten? Ich hatte mich schon gefragt." Dies entsprach sogar der Wahrheit, obwohl ihre Spekulationen sich normalerweise darum gedreht hatten, ob die Köchin vielleicht dazu neigen könnte, Mitgefühl mit ihrer prekären Lage zu haben und ob diese Person auf dem Gelände lebte oder nur tagsüber aus dem Dorf käme – Summerhill, hatte Flynn es einmal genannt, bevor Hetherington ihn rasch zum Schweigen gebracht hatte. Sie hatte so getan, als bemerkte sie es nicht, doch sie hatte den Namen des nächsten Dorfes in ihrem Gedächtnis verstaut; es könnte nützlich sein, wenn sie entkam, etwas zu wissen, was über ihre nächste Umgebung hinaus ging. „Ich würde gern in die Küche hinunter gehen und mich bei Mrs. Flynn bedanken, wenn Ihr nichts dagegen habt."

Er stieß ein bellendes Gelächter aus. „Ich habe nichts dagegen, dass Ihr in die Küche geht, wann immer es Euch beliebt, doch Mrs. Flynn werdet Ihr dort nicht finden."

„Ach?", fragte Julia nach. „Und warum nicht?"

Er hob seine Kaffeetasse und nahm einen Schluck und einen Augenblick fragte Julia sich, ob sie ihn zu sehr bedrängt hätte. Dann zuckte er mit den Schultern. „Ihr Mann wollte heute in die Stadt fahren und sie wollte ihn begleiten."

Stadt, dachte Julia. *Nicht „ins Dorf", sondern „in die Stadt".* Das musste vermutlich Dublin bedeuten, wohin die Ladung (woraus sie auch immer bestehen mochte) geliefert werden sollte. Aber er wollte doch nur nach Summerhill, um einen Karren und Zugpferde zu mieten – oder? Die Antwort würde darüber entscheiden, wie lange Zeit sie hätte, bis er zurückkäme. Sie wünschte, sie könnte sich genau daran erinnern, was er gesagt hatte; es wäre nicht gut, wenn sie ihr Zeitfenster für einen Fluchtversuch überschätzen und ihre beste Gelegenheit vergeuden würde.

Laut sagte sie jedoch nur: „Vielleicht sollte er sie öfter mit in die Stadt nehmen, wenn sie das zu solchen kulinarischen Höhenflügen anregt. Ich könnte mich daran gewöhnen, so etwas jeden Morgen zum Frühstück zu bekommen.“

Wie um diese Aussage zu bestätigen, griff sie nach einer weiteren Scone. Sie brauchte sowieso eine Ausrede, weil sie ein herzhafteres Frühstück als gewöhnlich zu sich nahm. Wenn sie Flynns Abwesenheit nutzen und fliehen wollte, könnte es einige Zeit dauern, bis sie wieder Gelegenheit – ganz zu schweigen vom Essen – bekommen würde, um etwas zu sich zu nehmen. Und doch hatte sie seit ihrer Entführung wenig gegessen; jetzt brauchte sie eine passende Erklärung, falls Hetherington sich über ihren besseren Appetit wundern sollte.

Aber Hetherington, wie sich bald herausstellte, war mit seinen eigenen Gedanken beschäftigt. Als Julia ihren Stuhl zurückschob und vom Tisch aufstand, sprach er.

„Ein Wort der Warnung, Mrs. Pickett, bevor Ihr geht. Ich wäre dankbar, wenn Ihr heute in Eurem Zimmer bleiben wolltet.“

Julia hatte keineswegs die Absicht, ausgerechnet an diesem Tag in ihrem Zimmer zu bleiben, doch sie hielt es für weise, diese Tatsache für sich zu behalten. Dennoch, diese Anweisung allzu widerspruchslos hinzunehmen, würde sein Misstrauen ebenso erregen, wie offener Trotz es getan hätte.

„Ihr habt gesagt, ich könnte in die Küche gehen", erinnerte sie ihn.

„Aye, als Ihr sagtet, Ihr wolltet mit Mrs. Flynn sprechen. Aber da Ihr sie dort nicht finden werdet, warum solltet Ihr Euch überhaupt die Mühe machen?"

„Darf ich dann auch nicht draußen spazieren gehen?", fragte sie, wohl wissend, wie die Antwort lauten würde.

„Nicht heute, meine Liebe. Vielleicht morgen, wenn Euer Mann bis dahin nicht gekommen ist."

Wieder klang seine Stimme wie die eines nachsichtigen Onkels, der seine Lieblingsnichte sanft zurechtwies. Jeder würde es für unmöglich zu glauben halten, dass er verrückt war – jeder, der nicht gesehen hatte, wie er Bohannan in den Rücken schoss …

„Na gut", sagte sie und wagte nicht, weiter zu protestieren. „Ich werde mir in der Bibliothek ein Buch aussuchen und den Tag mit Lesen verbringen."

Julia neigte dazu, die Bibliothek zu meiden, da es ein unangenehmer Raum war. Er stank nach Trockenfäule aus Rissen in der Decke, während eine Ecke der geschwärzten Wände von einem lang vergangenen Feuer zeugte; anscheinend hatten sich während des langen Leerstands verschiedentlich Landstreicher hier vorübergehend nieder-gelassen. Sie blieb bei dem Bücherregal direkt neben der Tür stehen und wählte zufällig einen von Mehltau bedeckten Band aus, dann kehrte sie damit in das Schlafzimmer zurück, das man ihr am Tag ihrer Ankunft zugewiesen hatte. Wie viele Tage waren es schon? Sie nahm an, dass das eigentlich keine Rolle spielte, solange nur dieses der letzte war.

Als sie im Zimmer war, legte sie das Buch neben ihr Bett und vergaß es prompt völlig. Sie verschloss die Tür in der Hoffnung, Hetherington oder Flynn oder beide so lange wie möglich nicht bemerken zu lassen, dass sie nicht mehr in ihrem Zimmer war. Sie ging zum Fenster und zog den Vorhang gerade weit genug zurück, um hinaussehen zu können. Ihr Zimmer lag auf der Vorderseite des Hauses und bot daher keine Aussicht auf den Stall; im Moment war alles ruhig, zumindest soweit sie es sehen konnte. Trotzdem zwang sie sich, lange genug zu warten, um Hetheringtons möglichen Verdacht zu zerstreuen, dass sie möglicherweise nicht wie versprochen in ihrem Zimmer saß und las.

Die Stille wurde unterbrochen, als irgendwo im Haus eine Uhr schlug. Julia konnte sich nicht daran erinnern, eine Uhr gesehen zu haben, hatte aber auch nicht das gesamte Haus erkundet. Sie hatte den Ton auch noch nicht bemerkt, doch jetzt war das Haus auch stiller, wo nur sie und Hetherington noch da waren. Hatte die Uhr die ganze Zeit geschlagen und sie hatte sie einfach nur nicht gehört oder hatte Hetherington sie erst heute aufgezogen, weil er sie für den Ablauf seines Vorhabens wichtig fand? Sie fragte sich, wie lange diese vernachlässigte Uhr weiter die Stunden für eine Familie geschlagen hatte, die nicht länger dort war, bis sie schließlich schwieg, da keine Hand mehr da war, um sie aufzuziehen. Sie würde bis zum nächsten Glockenschlag warten, beschloss sie, und dann würde sie aus diesem Haus mit seiner tragischen Vergangenheit und seiner schrecklichen Zukunft fliehen.

Einige Zeit später hörte sie die schiefen Töne des Whittington-Glockenspiels – schief, da es schlecht gestimmt waren – gefolgt vom Stundenschlag der Uhr.

Es war Zeit.

Julia zog ihre Schuhe aus, damit nicht das Geräusch ihrer Schritte in dem stillen Haus sie verriete. Sie wagte es nicht, die Treppe zur Vordertür hinunter zu schlüpfen; sie vermutete, dass Hetherington einen solchen Versuch schnell entdecken würde, ganz gleich, wie friedlich er am Frühstückstisch gewirkt haben mochte. Zum Glück hatte ihr der verwahrloste Zustand des Hauses eine andere mögliche Fluchtroute gezeigt. Die Tapete löste sich von den Wänden und die entstandenen Lücken enthüllten die schmale Tür in der Wand, durch die in besseren Tagen die Dienerschaft Zutritt zu diesem Raum gehabt hatte. Hinter dieser Tür musste eine Treppe sein, die die zwei Stockwerke zur Küche hinunterführte. Und von der Küche müsste man die Hintertür erreichen – und dahinter die Freiheit.

Julia verweilte nur lange genug, um die Kerze neben ihrem Bett zu entzünden, nahm dann ihre Schuhe und die Kerze in die Hand, öffnete die schmale Tür (und zog eine Grimasse wegen des schwachen Protests der lang unbenutzten Scharniere) und machte sich dann auf den Weg die Treppe hinab. Sie zog die Tür hinter sich zu und war froh, dass sie daran gedacht hatte, die Kerze mitzunehmen, ohne sie wäre sie in völliger Dunkelheit gewesen. Die Stufen waren eng und ohne Teppichbelag und sie tastete sich eine nach der anderen nach unten, klammerte sich am Geländer fest, in der anderen Hand die Kerze. Leider ließ das keine Hand übrig, um ihre Schuhe zu tragen, daher musste sie lange genug stehen bleiben, um sie in ihr Mieder zu stopfen, bevor sie ihren Weg fortsetzte.

Ein oder zweimal hörte sie etwas in der Dunkelheit huschen, doch abgesehen von dieser beunruhigenden Erinnerung daran, dass sie und Hetherington nicht völlig allein im Haus waren (denn sie schienen eine Menge vierbeiniger Mitbewohner zu haben), verlief ihre Flucht aus dem Gefängnis überraschend ereignislos. Niemand wartete in der Küche, um sie zu fragen, wohin sie ginge, und als sie vorsichtig eine Hand an die Hintertür legte und sie aufstieß, lauerte niemand auf der anderen Seite, um Alarm zu schlagen.

Mit einem Seufzer, der gleichermaßen Triumph und Erleichterung ausdrückte, lehnte sie sich einen Augenblick an den Türrahmen, um das Gleichgewicht zu halten, während sie ihre Schuhe anzog, dann machte sie sich auf den langen Weg, der sie bis zur Straße bringen sollte. Sie konnte fast feindselige Augen auf sich ruhen fühlen, die sie vom Haus aus beobachteten, und die Baumgruppe, die sie schließlich vor Blicken schützen würde, schien jetzt eine Meile weit entfernt. Sie war sehr in Versuchung, stattdessen über die brachliegenden Felder zu laufen, doch ohne Anhaltspunkt, um ihren Weg zu finden, würde sie vielleicht tagelang wandern, ohne ein Dorf oder eine Siedlung zu finden, wo sie Hilfe suchen konnte. Außerdem war da die Tatsache, dass die Rückseite des Hauses hohe Fenster hatte, die auf eine zerbröckelnde Steinterrasse hinausgingen; wenn Hetherington noch im Esszimmer war oder sich nach dem Frühstück in den Salon zurückgezogen hatte, konnte er sie kaum übersehen. Nein, so riskant wie es war, die Vorderseite des Hauses und die Auffahrt zur Straße waren trotzdem die bessere Wahl.

Nachdem Julia ihre Entscheidung getroffen hatte, weigerte sie sich, Zeit oder Energie darauf zu verschwenden, daran zu zweifeln – bis sie die dem Stall am nächsten liegende Hausecke erreichte. Sie erinnerte sich wieder an die dort gelagerten Säcke und Fässer und an Flynns Entschlossenheit, die offenstehende Tür zu schließen, bevor sie sehen konnte, was sich darin befand. Es hätte ein Pferd darin sein können, außerhalb ihrer Sichtweite, argumentierte sie, vielleicht sogar mehr als eines; Flynn hatte ihr keine Chance gegeben, das herauszufinden. Aber jetzt gab es niemanden, der sie aufhalten konnte, und wenn sich zufällig ein Reitpferd im Stall befand, würde die Tatsache, dass sie reiten konnte, die Zeit, die sie verlieren würde, mehr als wettmachen.

Nachdem sie diese Entscheidung getroffen hatte, schlich sie heimlich auf den Stall zu, während sie sich innerlich tadelte, weil sie ein unnötiges Risiko einging. *Gib doch zu, was du wirklich willst, ist herauszufinden, was es ist, diese Ladung, die nach Dublin gebracht werden soll.* Sie konnte Flynns Bemerkung, etwas in der Burg „fertig zu machen" nicht vergessen. Hetheringtons Name war schon einmal mit einer Burg in Verbindung gebracht worden, und ohne Johns Eingreifen wären die Ergebnisse möglicherweise katastrophal gewesen. Sie erreichte die Stalltür und stieß sie auf, als sie feststellte, dass sie unverschlossen war (zweifellos zur Vorbereitung auf Flynns Rückkehr). Sie schlüpfte hinein und hielt einen Moment inne, damit sich ihre Augen an das schwache Licht gewöhnen konnten.

Wie sie vermutet hatte, waren keine Pferde zu finden. Sie ging auf den Stapel Säcke zu. Auf dem Boden war etwas von dem Inhalt verschüttet worden, und drei parallele Rillen zeigten, wo jemand versucht hatte, es mit den Fingern aufsammeln. Julia kniete nieder, folgte dem Beispiel und rieb die grobkörnige schwarze Substanz zwischen Daumen und Zeigefinger. Keine Tochter dieses begeisterten Sportlers, Sir Thaddeus Runyon, würde Schießpulver nicht erkennen, wenn sie es sah. Was auch immer Hetheringtons Pläne für Dublin waren, sie beinhalteten Feuerkraft – und jede Menge davon. Sie musste fliehen, nicht nur um ihrer selbst willen, sondern um jemanden – irgendjemanden! – vor dem zu warnen, was auf die Stadt zukäme, wenn er und Flynn ihre Pläne ausführten.

Sie ging zur Tür – und erstarrte, als ein Schatten durch die Öffnung fiel. Jemand war dort draußen.

Und sie war hier drinnen gefangen.

19

*In dem Mr. und Mrs. John Pickett sich wiederfinden,
wenn auch unter alles andere als idealen Umständen*

Pickett ließ Jamie, Carson und Thomas in dem Wäldchen versteckt zurück, das die Seite des Hauses gegenüber dem Stall überblickte. Er lief gebückt über das Stück freies Feld, bis er das Haus erreichte, dann drückte er sich flach gegen die Wand mit seinem Rücken an den grauen Stein, um von den Fenstern aus nicht sichtbar zu sein. Mit gezogener Pistole schlich er bis zur Vordertür und duckte sich tiefer, wann immer er vor einem der hohen Fenster vorbeigehen musste. Er war fast an der Tür angekommen, als er aus dem Augenwinkel eine Bewegung wahrnahm. Er wirbelte herum und hob seine Pistole, nur, um einen Seufzer der Erleichterung auszustoßen angesichts der Entdeckung, dass es nur die Stalltür gewesen war, die jetzt leicht angelehnt war. *Nur der Wind,* dachte er und schalt sich für seine überreizten Nerven.

Doch nein, die Tür war verschlossen gewesen, als er und Jamie das Versteck mit dem Schießpulver entdeckt hatten.

Entweder war jemand extrem nachlässig gewesen oder jemand befand sich dort drinnen. Hetherington mochte völlig verrückt sein, doch nicht einmal der schlimmste Feind des Mannes – der, wie Pickett vermutete, wohl er war – hätte den Kerl nachlässig nennen können. Jemand war drinnen, jemand, der sich vielleicht gerade rechtzeitig entschied, den Stall zu verlassen, um zu sehen, wie er Julia aus dem Haus holte.

Pickett rang mit seiner Unentschlossenheit, doch nur für einen Moment. Wer auch immer im Stall war, es wäre sicherlich besser, ihn jetzt allein zu stellen, bevor er Alarm schlagen könnte. Bestenfalls würde er eine mögliche Bedrohung beseitigen, bevor es eine echte werden konnte; schlimmstenfalls könnte er getötet werden, bevor er Julia überhaupt erreichte. Doch wenn Pickett selbst tot wäre, würde Hetherington sie vielleicht sogar laufen lassen. Schließlich empfand er Julia gegenüber keinen besonderen Groll; es war die Aussicht, seinen Feind leiden zu sehen, die den Mann jetzt trieb.

Pickett verfiel wieder in einen gebückten Lauf und näherte sich dem Stall, blieb an der Tür stehen, um auf jedes Geräusch von drinnen zu lauschen. Alles war ruhig, mit Ausnahme des Pochens seines eigenen Herzens. Er spähte vorsichtig in die Tür hinein. Das Lager von Schießpulver war noch immer dort, doch zwischen ihm selbst und den Säcken stand eine zerzauste Frau in einem zerrissenen, schmutzigen Kleid, die mit weit aufgerissenen Augen voller Angst auf die Tür starrte. Sie war das Schönste, was er jemals in seinem Leben gesehen hatte.

„Julia!"

Er hatte leise gesprochen, um sie nicht zu erschrecken, aber ihre Reaktion überraschte ihn. Als er sich hineinstahl und die Tür hinter sich schloss, trat sie einen Schritt zurück und streckte eine Hand aus, als wollte sie einen Schlag abwehren. „Oh nein! Oh, nein, nein, nein!"

Er erstarrte auf der Stelle. „Mein Herz? Erkennst du mich nicht?" Wenn sie das nicht tat, wenn Hetheringtons Behandlung sie um den Verstand gebracht hatte, würde der Kerl so langsam und schmerzhaft sterben, wie Pickett es bewerkstelligen könnte.

Sie blinzelte ihn verwirrt an. „Natürlich kenne ich dich! Wie sollte ich nicht? Aber ich – ich habe dir gesagt, du sollst nicht kommen. Ich habe einen Brief für dich hinterlassen."

„Ja, ich weiß. Ich habe ihn bekommen." Ein leises Lächeln legte sich über seine Lippen, „Ich habe in meinen ganzen Leben noch nicht so etwas Unsinniges gelesen."

„Es ist die Wahrheit!", beharrte sie. „Er will nicht mich; er will dich. Er wusste, du würdest kommen, um mich zu holen."

„Und doch dachtest du, du müsstest es mir nur erklären und ich würde umkehren und nach Hause fahren?", tadelte er sie sanft. „Ist es möglich, dass Hetherington mich besser kennt als du?"

„Nein." Noch während sie das Wort aussprach, wusste sie, warum sie sich so viel Zeit genommen hatte, um ihre Flucht zu planen. Sie hatte sich gesagt, sie wäre vorsichtig, aber tatsächlich hatte sie seine Ankunft genauso sicher erwartet wie Hetherington. „John, ich – ich fühlte, wie sich das Baby bewegte. Ich habe mich nicht mehr so allein gefühlt.

Es war fast so, als wärst du hier – hier – bei mir."

Er nickte, aber so zerstreut, dass klar war, dass seine Gedanken woanders waren. „Das ist – das ist gut. Julia, ich werde dich hier herausholen, aber zuerst muss ich wissen – hat er dich – irgendwie verletzt?"

Sie musste nicht fragen, was er meinte. „Nein – das heißt, Flynn hat mich auf den Kopf geschlagen, um mich aus dem Haus zu bringen, aber ich verspreche dir, ich wurde nicht – das heißt – weder Hetherington noch einer seiner Männer – sie – sie haben nicht – "

„Mein Herz, niemand könnte dir etwas antun, was mich dich weniger lieben ließe", versicherte er ihr. „Ich muss nur wissen, wie langsam er sterben sollte."

Sie stieß ein kurzes, zittriges Lachen aus. „John, sprich nicht so! Du machst mir Angst."

„Du glaubst nicht, ich würde für jede Misshandlung, die du erlitten hast, Rache nehmen?" Wenn sie daran noch einen Zweifel gehabt hatte, sein Tonfall und der Ausdruck auf seinem Gesicht würden sie rasch vom Gegenteil überzeugt haben.

„Nein, nein, bitte nicht! Ich könnte es nicht ertragen, dass du wie er wirst, besessen von Rache und verzehrt von Hass – ich könnte es nicht ertragen! Aber wenn es nicht das ist – John, willst du mich nicht einmal berühren?"

„Ich habe die letzten vier Tage verbracht, ohne zu wissen, ob du tot bist oder lebst", sagte Pickett mit schwankender Stimme. „Wenn ich dich berühre, könnte ich dich vielleicht nicht wieder loslassen und Hetherington würde kommen und mich finden, während ich wie ein heulender

Narr an deiner Schulter weine."

„Ich bin bereit, das zu riskieren, wenn du es bist."
Plötzlich verfiel ihr Gesicht. „Bitte ... ich habe solche Angst
gehabt ..."

Und plötzlich war sie in seinen Armen, er küsste sie und
murmelte ihr Liebesworte ins Ohr und nannte sie sein
tapferes, kluges Mädchen, weil sie daran gedacht hatte, ihn
mit einer verschlüsselten Botschaft zu warnen, dann küsste er
sie noch mehr, zwischen Worten, die keinen Sinn ergaben.

„... hätte wissen müssen ... tut mir so leid ... hätte dich
... warnen müssen ..."

„John?" Sie zog sich leicht zurück, um ihm ins Gesicht
zu sehen. „Liebling, wovon sprichst du?"

„Er hat dir gedroht – an jenem Tag im Lake District. Er
sagte mir, er würde dich eines Tages holen, nachdem ich mit
meiner Wachsamkeit nachgelassen hätte."

„Deshalb wolltest du, dass ich zu Mama und Papa gehe,
während du fort warst", sagte sie nachdenklich und erinnerte
sich an ihr Gespräch an dem Tag, als er ihr sagte, dass er nach
Dunbury geschickt wurde.

„Es gefiel mir nicht, dich allein zu lassen, obwohl ich die
ganze Zeit nicht wusste, ... es tut mir so leid ..."

Sie legte ihm die Finger auf die Lippen und schnitt ihm
weitere Entschuldigungen ab. „Unsinn! Warum hättest du
mich vor etwas warnen sollen, was höchst unwahrscheinlich
war? Nach allem, was wir wussten, war er schon hingerichtet
worden."

Doch Pickett weigerte sich, diese Ausrede für sich zu ak-
zeptieren. „Ich wusste, dass das noch nicht geschehen war. Ich

hatte Mr. Colquhoun gebeten, mich zu informieren, wenn die Hinrichtung ausgeführt worden wäre und er hatte noch kein Wort gesagt. Ich wollte nicht, dass du dir Sorgen machst ...“

„Also hast du stattdessen den ganzen letzten Monat damit verbracht, dir selbst Sorgen zu machen, ganz allein.“

Ihr Tonfall klang mitfühlend, nicht anklagend; eindeutig musste er ihr erst erklären, welche Fehler er begangen hatte. „Ich dachte, es wäre das Richtige, aber Claudia sagte ...“

„*Claudia*? Was hat sie damit zu tun?“

„Als ich die Nachricht bekam, dass du entführt worden warst – Mr. Colquhoun hat einen Kurier nach Dunbury geschickt mit der Botschaft – ging ich, um Jamie zu holen. Ich brauchte einen Plan, und ich konnte nicht klar denken ...“

„Ja, jetzt verstehe ich“, sagte sie und nickte langsam. „John, denke daran, dass Claudia sich dreizehn Jahre vor einem gefährlichen Mann versteckt hat, der sehr lebendig war, und frei. Es war zwingend erforderlich, dass sie so viel wie möglich darüber wusste, wo er war oder was er tat, zu jedem beliebigen Zeitpunkt. Aber dies hier war anders. Du hattest jeden Grund zu glauben, dass Robert Hetherington in Erwartung des Geschworenengerichts eingesperrt war. Sich etwas anderes vorzustellen wäre unnötige Angst gewesen – und das hätte ich dir gesagt, wenn du dich entschieden hättest, mir das anzuvertrauen.“

„Dann – dann meinst du, ich habe das Richtige getan, als ich es dir nicht sagte?“, fragte er, fast zu ängstlich, um zu hoffen.

„Oh, nein“, sagte sie und lächelte ihn an. „Ich finde, du hättest es mir sagen sollen – aber nur, damit du eine solche

Last nicht allein tragen musstest. Das ist doch eine Ehe, weißt du – oder doch, was sie sein sollte."

Zur Antwort nahm er ihre Hände in seine und drückte einen Kuss auf jede Fingerspitze, mit einer Intensität, die sie überraschte.

„John? Was machst du da?"

„Ich zähle sie", war die eher kryptische Antwort.

„Wie?", fragte sie, völlig verwirrt.

„Egal."

Nachdem er diese Tätigkeit beendet hatte (und vermutlich die richtige Zahl vorfand), ergriff er ihren Arm und zog sie leicht Richtung Tür. „Ich schätze, wir sollten besser gehen. Wenn ich Hetherington stellen soll, würde ich das lieber nicht hier, in der Mitte eines Pulverlagers tun."

So erleichtert Pickett war, wieder mit seiner Frau vereint zu sein, vergaß er doch nicht die Gefahr ihrer Situation so weit, dass er alle Vorsicht in den Wind geschlagen hätte. Er zog die Pistole aus dem Hosenbund – er konnte sich nicht erinnern, in welchem Moment genau er sie dorthin gesteckt hatte, aber er war froh zu sehen, dass er sie gesichert hatte, andernfalls hätte er ihrem Wiedersehen einen ernstlichen Dämpfer aufsetzen können – spannte dann den Hahn und ging durch den Stall, ihre Hand fest in seiner. An der Tür hielt er an und lauschte auf Geräusche von draußen. Als er nichts hörte, drückte er die Tür mit dem Lauf seiner Pistole auf und beugte sich nach draußen, um sich umzuschauen. Nichts regte sich. Obwohl er wusste, dass wenigstens drei Männer – seine eigenen Verbündeten – am anderen Ende des Hauses sein mussten, hätten er und Julia allein auf dem verfallenden

Anwesen sein können, da jeder Beweis des Gegenteils fehlte.

„Gehen wir", sagte er, seine Stimme fast zu einem Flüstern gesenkt.

Sie hatten den Stall kaum verlassen, als eine bekannte Gestalt sich von der Ecke des Hauses löste, ein älterer Mann, dessen Schusshand trotzdem nicht zitterte, als er seine Waffe auf Julia richtete.

„Ich habe Euch erwartet, Mr. Pickett." Hetheringtons Ton war angenehm, wie der eines Gastgebers, der einen lang ersehnten Gast begrüßte, aber das Feuer des Wahnsinns brannte in seinen Augen. „Wieder einmal wird Patrick Colquhouns *enfant prodige* seinem Ruf nicht gerecht. Dummer Junge! Ich hätte Euch jederzeit erschießen können, als Ihr über den Rasen gelaufen seid."

„Warum habt Ihr das dann nicht getan?" Picketts Stimme war kühl, als er Julias Hand losließ; er hätte ihr gern einen kleinen Schub gegeben, um sich zwischen sie und ihren Gegner zu schieben, doch das Zucken von Hetheringtons Pistolenhand riet ihm davon ab.

„Weil es ein zu leichter Tod für Euch gewesen wäre", erklärte Hetherington ungeduldig, als ob das hätte offensichtlich sein müssen. „Zuerst sollt Ihr die Qual erleiden zu sehen, wie Eure Frau vor Euren Augen getötet wird, so wie ich es musste. Jetzt seid so freundlich, Eure Waffe fallen zu lassen."

Da Pickett keine Alternative sah, streckte er seine Hand zur Seite und ließ die Pistole fallen. Diese Geste ließ ihn sich nackt und entblößt fühlen. „Lasst sie gehen, Hetherington. Ihr habt Streit mit mir, nicht mit meiner Frau."

Sein Gegner nickte und rief entzückt aus: „Das ist es, Mr. Pickett! Fleht um Gnade, bittet mich, sie zu schonen!" Pickett verstand, dass das rhetorisch gemeint war, doch als er keine Anstalten machte, diesem Befehl nachzukommen, wurden Hetheringtons Gesicht rot vor Wut und die Hand, die die Pistole hielt, zitterte bedrohlich. „Ich sagte, Ihr sollt *betteln*, verdammt!"

Pickett schluckte schwer. „Bitte, bitte, tut das nicht", flehte er, mehr als nur ein wenig verstört darüber, wie einfach es war, sich zu erniedrigen, wobei er die ganze Zeit wusste, dass es am Ende keinen Unterschied machen würde. „Ihr seid ein zu guter Mann, um ..."

„Auf die Knie!" Als Pickett diesem neuen Befehl Folge leisten wollte und dabei daran dachte, ob dies ihn in Reichweite seiner Pistole bringen könnte, erkannte Hetherington seinen Fehler und änderte abrupt seine Meinung. „Nein, nicht! Stehengeblieben!"

„Bitte ...", begann Pickett, doch Hetheringtons verstörter Geist hatte sich bereits anderen Dingen zugewandt.

„Ihr habt einen Komplizen, nicht wahr? Mindestens einen, vielleicht sogar mehr, wenn den Fußspuren, die ich heute Morgen im Stall fand, zu glauben ist. Ihr werdet sie herbeirufen und ihnen sagen, dass sie ihre Waffen zurücklassen sollen."

Fußabdrücke, dachte Pickett kläglich. Seine eigenen und Jamies Fußabdrücke, deutlich sichtbar auf dem Boden des Stalls. Er konnte seinem Schwager nicht die Schuld geben, dass dieser nicht daran gedacht hatte, diese verräterischen Beweise für ihren heimlichen Besuch zu verwischen – es war

Major Penningtons Aufgabe in der Armee gewesen, Kavallerie-Angriffe zu auszuführen, keine Kundschaftergänge – aber er musste sich auf jeden Fall selbst die Schuld geben. Wie hatte er so nachlässig sein können? Er nahm an, es müsste am Zusammenspiel zwischen der Dunkelheit und dem schwachen Licht der Laterne gelegen haben, und an der Tatsache, dass er gerade einen Blick auf Julia hinter einem der Fenster im Obergeschoss des Hauses erspäht hatte. Nichts davon entschuldigte die Tatsache, dass er eine solche Vorsichtsmaßnahme hätte treffen müssen und dies nicht getan hatte.

Aber jetzt war keine Zeit für Selbstbeschuldigungen. Nachdem Hetherington seine Befehle gegeben hatte, wartete er ungeduldig darauf, dass sie befolgt wurden. Pickett musste mindestens einen seiner Verbündeten herbeirufen, um unbewaffnet und ahnungslos in eine Konfrontation zu geraten, aus der er möglicherweise nicht lebend entkommen würde. Zugegeben, Hetherington konnte seine Pistole nur einmal abfeuern, aber dank seines Munitionsvorrats könnte er sie alle töten, ohne einen Schuss abzugeben. Er musste sie nur alle in den Stall treiben und das Pulver anzünden.

„*Ruft sie!*", brüllte Hetherington und wedelte mit der Pistole, die er noch immer auf Julias Kopf gerichtet hielt.

Aber wen?, dachte Pickett verzweifelt. Er hätte es vorgezogen, Jamie nicht herbeizurufen, um einen Plan zu ihrer Rettung zu schmieden, aber abgesehen davon, dass sein Schwager, so fähig er sein mochte, doch keine Wunder bewirken konnte, blieb die Tatsache, dass es Jamies Fußabdrücke waren, die Hetherington neben Picketts im Stall entdeckt hatte. Würde er sich die Zeit nehmen, die Fußabdrücke mit den Füßen des Mannes zu vergleichen, der auf Picketts Ruf herbeikam? Pickett hielt das für unwahrscheinlich, aber wer konnte schon die Handlungen eines Wahnsinnigen vorausahnen? Nein, er würde Jamie und auch Thomas herbeirufen müssen, da Hetherington mehr als einen vermutete, und auf Harry Carsons Einfallsreichtum vertrauen müssen. Er hoffte nur, dass Carson der Aufgabe gewachsen sein würde.

„Jamie! Thomas!" Er ließ Hetherington nicht aus den Augen, als er seine Stimme hob. „Lasst eure Waffen zurück und kommt her!"

Nach einer kurzen, erwartungsvollen Stille tauchten zwei Männer hinter der Ecke des Hauses auf, um einen Blick auf Pickett zu werfen, wie er entwaffnet und hilflos dastand, und auf Julia, die in einen Pistolenlauf starrte.

„Nicht so schüchtern, Gentlemen", tadelte Hetherington. „Kommt her zu uns! Ihr kommt gerade rechtzeitig, um Zeugen einer Hinrichtung zu werden."

Er wartete mit kaum verhüllter Ungeduld, als die Neuankömmlinge langsam zu der kleinen Gruppe, die auf dem blanken Boden vor dem Stall stand, herüberkamen. Ihre Hände waren leer, bemerkte Pickett; er hatte irgendwie gehofft, dass Jamie erraten würde, was geschehen war und diesen Teil seines Rufes ignorieren.

„Nachdem wir nun alle hier sind", fuhr Hetherington fort und wandte sich wieder an Pickett, „habt Ihr noch letzte Worte für Eure Frau, bevor ich sie töte?"

„Es war jetzt oder nie. Pickett hob seine Hände bis in

Schulterhöhe zum Zeichen seiner Kapitulation, dann, mit einem unsicheren Blick auf seinen Gegner, drehte er sich leicht zu Julia um und ließ sich sehr langsam auf ein Knie nieder. „Meine Lady", sprach er sie sehr förmlich an, „wenn Ihr Euch dazu herablassen könntet, mir Eure Hand zur Ehe zu reichen, verspreche ich, mein Äußerstes zu tun, um dafür zu sorgen, dass Ihr" – seine Stimme schwankte leicht – „dass Ihr es nie bereuen werdet."

„Ach John", hauchte sie und es schien, als ob alle Sterne des Himmels aus ihren Augen leuchteten. „Ich hätte lieber vier Monate mit dir als vierzig Jahre mit jedem anderen."

„Na, das gefällt mir!", knurrte Harry Carson, der hinter der vorderen Ecke des Hauses hervorkam. „Ich schätze, Ihr drei macht Euch einen Spaß, während ich …"

Pickett stürzte sich auf seine Pistole. Sofort richtete sich Hetheringtons Waffe auf ihn.

„Ich sagte, fallen lassen!", kreischte er, sein Gesicht vor Wut verzerrt.

Doch das Gleichgewicht der Kräfte hatte sich verschoben. Nachdem Julia jetzt nicht mehr das direkte Ziel war, fühlte Pickett sich imstande, Risiken einzugehen, die er zuvor nicht in Betracht gezogen hätte. Zum zweiten Mal hielt er die Pistole in der Hand an seiner Seite, aber statt sie fallen zu lassen, sah er Robert Hetherington direkt in die Augen und schoss – nicht auf seinen Gegner, sondern direkt durch die offenstehende Tür in den Stall.

Und dann geschah alles auf einmal. Ein zweiter Schuss folgte schnell auf den ersten. Pickett packte Julias Arm, riss sie zu Boden und warf sich auf sie.

„*Neiiiin!*", schrie Hetherington und warf seine Waffe weg, bevor er durch die Stalltür in die Dunkelheit dahinter rannte.

„*In Deckung!*", rief Pickett und im nächsten Moment explodierte das Gebäude in Flammen und ließ Splitter und Stroh auf seinen Rücken regnen.

Er war sich nicht sicher, wie lange er dort gelegen und seine Frau mit seinem eigenen Körper geschützt hatte. Er nahm an, es wäre nicht länger als eine Minute gewesen, höchstens zwei, doch es schien eine Ewigkeit zu sein, bevor er sich steif erhob und ihr die Hand hinstreckte, um ihr aufzuhelfen.

„Geht es dir gut?", sagte er atemlos. „Habe ich dir nicht wehgetan?"

„Nein, aber" – sie warf einen Blick auf den brennenden Stall oder was davon übrig war – „John, er –"

„Sollten wir nicht – ich weiß nicht – versuchen, ihn zu finden, Sir?" Thomas, der langsamer reagiert hatte als die anderen und daher von der Explosion umgeworfen worden war, rappelte sich auf und bürstete sich ab.

„Ich bezweifle, dass es viel zu finden geben wird", sagte Jamie und fuhr sich mit den Fingern durch die Haare, um glühende Stückchen loszuwerden. „Sehr guter Zeitpunkt, hier aufzutauchen, Mr. Carson. Gut gemacht."

„Ja – ich stehe in Eurer Schuld, Harry." Pickett schaute vom Abbürsten von glühenden Splittern von Julias Kleid auf. „Julia, das ist Harry Carson von der berittenen Wache. Harry – meine Frau, Mrs. Pickett."

Julia streckte die Hand aus. „Wie geht es Ihnen, Mr.

Carson? Es tut mir leid, dass wir uns unter solchen Umständen kennenlernen müssen, aber angesichts des Ergebnisses kann ich mich nicht beschweren. Ich möchte nicht daran denken, was hätte geschehen können, wenn Ihr Mr. Hetherington nicht gerade in diesem Augenblick abgelenkt hättet."

Selbst in diesem zerzausten Zustand war Julia alles andere als die reiche Frau mittleren Alters, die Carson sich vorgestellt hatte. Er nahm an, er sollte ihr sagen, dass sein Erscheinen zu dieser Szene nur ein glücklicher Zufall gewesen war, dass er es übel genommen hatte, von allem, was sich anscheinend ereignet hatte, ausgeschlossen gewesen zu sein, da Schusswaffen nicht länger benötigt wurden. Doch seine Umgangsformen mit dem schönen Geschlecht schienen ihm abhandengekommen zu sein und er konnte nichts anderes tun, als die Lady anzustarren und zu stottern: „Ich … ich … ich …"

„Ich gehe davon aus, dass die Nachbarn bald den Rauch sehen und Hilfe anbieten werden, um das Feuer zu löschen oder zumindest zu verhindern, dass es sich ausbreitet", sagte Jamie und betrachtete den Haufen brennender Bretter und zersplitterter Balken. „Ich denke, wir sollten uns besser darauf einigen, was und wie viel wir ihnen erzählen sollen von dem, was hier passiert ist."

„Flynn ist noch frei!", rief Julia in plötzlicher Erinnerung aus. „Bohannan ist tot – Mr. Hetherington hat ihn erschossen, als er etwas zu meiner Verteidigung sagte – aber Flynn ist unterwegs, um sich einen Wagen und ein Gespann zu besorgen. Sie sollten das Pulver heute in Dublin abliefern. Ich glaube – ich glaube, sie hatten vor, Dublin Castle und dann die Kais entlang des Liffey in die Luft zu jagen."

„Ich schätze, aus der Sicht der Revolutionäre würde das sinnvoll sein", sagte Jamie nickend. „Die Burg angreifen, dann die Hafenanlagen außer Betrieb setzen und verhindern, dass Truppen landen, um einen Aufstand niederzuschlagen."

„Nun, mit diesem Pulver werden sie es nicht tun", bemerkte Pickett atemlos und schaute auf das, was von dem Lager noch übrig war. „Trotzdem habe ich keinen Zweifel daran, dass Flynn eine neue Bande von Verschwörern finden wird. Wer weiß? Eines Tages könnte es ihm sogar gelingen."

„Ihr meint, Irland könnte eines Tages ein Land für sich werden, so wie Amerika?", fragte Thomas und musterte seinen Dienstherrn neugierig, als ob er sich fragte, ob die Anstrengungen der vergangenen Tage groß genug gewesen waren, um seinen Verstand zu verwirren.

„Sie machen immer weiter", erklärte er keuchend. „Ganz gleich, wie viele Male und wie hart die Aufstände niedergeschlagen werden – sie machen immer weiter."

„Was ich gern wissen möchte", warf Carson ein und wandte sich wieder dem näherliegenden Thema zu, „ist, warum zum Teufel Ihr ihn nicht erschossen habt, als Ihr die Gelegenheit dazu hattet?"

Pickett sah Julia an, und obwohl sein Gesicht weiß und angespannt war, waren seine Augen voller Liebe. „Ich wollte nicht wie er sein."

„John!", schrie sie, doch ihre Dankbarkeit und Erleichterung verwandelten sich schnell in Bestürzung. „Du blutest!"

„Ja – er hat mich erwischt – an der Schulter." Pickett

beobachtete mit distanziertem Interesse das Blut, das durch seine Finger lief und auf den Boden tropfte, wo es sich in einer hellroten Pfütze zu seinen Füßen sammelte. „Es ist schon gut, ich bin völlig in Ordnung, ich bin … völlig …"

Jamie fing ihn auf, als er fiel.

20

In dem John Pickett eine Entscheidung treffen muss

Nun, ich schätze, das ist es", sagte Pickett und wandte sich mit einem letzten Blick auf sein Bild vom Spiegel ab – oder so viel er davon sehen konnte, da Thomas noch immer um ihn herumscharwenzelte, um der Krawatte den letzten Schliff zu geben, eine eingebildete Fussel vom Kragen seines pflaumenfarbenen Rocks zu wischen und schließlich die Falten der Baumwollgaze um Picketts Hals zu glätten, in denen sein linker Arm ruhte. „Die Schlinge verdirbt den Effekt, nicht wahr?"

„Aber gar nicht", widersprach Julia, an die diese Frage gerichtet gewesen war. „Du siehst sehr wie ein Held aus. Und wenn man bedenkt, dass du dir diese Wunde zugezogen hast, während du eine verräterische Verschwörung aufgedeckt hast, na! – da kann Seine Königliche Hoheit doch nur beeindruckt sein. Habe ich nicht recht, Thomas?"

„Ja, Ma'am, völlig recht." Es war nicht mehr darüber gesprochen worden, seinen Namen in der Bow Street zu empfehlen, denn seit Pickett verletzt worden war, hatte Thomas sich in seinem Element gefühlt und die seltene Gelegenheit genutzt, all die Dinge für seinen Herrn zu erledigen, die Pickett selbst zu erledigen nicht in der Lage war.

„Danke, Thomas, das wäre dann alles", sagte Pickett in einem Ton, der keinen Widerspruch erlaubte. Als er schließlich mit Julia allein war, legte er seinen gesunden Arm um ihre Taille. „An einem Punkt irrst du dich, weißt du. Ich habe die Wunde erhalten, als ich meine Frau retten wollte", sagte er und unterstrich diese Aussage mit einem Kuss.

„*Du* weißt das und *ich* weiß das, aber wenn der Prinz von Wales etwas anderes denken möchte, wer sind wir, dass wir ihn auf seinen Irrtum aufmerksam machen?" Ihr kokettes Lächeln verblasste und sie fuhr zögernd und in ernsterem Ton fort. „John, erinnerst du dich, als wir im Lake District waren, und du versprochen hast, dass jede Belohnung, die du für diesen Fall erhalten würdest, mir gehören sollte und ich damit tun könnte, was mir beliebt?"

„Ja, was ist damit?" Sie antwortete nicht sofort, daher zwang er sich zum Lächeln und fuhr fort. „Allerdings muss ich zugeben, dass ich damals an Pfund Sterling dachte. Ich hatte nie erwartet, dass die Belohnung *so* aussehen würde."

„Nein." Sie blinzelte Tränen fort, die ihr in diesen Tagen leicht kamen, nachdem sie jetzt in anderen Umständen war. „Ich auch nicht."

„Was ist los?", fragte er leicht erschrocken und ließ sie los, um in der Brusttasche seines Rocks nach einem Taschentuch zu suchen. Nachdem er gefunden hatte, was er suchte, schüttelte er es aus und machte mit einer Hand einen ungeschickten Versuch, ihre Tränen zu trocknen.

„Es ist nichts." Sie nahm ihm das Taschentuch ab und brachte seine Arbeit ordentlich zu Ende. „Ich habe mich in letzter Zeit zu einer regelrechten Heulsuse entwickelt! Bitte, bitte achte nicht darauf. Es ist nur – John, Liebster, ich bin so furchtbar stolz auf dich. Das weißt du doch, nicht wahr?"

Er wusste es, doch er machte sich keine Illusionen darüber, dass er es verdiente, so hoch geschätzt zu werden. Aber weil er sie liebte, würde er sein Bestes geben, um zu versuchen, es zu verdienen, selbst wenn es bedeutete, diesen Ort aufzugeben, an dem sie so glücklich gewesen waren. In gewisser Weise war es seltsam. Noch vor wenigen Monaten hatte er sich von diesem hohen, schmalen Haus in der Curzon Street eingeschüchtert gefühlt und nur in die schäbige Zweizimmerwohnung in der Drury Lane zurückkehren wollen, in der sie die erste Woche ihrer Ehe verbracht hatten. Aber irgendwann war es ein Heim geworden – *ihr* Heim, in dem sie gelebt und geliebt hatten und wo eines Tages ihr Kind geboren werden und aufwachsen sollte.

Oder das hatte er sich zumindest so vorgestellt. Stattdessen würden sie Zimmer im Carlton House haben, umgeben von dem Prinzen und seinen verschiedenen Kriechern, Schmeichlern und anderen Anhängern. Er dachte an die vergangene Nacht und an die erste Gelegenheit, die er und Julia gehabt hatten, um ihr Wiedersehen zu feiern. Es hatte einiger Fantasie und nicht wenigem Geschicks bedurft, dank ihres zunehmenden Umfangs und seiner verletzten Schulter, und war von viel gedämpftem Lachen begleitet worden. In der königlichen Residenz würde es keine solchen Scherze geben, da war er sich sicher; zweifellos würden die Wände der königlichen Residenz Ohren haben und ganz gleich, wie ausschweifend das Verhalten des Prinzen sein mochte, er würde sicher erwarten, dass das Benehmen der minderen Sterblichen in seiner Umgebung über jeden Vorwurf erhaben wäre. Doch das würde es wert sein, sagte Pickett sich energisch, dieser Frau zuliebe, die seinetwegen so viel aufgegeben hatte und die er beinahe verloren hätte.

„Wünsch mir Glück", sagte er schließlich und zog sie wieder in seinen Arm.

„Du weißt doch, dass ich das tue", sagte sie und erwiderte seinen Kuss voller Gefühl.

Er hatte eigentlich vorgehabt, zu Fuß zur Pall Mall zu gehen – schließlich legte er jeden Tag größere Entfernungen zurück, nur um zur Bow Street und wieder nach Hause zu laufen – doch Julia, Rogers und Thomas hatten sich gegen ihn verschworen: Es ginge nicht an, dass er mit schlaffer Krawatte und vor Schweiß glänzendem Gesicht in Carlton House ankäme. Und daher hatte Pickett, der wusste, wann er verloren hatte, sich damit einverstanden erklärt, sich kutschieren zu lassen. Er fand die Kutsche abfahrbereit vor der Tür, kletterte hinein und wurde nach wenigen Minuten in der Pall Mall abgesetzt.

John Pickett war ein großer junger Mann, doch als er zwischen den korinthischen Säulen des Portikus hindurchging, fühlte er sich sehr klein – ein Gefühl, das rasend zunahm, als er zuerst in ein Foyer eingelassen wurde, das von Vorzimmern umgeben war und schließlich in ein achteckiges

Vestibül, von dem an drei der acht Seiten Durchgänge sich öffneten, durch dessen einen er eine Treppe sehen konnte. Hier wurde er angewiesen zu warten, während Seine Königliche Hoheit von Picketts Eintreffen informiert würde.

Als eine Minute zu zweien wurde und zwei zu fünf, gewann Picketts Neugier die Oberhand. Er durchquerte den Raum zur Tür zu seiner Rechten, und jedes Geräusch seiner Schritte wurde von einem Teppich verschluckt, der so dick war, dass er nicht überrascht gewesen wäre, nach unten zu schauen und zu entdecken, dass seine Füße bis zu den Knöcheln eingesunken waren. Er spähte durch die Türöffnung und erblickte die prachtvollste Treppe, die er je gesehen hatte, ein Netz aus Stufen, Absätzen und vergoldeten Geländern, das sich in beide Richtungen bis außer Sichtweite aufschwang.

„*Ähm!*" Das eher scharfe Räuspern aus der Kehle eines Lakaien erinnerte Pickett an den Grund, aus dem er herbestellt worden war. „Seine Königliche Hoheit wird Euch jetzt empfangen. Wenn Ihr mir folgen wollt?"

Er führte Pickett durch weitere, noch üppiger dekorierte Räume, schaute sich von Zeit zu Zeit um, wie um sicherzugehen, dass der Besucher nicht zu einem Entdeckungsausflug in der königlichen Residenz verschwunden war. Schließlich erreichten sie ein Zimmer mit roten Wandbehängen und vergoldeten Sofas und Sesseln. Auf einem der Sofas ruhte ein stämmiger Mann mittleren Alters, der einen doppelreihigen, blauen Frack trug, dessen breite Aufschläge vor Orden strotzten. Pickett hatte den Mann nie getroffen, aber er hatte ihn einmal durch Julias Opernglas im Drury Lane Theater gesehen und hatte daher keine Schwierigkeiten, den ältesten

Sohn Georges III., den Prinzen von Wales, zu erkennen. Er holte tief Luft und machte, was, wie er hoffte, eine angemessene Verbeugung war.

Und in weniger als zwanzig Minuten war alles vorbei. Als die Vordertür sich hinter ihm schloss, trat Pickett zwischen den korinthischen Säulen hervor aus dem Schatten und in das Sonnenlicht, das auf die Pall Mall fiel. Pickett verzichtete für den Rückweg auf die Kutsche und ging zu Fuß zurück in die Curzon Street, um besser über die gerade stattgefundene Unterhaltung nachzudenken – und vielleicht, um das Unvermeidliche hinauszuzögern.

Es war nicht Rogers, der ihm die Tür öffnete, sondern Julia, die offensichtlich auf seine Rückkehr gewartet hatte.

„John!", rief sie aus und stellte sich auf die Zehenspitzen, um seine Wange zu küssen. „So bald schon zurück? Wann sollen wir anfangen zu packen?"

„Ich – ich habe es abgelehnt", sagte Pickett benommen, als könnte er es selbst nicht ganz glauben.

Sie starrte ihn an. „Du – du – hast *was*?"

„Ich habe das Angebot abgelehnt." Diesmal sprach er fester, als ob es half, ihn selbst davon zu überzeugen, dass es wahr wäre, wenn er die Worte laut aussprach.

Und dann vergrub Julia zu seinem größten Entsetzen ihr Gesicht in den Händen und brach in Tränen aus – nicht die leisen Tropfen, die ihr in diesen Tagen so leicht in die Augen stiegen, sondern in tiefes, herzzerreißendes Schluchzen, das ihren ganzen Körper schüttelte.

„Julia – mein Herz – bitte, bitte, weine doch nicht!", flehte er und streckte seine gesunde Hand nach ihr aus, bevor er seine Meinung änderte und sie hilflos an seiner Seite herabhängen ließ. „Ich – es tut mir leid – ich wollte nicht – ich hatte durchaus die Absicht – aber am Ende, konnte ich nicht – ich – es tut mir leid."

Nichts, was er sagte, hatte irgendeine Wirkung, außer, dass sie noch lauter weinte, daher versuchte er etwas anderes. „Ich gehe zurück und sage ihm, dass ich meine Meinung geändert habe, ja?", fragte er in wachsender Verzweiflung. Sicher, er hatte nicht viel Hoffnung, dass er eine zweite Gelegenheit bekommen würde. Prinny war nach allem, was man hörte, gewöhnt, seinen Willen zu bekommen; er war gar nicht erfreut gewesen, dass seine Großzügigkeit verschmäht wurde und schon gar nicht durch eine Geschöpf so bescheidener Herkunft wie John Pickett, dem Sohn eines verurteilten Verbrechers. „Vielleicht, wenn ich ihm erkläre, dass ich von der Ehre so sehr überwältigt war – dass ich nicht wusste, was ich sagte …"

Julia schüttelte heftig den Kopf von einer Seite zur anderen. Sie wischte sich die Tränen vom Gesicht und sah ihn an – und, völlig unglaublich, sie lächelte dabei. Und nicht ein einfaches Lächeln, sondern ihr Gesicht trug einen Ausdruck solch strahlender Freude, dass sie aus ihren Augen leuchtete und ihre nassen Wangen zum Glühen brachte. „Nein – es tut mir leid – es ist nur, dass ich – dass ich so froh bin!"

„*Froh*?", wiederholte er fassungslos. „Willst du sagen, Liebste, wolltest du *nicht*, dass ich das Angebot annehme?"

„Nein – ich würde es hassen, in Carlton House zu leben! Das ist kein Ort, um ein Kind aufzuziehen, umgeben vom Prinzen und seinen Kumpanen – ganz zu schweigen von seinen Mätressen! Außerdem, der Mangel an – an Privatsphäre ..." Sie errötete leicht, was Pickett zu verstehen gab, dass auch sie an ihre Aktivitäten der vergangenen Nacht gedacht hatte.

„Aber wenn du es nicht wolltest – Julia, warum hast du mir das nicht gesagt?", fragte er und bemühte sich noch immer, es zu begreifen. „Ich hatte dir gesagt, dass jede Belohnung, die ich für den Auftrag im Lake District erhalten würde, dir zustünde und du damit tun könntest, was dir beliebt; hast du mir das nicht geglaubt?"

„Ja, aber wie hätte ich dich bitten können, eine solche Ehre abzulehnen? Du kannst sagen, du hättest sie nicht verdient, aber ich weiß es besser!" Sie fügte etwas zögerlich hinzu: „Ich weiß auch, wie sehr du es hasst, von mir ... abhängig zu sein."

„Es stört mich, wenn ich mir erlaube, darüber nachzudenken", gab Pickett zu, „doch wenn du die Wahrheit wissen willst, ich habe sehr lange nicht mehr daran gedacht."

Julia hob skeptisch eine Augenbraue. „Nicht einmal, als dir fünfhundert pro Jahr angeboten wurden?"

„Nein. Nun, vielleicht ein bisschen", gestand er. „Aber das hatte nichts damit zu tun, dass ich dann nicht länger auf deine Rente von deinem ersten Ehemann abhängig gewesen wäre. Es ging mir mehr um das Kind, und die Tatsache, wenn wir nur von meinem Lohn leben könnten, würden wir dein Geld sparen können für die Schule des Kindes, wenn es ein Junge wird, oder eine Mitgift, falls es ein Mädchen ist."

„Dann – dann *wolltest* du das Angebot des Prinzen eigentlich nie annehmen?"

„Nein! Oh, ich kann nicht leugnen, ich war geschmeichelt, doch mein einziger Grund, warum ich es auch nur in Betracht zog, war die Aussicht, dir deine Stellung in der Gesellschaft, die du verloren hast, als du mich heiratetest, teilweise wieder zurückzugeben."

Sie dachte an die katastrophale Teegesellschaft und die Gäste, die ihr die kalte Schulter gezeigt hatten und wie unwichtig das alles im Lichte dessen schien, was sich seither ereignet hatte. „Emily Dunnington hat mir einmal gesagt, dass die Damen der *feinen Gesellschaft* mich nicht schneiden, weil ich dich geheiratet habe; sie schneiden mich, weil ich glücklich mit dir bin und sie an die Tatsache erinnere, dass sie Kompromisse eingegangen sind um eines Titels, eines Vermögens oder hoher Verbindungen willen und jetzt mit den Folgen leben müssen. Ich weiß nicht, ob sie recht hat oder nicht, aber ich weiß, solange ich dich habe, spielt nichts anderes eine Rolle – ganz sicher nicht die Art von Leuten, die von meiner Nähe zu der Gesellschaft von Carlton House beeindruckt wären!" Einen Augenblick fürchtete sie, sie hätte zu viel gesagt und er würde sich daran erinnern, dass sie kurz nach seiner Abreise eine Teegesellschaft hatte geben wollen, und sie danach fragen könnte.

Doch sie hätte sich keine Sorgen machen müssen, denn er war in seine eigenen Gedanken vertieft. Er legte seinen gesunden Arm um ihre Taille und zog sie an sich, beugte seinen Kopf vor, um seine Wange auf ihre goldenen Locken zu legen. Er hatte die vom Prinzen von Wales angebotene Stellung abgelehnt, würde aber trotzdem die Bow Street verlassen müssen. Seine Pflichten dort als oberer Beamter machten es fast unvermeidlich, dass es zornige, rachsüchtige Männer geben würde, die Vergeltung gegen den, der an ihrer Gefangennahme, der Deportation oder sogar der Hinrichtung eines Freundes oder Familienmitglieds Schuld war, üben wollten. Welche bessere Rache könnte es geben, als die zu verletzen oder sogar zu töten, die er liebte? Diesmal hatte er es geschafft, sie zu retten, aber was war mit dem nächsten Mal? Oder dem übernächsten?

Nein, er würde Julia nicht wieder in Gefahr bringen. Und daher würde er, sobald seine Schulter geheilt wäre und sein Arm aus der verflixten Schlinge heraus, eine neue Stellung finden müssen, etwas einigermaßen Anständiges – als Bankangestellter vielleicht, oder Schreiber bei einer Versicherungsgesellschaft. Fürchterlich langweilig, vielleicht, aber zweifellos sicher.

Und wenn er eine solche Stellung gefunden hätte, würde er seine Arbeit in der Bow Street aufgeben.

Über die Autorin

Im Alter von sechzehn Jahren entdeckte Sheri Cobb South die Bücher von Georgette Heyer und kam zu dem erschreckenden Schluss, dass sie im falschen Jahrhundert auf die Welt gekommen war. Obwohl sie mit Sicherheit ein Dienstmädchen gewesen wäre, hätte sie tatsächlich im England der Regency-Periode gewohnt, träumte sie trotzdem davon, nächtelang in den Armen eines gutaussehenden, wohlhabenden und betitelten Gentlemans Walzer zu tanzen.

Da Georgette Heyer 1974 verstarb und keine weiteren Regency-Romane schreiben konnte, beschloss Ms. South, dass sie es einfach selbst machen müsste. Zusätzlich zu ihrer beliebten Serie der Regency-Krimis über den idealistischen jungen Polizisten der Bow Street Wache, John Pickett (von *All About Romance* als „ein bisschen jung, aber durch und durch entzückend" beschrieben), ist sie die preisgekrönte Autorin von mehreren Regency-Liebesromanen, wie dem von Kritikern gelobten Roman *The Weaver Takes a Wife*.